憤怒的火車

撰文／汪立峽　攝影／鐘俊陞

昔日將扁政權送上台的台灣人民，在9月11日以鐵路工會為首的工會工運團體，由全省各地蜂擁到象徵權力最高核心的總統府前，控訴著扁政權背叛勞工。

各分會員工到總統府前投下他們對於春節罷工的同意權。

駱崇雄理事，在鐵路局服務了20幾年，這次的罷工事件，將個性耿直的他推上了領導南港調車場的核心人物。他日以繼夜的穿梭在會員們之間，苦口婆心的宣傳著勞動者的權力與尊嚴。

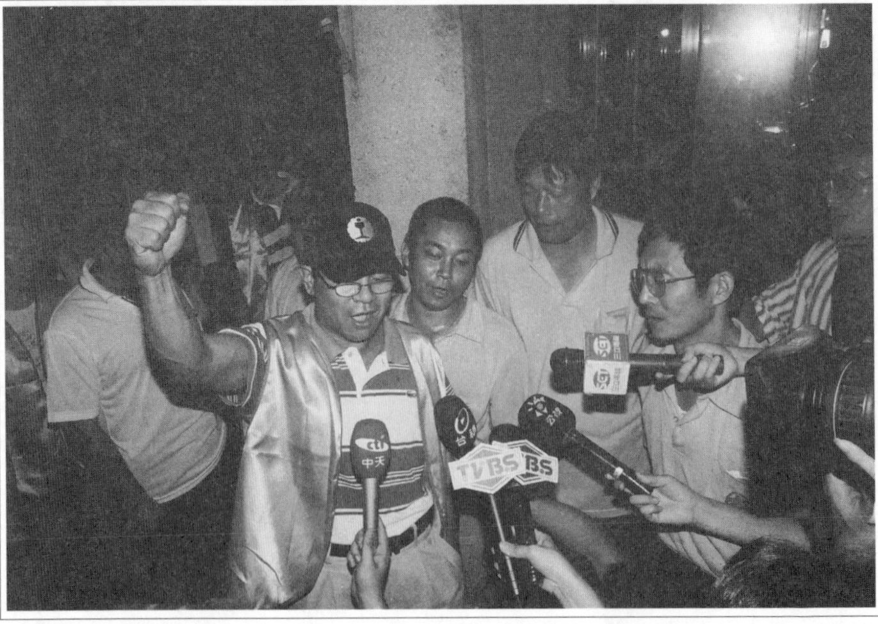

工會秘書長陳漢卿，向以立場強硬聞名，午夜時，他來到南港調車場，向飽受站長宋清安恐嚇的工會會員加油打氣。

勞權會是第一個站出來聲援鐵路工會的團體，並且在9月2日當天在台北火車站前演出了一場抗議扁政權官商勾結、打壓工會的街頭行動劇。

台灣的工人階級與組織，在經過數十年的打壓後，已漸成熟的明白無產階級相互的支持與團結的必要性。

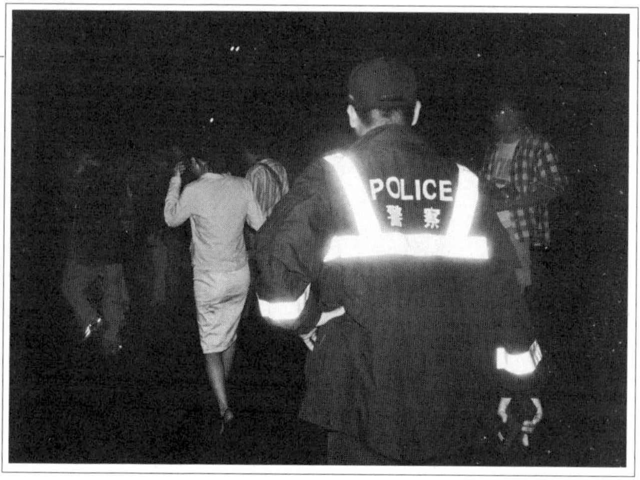

10日午夜後，各調車場便進駐了大批的警力。當然還有身藏在暗處，混在人群中的便衣警察。

台灣的工人階級與組織，在經過數十年的打壓後，已漸成熟的明白無產階級相互的支持與團結的必要性。

投票勝利通過春節總罷工後，除了喜悅，更有激情的淚水與擁抱。（本文見208頁）

人間思想與創作叢刊

2003・冬

告別革命文學？

——兩岸文論史的反思

〈鄉村〉　何翠婷（順德）9歲

人間出版社

目錄

【紀實報導】

【文獻】

【和平與進步】

【人間文藝】

後社會主義的歷史與中國當代文學批評觀的變遷①

賀照田

內容提要：本文試圖通過考察歷史與觀念的互動關係，一方面進一步釐清八〇年代「文學是人學」「文學是語言的藝術」這些論題的特定歷史內涵；一方面欲通過指明這些在八〇年代特定情境中形成的特質論述如何制約、影響著九〇年代以來文學觀念、思潮的嬗替與開展，以對當下文學困境問題提出和強調時勢、強調理論觀念自身的不成熟這些通常議論角度不同的討論來，就是：時勢只是決定文學思潮走向的重要原因，觀念反思是否既承擔又提升了時代賦予它的課題，才是決定一思潮是否具備歷史深刻性和美學有效性的關鍵所在。而觀念的是否成功，首先在於它能否既內在於此歷史要求，又超越歷史事變自然給出的簡單力學反應關係。相對於此，對理論與觀念的學院式靜態衡量，無疑只具有次要的意義。

一

如何看待文化研究的迅速崛起，及其對文學批評②、文學理論領域迅速形成的壓力和侵吞，是現下中國文學理論、文學批評界議論最多的話題之一。思考何以會有如此現象發生，首先被注意到的自然是文化研究在當代英語學術界的顯學地位和在其他國家的迅速發展與蓬勃朝氣，其次自然是中國一九九二年以來消費主義、大衆文化、市場意識形態等的興起爲文化研究提供了英雄用武之地。確實，這兩方面是文化研究在中國迅速崛起的最重要的外緣和內因。但這兩方面能解釋文化研究在中國的迅速崛起、引人注目和吸引一部份外專業人士轉向這一方向，卻不足以解釋——文學批評和文學理論界何以有那麼多學人，以如此令人吃驚的熱情迅速起而呼應文化研究、轉向文化研究這一現象。我以爲要解釋此一現象，必須考察中國七〇年代後期以來文學批評、文學理論頗爲特殊的歷史。因爲雖然表面看，從那一時期開始到現在，中國文學理論和文學批評已經經歷了無數的事件、論爭，甚至在當事人看來是驚心動魄的革命，而且從面貌上看確實中國文學理論和文學批評已經變得面目全非了。但如果我們換一個層面，即從文革後當代中國文學理論、文學批評持續展開的方向和爲自己若何如此展開辯護的歷史理由看，我們卻將發現，近二十年中國文學理論、文學批評，特別是八〇年代中後期以來的文學理論、文學批評主潮，在方向和底層邏輯上其實是相當連續的。種種在當事人那裏具英雄感和創造力的革命行爲，和表現含蓄些的有意識的事件製造和密謀，多是在極力促成和前三十年政治意識形態與美學意識形態的斷裂，接著便是使二者間的鴻溝愈加深寬。因爲，在與原來意識形態斷裂這一目的實現之後的絕大多數的事件、密謀、甚至當事人以爲的革命，在深層次上，實質並無扭轉初始斷裂定型後所型構出的歷史慣性和理論慣性的能力質素，而只是促使已有的理論與批評在既有的歷史與理論慣性方向上越走越遠而已。

馬爾庫塞認眞研究過蘇聯馬克思主義，對蘇聯二、三〇年代以來形成的正統馬克思主義美學觀的問題所在有著深切的認識和扼要的叙述。他在其晚年重要著作《審美之維》開頭便點出：「本文的目的在於：對流行於馬克思主義美學中的正統觀念提出疑問，以便對馬克思主義美學的研討做出貢獻。所謂的『正統』，在我看來，是指那種從佔統治地位的生產關係的總體出發去解釋一件藝術作品的性質和眞實性；尤其是指那種把藝術作品看作是以某種確定的方式，表現著特定社會階級的利益和世界觀的看法。」③他並進一步把正統馬克思主義美學觀概括爲如下六點：

1、在藝術與物質基礎之間、在藝術與生產關係總體之間，有一定形的聯繫。因此，隨著生產關係的變化，作爲上層建築的一部份的藝術本身也應當發生變革。當然，藝術同其他意識形態一樣，也可落後或超前於社會變化。

2、在藝術作品與社會的階級之間，也有一種定形的聯繫。只有上升階級的藝術才是唯一眞誠的、眞實的、進步的藝術。它表達著這個階級的意識。

3、所以，政治和審美，革命的內容和藝術的性質，趨於一致。

4、作家的責任，就是去揭示和表現上升階級的利益和需求（而在資本主義，上升階級就是無產階級）。

5、沒落的階級或它的代表，只能創造出『腐朽的』藝術。

6、現實主義（以多種不同的含義）被看作是最適應於表現社會關係的藝術形式，因而是『正確的』藝術形式。

一九四九年以後至一九七六年以前的中國文學批評和文學理論，其主要發展趨向很大程度上正可描述爲，引入和學習這種馬爾庫塞深切反思和批判的蘇式馬克思主義美學，並不斷對之加以極端化的過程。這一極端化的頂峰就是不講條件和媒介的「文學爲政治服務」論點，和把已經很狹隘的「社會主義現實主義」文學觀進一步狹隘化爲「革命現實主義和革命浪漫主義相結合」和「三突出」，並通過政治權力和資源的掌控甚至暴力的介入，使這一切成爲當時唯一合法的公開聲音。這一令中國當代文學不能忘懷的創傷記憶——其中包有著政治禁忌和美學禁忌——使得中國近二十年的文學批評和文學理論變遷的主流，在開始時，必然會包聚著離棄前三十年政治與美學邏輯和禁忌的內在歷史勢能。在那一歷史時刻，這樣一種歷史反應、歷史心情無疑是非常自然的，因爲它以參加者先前苦痛親歷爲反應背景，爲心理勢能。

遺憾的只是當時的文學批評、文學理論界的主流取向，沒能因勢把這一內在歷史勢能轉換成一種既內含眞實歷史課題，又超越一般慣性反應的思考的動力，而卻主要是在構造現在與過去歷史的二元對立，然後全力在離棄前三十年的政治、美學禁忌的方向上運動。而這一以對立、離棄的方式擺脫前三十年文學批評、文學理論的行動中所自覺不自覺奠定的前提、方向，在文學理論、文學批評主流已經基本擺脫掉先前的政治、美學束縛後，仍在接下來束縛甚至規定著文學理論、文學批評的前提與方向。

不少當代文學批評家試圖通過時期劃分和對此劃分的界定，以爲人們整理自己當下歷史感受和文學經驗提供出一個可用的理解、把握框架。比如，由於一九八九年一系列事件的巨大影響，一部份學者和批評家以八九年爲標誌，把改革開放以來的「新時期」再劃分爲「前新時期」「後新時期」。而隨著時間的流逝，越來越多的學者和批評家開始強調以九二年鄧小平南巡講話爲標誌的中國全面迅速推進市場化，市場意識形態迅速佔據核心位置的九二年的這一轉折的關鍵性，認爲不是八九年，而是九二年的轉折，直接決定性地改變著中國社會、文化的基本結構，並開始重塑人們的精神和感受結構。無疑，就一些層面而言，上述被強調的標誌性事件，和以這些標誌性事件爲斷限的劃分時期的方式，爲討論中國文學理論、文學批評的變化提供了重要認知線索和切入一部份問題的方便。雖然如此，不過如果我們像一部份當代批評和理論家那樣，不是適度看待這些界限劃分的有限認知意義，而是誇大這些時刻標誌的歷史絕對性，那將極易誤導我們，使我們不能眞正看清這些時刻之後的新觀念、新意識，和這些時刻之前他們有意與之斷裂的意識、觀念的深層聯繫。因爲一旦當我們穿透表層斷裂，切入到深層連續層面去看，便可發現，中國近二十餘年來的文學理論、文學批評主潮，雖然其面貌前後發生了令人不敢相認的變化，但其變化和所以變化的深層連續其實相當一貫。先是全力離棄過去三十年的政治、美學禁忌，並在此一離棄過程中確立起基本的觀念方向和觀念前提來，其後便是在這些觀念前提、觀念方向上的嬗替與開展。也即是說，即使是八九、九二這樣一些極大程度改變了中國面貌的事件，也未從深層使九〇年代中國文學理論、文學批評主流脫出八〇年代中期前後所型定出的方向和前提。這樣論斷，意味著承認：由於時代課題的變化和歷史、生存情境的變化，接下來文學理論、文學批評的開展與嬗替，在受制於八〇年代中期前後所型定出的觀念方向和觀念前提的同時，由於不能也同時承續到和先前觀念、意識努力要面對的歷史關係相近的歷史關係——也即得以使八〇年代觀念與意識努力具有眞實歷史有效性的，有明確眞實的政治、美學禁忌需要加以反對這樣一種特定的歷史關係，必然使得依賴於特定歷史關係才獲得歷史有效性的理論和批評，在觀念方向、觀念前提慣性順承、缺乏足夠反思仲介的接下來的開展中，陷入缺少足夠眞實歷史有效性的困境。因爲先前理論和批評反對努力成功的時刻，也是它自身藉以獲得歷史有效性的歷史關係很大程度被改變的時刻。而這，正是那些接下來看似熱鬧的衆多開展與嬗替實際經受的歷史命運。

由於不能對接下來的時代課題、生存感受、現實經驗以有效回應和有力參與，結果便是接下來批評和理論開展與嬗替中，越來越多人充實感的削弱甚至喪失，和越來越濃的虛空感、茫然感的籠罩與侵襲。而當一部份文學學人試圖和時代拉開距離、回歸學院，試圖在實證知識的踏實中找到自己的安身立命處時，由於倡導者們沒有先行釐淸、界定，若何知識生產才能生產出有助於揭明、理解、把握時代課題與人們眞實生存境遇的知識，因此，這種一時間看似能給學人以踏實感的學院設計，並不能滿足那些敏感且富責任感的心靈。這樣，歷史有效性問題便成了，困頓九〇年代無論是執情於觀念、還是偏情於知識的敏感文學學人內在感受的核心要素。不理解這些，我們便不可能理解何以九〇年代文學界充斥著訴說茫然、不知所措、無可如何的聲音；不理解這些，我們也便不可能眞正理解，何以有那麼多在八〇年代表現優異的文學學人在九〇年代不期而然地轉向其他知識領域；當然，也便不可能理解，何以文化研究會在九〇年代中國文學界遭遇到如此這般令人吃驚的熱情。

二

回觀充滿激情、活力、紛紜事像的八〇年代中國文學理論、文學批評的變遷，我們可以淸楚地看到，在諸多離棄前三十年政治、美學意識形態的努力中，越來越脫穎而出的是如下兩個開展方向：一是用「文學是人學」的旗幟反撥政治、社會意識形態對文學的壓制和干涉，並進而用一種人道主義共識奠定相當一部份文學、文化批評基調；一是在「文學是語言的藝術」的旗幟下，通過繞過、質疑乃至顛覆反映論，對先前狹隘且一統的社會主義現實主義美學禁忌加以反撥，同時在理論上建構出以「語言」問題爲絕對注意中心的文學本體論。這兩個向度上的觀念與理論開展，不僅和其他論述努力一起爲八〇年代寫作和美學空間乃至日常話語空間、生活空間的打開，做出了突出的歷史性貢獻，而且自八〇年代中期前後，此兩種開展方向越來越壓倒其他文學理論、批評思潮，成爲八〇年代後幾年文學思潮的主潮。

審視八〇年代諸文學思潮走過的道路，一方面沒有人會不對這些夾帶著感人熱情體溫的歷史時段心存感念。因爲大家都明白，沒有其時夾帶著體溫和勇氣的諸多出擊、論爭、事件以及諸多新觀念、新系統的提出，後來所享有的巨大空間並不會自動到來，至少不會像我們實際歷史經歷的這麼快的到來。另一方面，也有不少人在感念的同時，記得指出，八〇年代倡導過的諸觀念、系統，距人們盼望的原創、系統、嚴密、妥當這樣一些高標準，尙有相當距離。這種被許多八〇年代過來人也認可的對八〇年代的概略評定，以最爲扼要的方式向我們傳達了概述者自己對八〇年代諸文學思潮的歷史意義、歷史位置的認識。就某種意義言，這一似乎並無太多爭議的高度概括，無疑是正確的。但就另外一些意義言，此概略也和不少其他概略的命運相同，就是看似準確的概略的下面，往往隱藏著值得追究的問題。比如，此概略中講八〇年代思潮中的諸觀念、系統距我們認肯的原創、系統、嚴密、妥當標準有相當距離，如不加進一步說明，便很可能給人八〇年代觀念開展方向正確，只是程度上尚有不足的印象。而此印象一旦形成，又接著隱含：對八〇年代文學實際走過的道路不需進行特別的剖析和打量，而只需在八〇年代給出的「文學是人學」「文學是語言的藝術」的基礎上進行理論建設和知識整合上的加廣、加深、加密。這樣，在我看來最爲首要的問題——即必需首先對當下文學觀念的後文革起源本身加以追問考察——便會被有意、無意放過去了，而就本文視點，一直沒有進行此一工作，恰恰是九〇年代以來文學界所以不能擺脫困境的重要原因所在。

比如，一旦我們回往八〇年代「文學是人學」這一大論述所處的實際歷史與觀念情境，我們便可發現，不論是文學主體性的討論，還是文藝心理學的熱潮，基本上都沒越出相對單純、樂觀的人本主義心理學式的對人的理解；甚至只是立足於樂觀且常識、直觀的人道主義烏托邦，以爲一旦給人更大的自主空間，個人就會朝向他們所希望的方向發展自己④。推敲八〇年代主體性等討論何以停留於這樣一種今天已經很難思議的樂觀的人性論想像上，必需考慮到文革後對文革的反撥，首先是對文革中反人性、反人道主義暴力的揭露和控訴，和對人們單純、質樸的對生活與美的熱愛的歌頌。這在當時造成了一種突出地對人性樂觀、信任的歷史氛圍⑤；其次便和當時人們對世界與未來的理解、想像狀況有關。就是當時絕大部份人都在把西方主流現代性和中國社會主義實踐簡單對立起來，以爲西方主流現代性是直接順應人性的結果，而中國前三十年實踐的問題則是封建專制主義沒有肅清，反人性的結果⑥。這樣一種對西方現代性的理解，必然容易得出，只要擺脫中國原有的制度和觀念，踏入西方主流的政治、經濟等制度、法律模式，中國的一切問題便會迎刃而解的樂觀邏輯來。

這樣一種現在想起來已頗有距離的感覺、知識、思想氛圍，卻歷史性的參與確定下了接下來多年的文學理論、文學批評的開展方向和前提。比如，出於對先前要求一切以大歷史目標、政治目標爲中心的恐懼和厭倦，和對人性的樂觀信任，結果便出現了無限制倒向以自我表達爲首要追求的寫作觀和批評觀。而這樣一種感覺和思想氛圍，極大地塑造了對當時開始大規模湧入中國的西方現代主義的理解。就是對西方現代性開展瞭解的不足和有意無意的美化，加之樂觀人性論，使得主要建基於對西方現代展開的反思、剖析、批判的西方現代主義哲學、美學、文學藝術、心理學等思潮，在當時被有意無意地抽離其所處的特定歷史結構，與具體思潮、作家所處的不同境遇和特異感受，來被對待和理解。雖然其時大多數紹介文章都不缺少歷史背景的介紹，但這些介紹卻大多比較籠統，不能切當傳達出它們在自己歷史中所處的具體歷史位置，面對的複雜歷史問題語境，和他們轉向新的美學信條時各不相同的邏輯與理由，從而把這些現代主義思潮中的一些要素戲劇化了和絕對化了。所以這種歷史紹述並不能阻止當時人們以一種不加轉換的方式，把這些自以爲可分解使用的要素直接組合到我們自己的氛圍裏和問題語境裏，以之作爲偏離、破除中國原有意識形態和美學禁忌的方便武器。而一部份激進者，更是因為西方現代主義偏離中國先前美學禁忌最遠，有意無意在愈偏離原來禁忌愈好的心理推動下，毫不遲疑地把西方現代主義當作了新的寫作典範、新的理論與批評話語的應該來源。這樣，本來應該成為考量、分析物件的西方現代主義，便在很多人那裏直接轉成了一種價值尺度，具有不容質疑優先性的價值尺度。這種紹介方式加上這種歷史氛圍，必然出現我們在八〇年代中期前後常見的談論西方現代主義的方式，就是並不真介意被我們劃入現代主義總名下諸種思潮間的不同乃至衝突，而是強調它們偏離現實主義美學的共性，並在接下來轉入那些強調主體挖掘的思潮，而把它種不是特別屬意於主體挖掘的思潮在此一層面有意無意加以忽略，或只是概括為一些美學手法。這樣，諸種相差甚大的現代主義文學藝術與美學思潮便被界定為不僅由於離我們自己的美學禁忌最遠，可作為當時反現實主義美學的奧援，而且這種經過我們處理過的現代主義，還被建構為可直接成為我們當時寫作擺脫現實主義手法，轉向新的道路，特別是開掘自我之路，所不可缺的靈感來源和寫作榜樣。所以，在主體肯定方面最果決、最無牽絆、且以之作為面對世界立足點的薩特存在主義思潮風靡一時，決不是偶然的，而是和時代的種種情況湊合在一起有機相關的。我們不妨回想一下一九八四年前後被廣泛談論的薩特的情況。當時人們對薩特的主要關注點在他的《存在與虛無》和《噁心》、《門關戶閉》等早期哲學、文學著作，並總是脫離上下文地糾纏於「存在先於本質」、「他人就是地獄」這樣一些其時作為薩特標籤一樣的談論，而薩特中後期維度更多、更直接複雜思考主體、歷史、文學間關係的《辯證理性批

榜樣，同時暗示著文學如果出於創造力需要和深度展現自我的需要，就可以對外在世界進行冒犯，從而在論說中界定出了美學相對於道德的特權。⑦

這樣，八〇年代中後期在中國就出現了很有意思的現象，就是具有單純和樂觀啓蒙主義特色的人道主義和主體性思潮，與原本在西方包含了反思與批判樂觀、簡單啓蒙主義思路（但反思和批判不等於全盤否定）⑧的現代主義的中國接受者之間，在寫自我——抽離出對外在世界責任與思考的自我——方面反而有著相同的結論。就這樣，通過這樣一些歷史和知識、思想情勢，在八〇年代中後期確立出了在接下來中國主流文學理論、文學批評界被自覺不自覺奉爲首要律令的前提和出發點——表現自我、尋找自我，而不管其是否缺乏對世界和歷史的理解和責任驅動，也不管他的感受和經驗是否會過分單一，是否只是對時代環境、時代流俗的簡單隨波逐流，等等；更不管如果主體在面對政治、經濟、物質生活的現代展開時，如缺乏一種複雜的感知和審視能力，文學也就不可能對讀者提供出他們面對、組織與理解歷史新情境中自我感受與自我經驗時常常需要借助的知覺形式，以獲得認知上的參照，與因此閱讀契機產生出的有效自我反觀、自我整理；當然更談不上對閱讀主體提供深層的安慰和感動，並以這種安慰與感動對主體的觸發爲媒介，爲那些受制於現下邏輯與氛圍而又對這邏輯和氛圍狀況深感不滿和不安的讀者，提供出可以幫助其重塑乃至重構其自我主體的啓發性契機。

三

寫自我雖然成了八〇年代中期以來中國文學理論、文學批評主流的一個當然出發點，當時卻並沒建立出一套以之爲根本基點融貫其他的系統的文學觀。形式上建立起一套擺脫社會主義現實主義訓導，又自成系統論說的文學觀，當時靠的是「文學是語言的藝術」這一方向的開展。這一開展的特質是把「文學是語言的藝術」這一命題絕對化，以之作爲文學性的來源。當時這一開展方向迴響甚爲熱烈，因爲在當時看來，這樣一種開展思路，不僅可以徹底顛覆反映論，而且爲文學遠離政治、社會意識形態，從根本上構建文學的獨立性和自律性提供了理論的支點。

這一所謂的語言論轉向在八〇年代中國文學理論上的表現，是通過吸收組合[9]俄蘇形式主義、美國新批評、現象學美學、結構主義敘述學等質素，構築出以語言問題爲關注中心的文學本體論；在學術上的表現，則是熱衷傳佈劃分文學研究爲內部研究和外部研究的論點，並強調內部研究對文學理解的根本重要性[10]；在批評上的表現，則是偏愛具語言個性風格和文體探索意識的作家，同時把作家的創造力界定和解釋爲通過對語言和文體的摸索激起讀者新異、特異感受的能力。尤其在爲八〇年代中葉以來備受青年批評家青睞的中國先鋒派作家的辯護過程中，語言問題，尤其作家直接通過語言經營所產生出的陌生美學閱讀效果，更成爲當時置身於這一論說脈絡批評家最積極激賞和辯護的首要興奮所在。並且這一批評取向同時通過把相對穩定的寫作手法、美學風格和日常道德規範一起指稱爲壓抑創造力機制的參與者，進而在道義上把對語言和文體處心積慮的花樣翻新界定爲一種解放、爭自由空間的行爲，這樣致力於語言和文體實驗的文學潮流便除了在文學性上獲得一種優越外，還連帶獲得了價值、倫理正當性。

但是，這樣一種論說邏輯，在爲八〇年代中國文學現代主義、先鋒派的生存與開展做出決定性的辯護與支持的同時，卻也爲中國現代主義、中國先鋒派的進一步發展製造了重重歧路與陷阱。一重歧路和陷阱便是，由於把語言、文體創新界定爲現代主義的首要美學追求，使得中國的現代主義、先鋒派不可能安心於既有的寫作手法和語言風格，這樣，當然也就很難存在對先前手法與風格體會、挖潛轉化所需要的氛圍和心情，而是汲汲於把自己放在一個不斷進行技法與風格革命、甚至爲革命而革命的序列中，以尋求建立自己的美學風格和提供新的美學震驚給讀者爲第一義。等而下之者，甚且以美學需要爲理由，絞盡腦汁去冒犯社會通行道德、習俗和人們的認知常識，以獲得讀者的閱讀驚異。於是，先前通過把主體自我與歷史、文明、民族等外在目標對立起來後爲主體贏得的自由，便由於這強勁單一的陌生化美學要求，致使看似擺脫了一切羈絆的中國現代主義、中國先鋒派作家不是感覺更自由了，而是因陌生化美學要求所逼變得更焦慮了。這一焦慮使中國八〇年代特有的、和外在一切對立的關心「自我」的寫作，變得更加單一和貧乏——因爲當一種美學和道德形式並未構成對生存主體、寫作主體的誤導和壓抑時，作家、藝術家卻非得給出一個明顯標示斷裂、至少是特異的美學行爲和道德意識，必然導致他們的創造追求中充滿著人爲的、不必要的扭曲。換句話說，便是走向表達歷史中自我感受和自然感受的反面。因爲這樣一種對創造力的單一界定和對創造力的絕對強調，使得很多作家、藝術家已不是在和他人相通的生活樣態中去捕捉可能使自己產生風格的靈感，而是爲了風格、爲了創造力，全力把自己的生活改變成他們自己認爲適於產生特異靈感的生活樣態。

這樣一種實質上強制作家、藝術家把他們的精神、生活盡可能和他們所處社會一般的精神、生活分離開來的邏輯，使得讀者對文學藝術作品的閱讀越來越難自然地進行。這也就是何以作家、藝術家也在熱切要求著讀者的訓練，這是「細讀」能力和訓練所以被誇大到現在這樣一種重要位置的另一個時代原因、邏輯原因。因爲今天批評與研究上的所謂「細讀」，首先意味著盡可能地要求讀者進入作品細部，琢磨細部，而這意味著看輕與貶低讀者的第一感受和整體感受；並且即使作品在量上和形式上有不少資訊和尖銳性，但如果其豐富與特異和閱讀主體源自其具體生活的經驗與敏覺相距甚遠，直接的交流仍然很難發生。這時強調細讀，其中往往隱含著規訓與教化的強加，也即把讀者訓練成配合作家、藝術家的美學邏輯的讀者。而當進行到這一步，讀者仍不能對作品產生興味時，便會有一些邏輯和觀念出場，來保證這些作品在美學和倫理上的意義。事情走到這一步，實質上等於把作品本身是否有意義的評判權交托給了現在有勢力的哲學、批評潮流——也就是說，中國這樣一種極端的文學自律追求，其後果之一卻是在把自己變成哲學與理論的附庸，以致作家和藝術家在要求規訓讀者的同時，也受到哲學與理論的規訓。這樣，在眞實存在的壓抑被顚覆掉之後，便形成了一種主要靠對創作者和讀者的雙重規訓來維持的中國式的現代主義和中國式先鋒派的存在。不過，這種雙重規訓雖然能維持住中國現代主義和中國先鋒派的人爲延續，卻維持不了使中國現代主義和中國先鋒派在其興起時，那樣一種使批評界、敏銳讀者得以感受眞實衝擊的歷史條件、美學條件。

四

因此，當八〇年代中國文學理論、文學批評在「文學是人學」、「文學是語言的藝術」的旗幟下戰勝了他們共同指向的針對物後，便變成了一種很奇怪的相互束縛、甚至相互敗壞的律令——文學寫「孤絕的自我」使得中國現代主義失去了在更廣闊天地裏自我鍛造的機會；而一心一意追求以語言、文體的陌生化閱讀效果爲衡量標準的創造力，使得即使這一孤立（實際上不可能完全孤立）的自我也不可能被認眞、平靜、完整地面對。但所有這一切並沒有造成他們聯盟的眞正解體，因爲它們中每一開展方向在辯護自己現有狀態和邏輯的存在理由時，都往往會強調指出過去的敵人仍然存在，並有著復辟的可能。就這樣，中國八〇年代文學理論、文學批評的主流邏輯，在幫助興起時有著眞實激情與衝力的中國現代主義、中國先鋒派取得美學和道德的霸權時，也爲它們的狹隘和末路準備好了套索。

可以想見，當中國式的後現代主義出來宣佈，寫脫離任何意義羈絆的自己原生生存狀態，乃至順手寫自己興之所至的幻覺，才是對各種可能壓抑的最後擺脫；對先前各種文體、技法等的擬仿和拼貼，才是最爲前衛、最爲革命的文學表現時，一定讓許多當時現役的現代主義者和先鋒派或正準備踏入現代主義和先鋒派之途的作者們鬆了一口氣。因爲中國式的後現代主義，通過把所有的「所指」都指爲可能的壓抑來源，切斷了現代主義背負的意義尋求指向；同時，通過把擬仿、拼貼乃至興之所至的書寫都作爲割斷與「所指」聯結的「能指遊戲」來歌頌，取消了八○年代中國先鋒派禁欲主義式的對創造力的追求，從而也就取消了寫作的「難度」要求。正是這兩種難度的去除，使得在八○年代人數有限的中國現代主義運動、先鋒派運動，其在九○年代的承續至少在人數規模上呈幾何級數增長。

但雖經中國式後現代主義論說的啓迪與辯護，作爲八○年代現代主義承續的九○年代「晚生代」等寫作並未與八○年代奠定的前提間有一個根本的斷裂。比如說，仍是甚至更絕對地強調寫擺脫現實主義羈絆的孤立的自我，只不過由於也去除了意義追尋的羈絆，九○年代的寫作缺少了八○年代那樣一種探求與冥想的品質，而是導向以下邏輯：既然要寫擺脫一切羈絆的自我狀態，那麼順理成章地便是轉向寫與確定的社會關係無關的、由身體狀態和欲望狀態所決定的自己霎時感受的所謂私人生活。又比如，僅僅通過中國式後現代主義表述對「能指」一詞的過分依賴，就可明白，九○年代更多的文學批評在把語言對文學的作用更加絕對化。只不過九○年代由於實質上放棄了八○年代那樣一種創造力觀念，於是便把從已有的文學技巧、文學風格中比較隨便的攫取作爲自己在美學表現上的政治正確，這樣，自我放縱便取代了先前中國先鋒派寫作技術上的苦心孤詣。再比如，「能指遊戲」「削平深度」「本能呈現」等說法，一方面其漫不經心之態似乎是在暗示讀者不必對這些作品過分認眞，另一方面由於文本內蘊更加貧乏，寫作技術上更無貢獻，這些作品的意義位置反而更要評論者把它們和相對確定的文學形式、現實生活和一些哲學、理論的潮流話語牽連起來，以證明自己在做著某種解放和爭自由的事業。這樣，九〇年代的寫作、批評邏輯不管表層上與八〇年代中期後確立起來的主導寫作、批評邏輯間有著多大的斷裂表像，其深層方面卻仍在延續八〇年代中後期的寫作觀、批評觀。

九〇年代這類寫作與批評和八〇年代既延續又斷裂的關係，使九〇年代文學界出現了很特別的一些現象。一是九〇年代文學對八〇年代文學邏輯的延續，使得建立起八〇年代這一文學批評、文學理論邏輯的學者和批評家，即使感覺到九〇年代文學寫作和批評在精神上已經變質，但依憑八〇年代文學邏輯卻不足以對九〇年代文學寫作和批評進行反撥和校正；二是經過中國式後現代主義論者啓迪的九〇年代寫作，由於其內蘊的貧乏和語言與技巧上的輕率，加上其自我標稱的顚覆行爲和革命行爲的歷史虛假性，使得它們很難有力吸引理論家和批評家聚精關注。這就出現了九〇年代文學界和八〇年代文學界對比讓人印象深刻的現象：就是在八〇年代爲當代文學熱烈呼籲和辯護，乃至耽溺文本與語言的很多學者和批評家，在九〇年代紛紛棄當下寫作而去；而那些仍停留於當下文學的批評家與理論家，由於當下文學本身的問題，也似乎再無八〇年代那樣一種理論與批評的激情，而越來越依靠理論程式和批評套式來維持批評。這就造成了當代文學界創作潮流和批評潮流的雙重貧乏，而這貧乏，除各種外部原因外，文學批評界沒能較快找到新的理論、批評邏輯，以糾正與八〇年代既繼承又斷裂的九〇年代流行寫作觀、批評觀是一個重要原因。

九〇年代推出的大多寫作潮流和所謂的後現代主義批評觀的最大後果就是，在九〇年代新的歷史條件下，不是轉化而是取消掉了八〇年代現代主義和先鋒派寫作與批評邏輯中尙存的所有可能的批判立足點——它取消任何積極意義的肯定與追尋，實際上等於取消了現代主義對抗市場邏輯、消費主義意識形態的現實可能性；而且其所鼓勵的、不會眞正冒犯外在掌控的，以身體欲望、本能感受爲自我表現著力點的寫作方式，又使得它很容易被市場歡迎與整合，並被輕鬆炒作爲新的「市場」賣點。這也就是爲什麼九〇年代承續八〇年代現代主義先鋒寫作的承續者們，那麼輕易被市場收編的原因所在。由此，表面看來以西方現代主義爲榜樣的中國式現代主義、中國式先鋒派便在一系列歷史情勢和美學觀念邏輯的嬗替中迅速墮落爲中國式市場意識形態的寄子。

但不等於說順承了八〇年代現代主義勢能和觀念前提，而又接受了中國式後現代主義教誨的九〇年代寫作與批評的墮落，就反證了九〇年代仍然堅守八〇年代現代主義和先鋒派律令寫作的優越。因爲從前面的整理可以看出，無條件地強調寫孤立自我和以語言閱讀感受爲關注中心的陌生化美學律令，在它完成了對中國現代主義和先鋒派文學的辯護後，也致命地狹隘化了中國現代主義可能的發展天地。所以當九〇年代以市場邏輯來重塑一切的新意識形態降臨時，堅持八〇年代現代主義和寫作教訓的那部分九〇年代寫作雖然沒有被市場完全收編，但它除了譴責別人無創造力和不能爲文學本身獻身外，卻也因它自身致命的邏輯束縛，不僅不能去努力探究新時代邏輯和氛圍對主體的粗暴重塑，以使讀者有對時代經驗不同於流行邏輯、流行教誨的理解，獲得反思自己新經驗的特別立足點；也不可能去致力發現新的途徑，以便在它提供的知覺形式中既包含著內在於這一現下歷史條件的可能開展，又突破此一現下世界推給我們的主體建構邏輯，從而爲讀者的自我精神開展、自我生存救治提供營養。⑪

五

令人欣慰的是，參與塑造八〇年代文學，包蘊著理想主義精神、人道主義關切和歷史、民族責任感的歷史勢能，並沒有因其開展出的主流文學理論與批評邏輯有問題、在九〇年代找不到新的著力點而把能量耗盡。所以在九〇年代中國式市場意識形態迅猛來臨時，這一能量不是以它所開展出的邏輯，而是以退回到它本能反應本身這樣一種方式進行了它的抵抗和批判。以這樣一種方式來界定「人文精神」討論看起來多少有些令人突然。不過除掉話語表層的時代氣息，我們就可以發現，就稍底層些的動力和邏輯論，這一討論和八〇年代初的「異化」討論實有著根本的相通性。雖然實際針對的物件已根本不同了，但這場討論和那場討論一樣，都因對現代歷史整體理解的缺乏和缺少一個有深度的主體理論作爲支撐，使得這兩場討論都未能在理論上有多少有效的凝結。只不過「異化」討論因其討論時語境的單純和強行被壓迫而止，獲得了更多人的同情；而「人文精神」討論所處時代語境的複雜，加上該討論和其時相當多知識份子正一心試圖在學院專業知識工作中尋找自己的安身立命的潮流相悖，且由於此討論骨子裏沒能去除對精英——民衆、雅——俗等對立模式的倚賴，所以不僅沒有像「異化」討論那樣獲得知識界一面倒的同情，還被一部份論爭對手隱指爲「反民主」、「假崇高」，等等⑫。因此，當這一勢能沒因倉促而出、倉促而返的「人文精神」討論找到自己新的歷史著力點後，文化研究的及時出現吸引了那麼多文學理論、文學批評界人士轉向它當然就毫不奇怪了。因爲排除掉那些投機者和習慣於追新逐潮之人外，此一現象實和文學理論與批評界相當部分學人，認爲文化研究能有效承擔剖析與批判現下試圖以市場意識形態重塑一切的現實這一看法有關。所以，很大程度上可以說，相當一部份文學理論、文學批評人士轉向文化研究，其實正是上述歷史勢能在文學上喪失自己的有效立腳點之後，重新尋找具有歷史有效性的新的著力點、開展點的一種必然表現。

不過，雖然文化研究成立的歷史不長，其在中國登場的時間更短，但在擁抱文化研究的短暫經歷過後，一些文學研究者已經開始明白文化研究並非一個能充分有效消解文學界先前全部焦慮的現成完美武器。因爲綜觀文化研究在國際上已有和在中國起步伊始便有的一些表現，就可明白文化研究不好好把握同樣可以像中國式後現代主義那樣，變成一種形式上激進、實質上保守的，不去觸及市場意識形態根本，卻把市場運行的策略和手段誇張化、神奇化的時髦賣弄操演。

爲了避免把一切都解讀爲符號組合所造成的對感受的迷惑與塑造這樣一種文化研究思路，把剖析、批判落到實處，一些研究者開始強調文化研究必須和政治、經濟、社會學分析相結合；另外一些研究者則呼籲時刻不能忘記階級、種族、性別這樣一些文化研究的經典性課題。顯然，即使是這樣一些經過判析調整後的文化研究開展方向，也不以時代歷史境遇中主體問題、語言問題的複雜性爲自己的主要關切，而且這些開展方向也並不能避免文化研究變成一種新的展現「政治正確」的場所，從而導致新的僵化形式。⑬比如，在借用文學文本進行的文化研究中，莎士比亞的劇本很可能因爲對非西方族裔的歧視性描述而被貶斥，而另外一些歌頌黑人的拙笨文本反而會受特別表彰。這就讓文學研究者明白，文化研究固然有著重要的貢獻和意義，但它並不特別關心文學層級差別和文本個性本身可能具有的貢獻和意義。所以，如果一味用文化研究來框定文學研究，就會出現馬爾庫塞在蘇聯式馬克思主義美學中所發現的那種狹隘僵固的文學觀，即所謂「因爲寫的是工人階級，寫的是『革命』，因而就是革命的」之類的推論邏輯，從而把所有歌頌底層、少數族裔、女性的文本都作爲「政治正確」的好文本，反之，則是「政治不正確」的壞文本。爲解決這類問題，有人曾建議把文學強調的文本細讀、審美闡釋同文化研究結合起來。不過，在我看來，這就像當年建議蘇聯那種僵固的社會主義現實主義把人物寫得再自然些、文字再考究些，並不能眞正解決其時文學的尷尬和衰敗一樣。在今天的中國，試圖孤立地選出一些文學質素、文學訓練，以之與文化研究的批判著力直接相加，自然也不可能從根本上解決今日文學所陷於的困境。顯然，文化研究的出現雖然可使中國文學理論、文學批評歷史有效性缺失焦慮得到相當程度紓解，卻不僅不能替代文學研究，而且不能爲文學研究所以存在那最核心的價値部分提供直接的幫助。明白這些，便會明白，當前中國文學理論、文學批評的尷尬局面並不會因文化研究的出現而從根本上獲得解決。

除文化研究外，近年來使文學批評、文學研究一定程度上得以擺脫九十年代初中期文學觀籠罩的，還有反思現代性、後結構主義、新左派等思潮。由於這些思潮有助於我們思考和關注先前我們有意無意忽略掉的歷史和現實課題，並解消我們簡單、樂觀的現代化想像，提示我們中國現實與未來道路的複雜，因此吸引了很多敏感文學學人、批評家轉向這些潮流，並產生了一批富啓發性的研究與批評成果。但由於大多已有這些方面的研究、批評，還過於直接依賴這些思潮本身提供的視點和評價邏輯，因此，這些已有成果雖能爲我們淸理文革以來文學問題、思考如何重構既具歷史有效性又具美學有效性的文學觀，提供重要的思考背景和知識助力，卻仍不能代替，具體突入後文革歷史脈動、歷史觀念脈動的研究反思工作，對認識理解我們當下文學困境、重建有效文學觀所可能提供出的認知、啓發意義。

六

在當下這樣一種文學處境中讀馬爾庫塞的《審美之維》，便不由產生一種特別的親切。因爲正如前面所述，中國文學理論、文學批評所以落入今天這樣一種尷尬局面，首先，便因爲在新時期開始時，我們的文學批評、文學理論界的主流不是把對前三十年政治、美學禁忌的批判轉換成超越性思考，而是在構造與過去三十年的二元對立，然後全力在離棄前三十年的政治、美學禁忌的方向上運動。其次，便因爲，這一以離棄的方式擺脫前三十年文學批評、文學理論的行動中所自覺不自覺奠定的前提、方向，在文學理論、文學批評主流已經基本擺脫掉先前的政治、美學束縛後，仍束縛甚至規定著接下來文學理論、文學批評的前提與方向：即以寫「孤絕的自我」爲「文學是人學」這一論斷的歸依，以絕對化的語言觀界定「文學是語言的藝術」的實際所指，等等。而和這種簡單地把自己與先前證明是錯誤的理論劃清界限，甚至對立起來的思考方式不同，馬爾庫塞寫作《審美之維》的目的雖然是淸算正統「馬克思主義美學」，並對馬克思本人的一些論斷也不無反駁，但在他那裏，否棄「那種從佔統治地位的生產關係總體出發的去解釋一件藝術作品的性質和眞實性；尤其是指那種把藝術作品看作是以某種確定的方式，表現著特定社會階級的利益和世界觀看法」的蘇式馬克思主義美學；並不等於要放棄作爲西方現代思想有機組成部分的馬克思主義的歷史結構分析、對人類命運的眞誠責任感，等等。

馬克思主義研究權威柯拉科夫斯基在他的名著《馬克思主義主要潮流》第一卷的總結中，認爲馬克思主義其實包含了三重母題：浪漫主義、普羅米修士式的人文主義以及啓蒙運動思想。浪漫主義取一個美好的「過去」來對比，抨擊近代工業社會及文明的異化、疏離趨勢；普羅米修士式的人文主義推崇人性的無限能力和完美可能，敦促人憑一己之力在此世建設完美的天國；啓蒙思想則獨尊理性主義的原則，認爲人類社會和歷史必定遵循不可矯變的鐵律演化、進步，終於實現一個擺脫一切非理性因素的明智王國。柯拉科夫斯基指出，這三個母題貫穿馬克思的整個思想，縱使在不同的時期個別主題所佔的輕重分量有異。他說，這些主題「……影響了他思想的方向、他使用的概念、他提出的問題以及他提供的答案。……」⑭參照馬爾庫塞一生的所思所寫，可以發現，馬爾庫塞除了因經歷了二十世紀太多令人難以想像的歷史事件和歷史發展，從而在理性樂觀主義上比馬克思弱外，在其他深層精神方面則順承其緒，是以他說：「我批評這種正統理論，是以馬克思本人的理論爲理論依據的，因爲馬克思的理論也是在佔統治地位的社會關係的背景下考察藝術，並認爲藝術具有政治功能和政治潛能。但是，與正統的馬克思美學相反，我認爲藝術的政治潛能在於藝術本身，即在審美形式本身。此外，我還認爲，藝術通過其審美的形式，在現存的社會關係中，主要是自律的。在藝術自律的王國中，藝術既抗拒著這些現存的關係，同時又超越它們。因此，藝術就要破除那些佔支配地位的意識形式和日常經驗。」可見，馬爾庫塞批判蘇聯式社會主義現實主義美學時，並不是把文學和政治、社會等對立起來，而是在認眞省察這些關係的同時，尋求文學、藝術自身旣抗拒又超越的途徑。

馬爾庫塞在分析內含最強烈人文主義理想和批判精神的馬克思主義何以在蘇聯馬克思主義美學的開展上走向了壓抑、貧乏的反面時，特別分析了蘇聯馬克思主義美學在政治上忽視與低估主體領域所帶來的問題。他說：正統馬克思主義美學，「不僅低估了作爲認識的自我（ego cogito）的理性主體，而且低估了內在性、情感以及想像；個體本身的意識和下意識愈發被消解在階級意識之中，由此，革命的主要前提條件被削弱到最小程度。即這樣的事實被忽略了：產生革命變革的需求，必須源於個體本身的主體性，植根於個體的理智與個體的激情、個體的衝動與個體的目標。馬克思主義理論也跌進了它曾向整個社會揭露和抨擊過的那個物化過程中，它把主體性當成客體性的一個原子，以致於主體即使在它反對的形式中，也屈從於一種集體意識。」他進一步強調主體問題的複雜，說：「正是伴隨對主體的內在性的認可，個體才跳出了交換關係和交換價值的網路，從資產階級社會的現實中退走，走進了生存的另一維度。的確，個體在這種從現實撤離中獲得了一種經驗，這種經驗必定（而且已經）成爲一種強有力的力量，去瓦解實際居支配地位的資產階級價值，這即是說，使個體把自身實現的重心，由施行原則和利潤動機的領域，轉移到人類內在源泉：激情、想像、良心。而且，個體的退出和撤離並非到此爲止，其主體性還將奮力衝出它的內在性，進入到物質和知識的文化中去。在今天這一極權統治的時代，主體性已成爲一種政治力量，作爲與攻擊性的和剝削性的社會化相對峙著的反對力量。」無疑，只有如此才是對先前正統蘇聯美學壓抑人的主體性問題既批判又超越的分析與理解，它很可作我們反省因簡單離棄式批判而產生出的「孤絕的自我」觀的反思參照框架。

在藝術性問題方面，《審美之維》的很多段落更像在直接對我們這二十年的那些錯誤觀念施以針砭。比如，下面這段話就像在針對八十年代先鋒派對創造力的理解，他說：「藝術的眞實也不僅僅是一個風格問題。在藝術中，存在一個抽象的、虛幻的獨立王國。在這裏，個人可以任意創造某種新的玩意，創造一種與內容不相關的技法，或者沒有內容的技法。就是說，創造出沒有內容的形式。這種空曠的自律使藝術喪失掉它本身的具體生動性，即使以否定的形式，也是對現實存在的歌功頌德。」而他所正面張揚的「形式的專制」講法，更像是在針對我們當代中國那些荒唐人的後現代主義寫作觀：「形式的專制是指作品中壓倒一切的必然趨勢，它要求任何線條、任何音響都是不可替代的（就最理想的狀況看，這並不眞正存在）。這種內在的必然性（這種將眞正的作品與非眞正的作品區別開來的性質），確實是專制的，因爲它壓制了表現的直接性。但是，在這裏被壓制的是虛假的直接性，這種直接性的虛假在於它背後拖曳著一個未經反思的神秘現實」。

可見，在使當代中國文學理論、文學批評界一步一步陷入困窘的關鍵觀念環節問題上，《審美之維》幾乎都有著發人深省的觸及與分析。參照我前述對當代中國文學問題的歷史和觀念分析，再參照這些以馬爾庫塞一生經歷、寫作、思考爲背景的銳見，我們可以淸楚的看出，當代中國文學理論、文學批評要想眞正走出自己的困境，不是在現有歷史、觀念基礎上修修建建便能解決的。而必須首先回到看似和今天處境無甚關係的後文革時期的那些起始年代，考察後文革時期開始時的豐富可能性，是怎樣一步步因人們對先前三十年政治、美學禁忌的二元對立式的反應方式，而日益捲入一種狹隘的現代人觀、狹隘的現代美學觀，從而步入今天困窘的。因爲只有以這樣一些歷史考察和對在歷史運動中觀念邏輯的批判解析爲基礎，我們才可能眞正看到和充分理解，那些被我們先前二元對立反應方式、狹隘的文學觀所排斥、曲解、窄化、甚至傷害的觀念和寫作資源，對我們今天文學走上闊大、健康道路所可能具有的意義——也即只有當我們回看這二十餘年後文革文學的歷史時，特別留心那些不把新時期文學和前三十年文學觀念截然對立起來的思考與寫作，也即當我們特別注意那些不把自我觀念封閉化、語言觀念絕對化，而眞實觸及著語言、主體、歷史、審美知覺形式、社會結構的自我再生產等幾方面間複雜相互關係的思考和寫作努力時，我們才能爲中國今後文學重新健康、有力的開展清出一個更眞實、更開闊的歷史地平線，才能爲當下文學承繼與轉化被有問題文學觀束縛與傷害多年的、充滿著理想關切與責任感的八十年代精神能量，打下一個更眞實、更開闊的思想與觀念平臺。

註釋

1 本文系據我二〇〇一年年底的一個寫作提綱略加修訂而成。由於當時寫該提綱的目的只是爲將來寫充分、系統長文提示思路用，故著重在記錄各論述結點和各論述結點間的邏輯關聯關係，而基本未作材料舉證、事像辨析工作。此次有幸發表此提綱以求教方家，本應就原闕略處詳加補充。但因原提綱篇幅已然不短，故只略略更動了些文字。這是要向讀者特別說明，請讀者原諒的。

洪子誠、陳光興、張甯、李楊、楊念群、江湄、張志強等師友閱讀了本文的初稿並作了回應，特此向他們致以誠摯的感謝。

2本文中的「文學批評」多採用廣義的用法，就是在通常指稱的文學批評外，還包括中國現當代文學研究。

3《審美之維》The Aesthetic Dimension 1978年由波士頓燈塔出版社出版，堪稱其美學思想的最後定論（馬爾庫塞一九七九年逝世）。《審美之維》中文有三個譯本，本文使用的是李小兵先生的譯本。李小兵先生的譯本收入他本人編譯的馬爾庫塞美學文集《審美之維》（北京：三聯書店一九八九年八月一版，頁203—257）。上引文見三聯版《審美之維》文集，頁203。由於本文所引馬爾庫塞皆出自該文集該論文，爲節省篇幅，下引文將不再一一注明頁碼。

4以爲導致罪惡的禁忌一旦去除，人性便會保證美好到來，是八〇年代很多論述和氛圍共同擁有的假設。這一假設及與這一假設相通的心情，使得後文革開始後相當一段時間內，文學藝術上產生了不少感人至深的作品，雖然這些作品距深刻要求均有相當距離。

5從歷史和現實經驗上看，雖然人道主義等大多情況下無助於人們去面對、分析和解決複雜的歷史和現實問題，但由於其對暴力和不公正等在心理上的不安感，卻往往是糾正在這些方面出了明顯問題的理論和實踐的直接、間接的心理動力來源。

6八〇年代這一知識界基本氛圍的形成，在我看來，既和當時大家仍然對政治壓制，國家全面掌控資源，及物質生活匱乏、精神生活創傷的記憶猶新這一特定歷史狀況有關；也和知識界缺乏對西方主流現代性開展諸多方面的瞭解和研究這一當時特定的知識狀況有關；還和知識界一些人認爲對西方的單純憧憬氣氛，方便於建立本土批判這一策略性的心態意識有關。

7把如此衆多、內部差別又極大的文學、藝術、美學、哲學、心理學思潮都一攬子歸入「現代主義」名下是一件很有意思的事情。因爲即使在西方，除背離諸流派指稱互有差異的十九世紀傳統，試圖找到一種回應其認爲不同於過去的、但諸流派指稱又各不相同的新境遇、新經驗外，似乎很難概括出它們終究有多少共通的品質，因爲它們中間一些流派就是對另一潮流的反思與批判而起。另外一些流派間雖然沒有直接的嬗替關係，但細繹之，卻可看到它們的觀念與方向上其實是非常不同乃至對立的。即使在被歸入同一潮流的各個作家間，差異也經常是很大的。顯然，沒有深入到現代主義內部進行的細緻研究做基礎，對西方現代主義想要有全面、準確的把握和理解幾乎是不可能的。而且此一過程同時也是釐清、糾正八〇年代對現代主義籠統、淺嘗甚至謬誤之理解的過程。

但除此以外，學界還有另外一種應該做的工作，即通過比較八〇年代中國是如何異於他民族學界來劃定現代主義的範圍，如何界定和概述現代主義的共通性質特點及其每一潮流的性質特點，並觀察其在若何歷史位置和方向上爲現代主義辯護並運用現代主義資源，其運用邏輯和策略若何，等等。因爲，這樣一種工作不僅對準確理解和把握八〇年代不可或缺，而且對理解九〇年代和今天的我們都會有著極大的幫助。這麼說，不僅因爲我們今天很多方面和八〇年代間都有著傳承和流衍關係，更重要的是，設置自覺且方法得當的歷史研究，常常會幫助我們發現，即使在許多看起來已經做了充分理論清算的地方，我們仍然以某種方式承續著歷史，而且這些承續中往往包含著最該被清除的部分。無疑，這樣一種歷史研究會給我們提供關於我們自己與我們所處之現時代的洞見，而這是理論方式所無法提供的。

8 啓蒙思潮和諸現代主義思潮間的複雜關係，無疑是一個富於歷史認知和理論認知雙重價值的學術課題，我希望將來專門來討論此一課題。

9 說「組合」，而不說「整合」，是因爲當時文學界對這些理論和批評潮流的把握還未達到充分消化的程度。

但說「組合」並不意味著評價偏低，恰恰許多有意思的創造正和把握的不充分、甚至誤讀密切有關。

10後者對八〇年代中期以來的學院學術影響深遠。比如，在改變了九〇年代學院感覺的學術規範討論中，由於這一討論暗含把知識和思想相對立的前提，和對何謂知識的狹隘理解，於是出現了自覺不自覺地把實證歷史知識和社會科學知識建構爲典型的知識這樣一種結果。而文學學術界相當多人爲回應這樣一種對文學學科不利的評價方式時，便把原本立足於內部研究、外部研究劃分的文本「細讀」能力和方法，確立爲和歷史、人類學等其他學科相區別，標識文學研究和文學批評學科專業特色所在的標誌物。當然，如此特色的「細讀」被推尊到這樣一種位置，必將對整個文學學科都產生後果有待分析的影響。

11而且八〇年代中後期那樣一種特定的創造力觀念，使得被此一創造力觀念束縛的作家們甚至不能後退一步，成爲對已有的文體和語言風格進行更精美的鍛造工作的自願工作者。這樣，它也就甚且不能爲讀者提供成功的審美愉悅出來。

12分析一下「人文精神」討論中，和主要由順承八〇年代精神文學批評家構成的持「人文精神」一方對壘的，在九〇年代甚爲活躍的文學批評家的攻防策略是非常有意思的。因爲一方面他們因強調反壓抑、消解專制，強調在觀念上自我的首要位置，從而得以搶佔了八〇年代主流邏輯的立腳點；另一方面他們又通過把反壓抑、追求自我絕對化，也即把八〇年代中後期主流邏輯極端化，通過反精英壓抑、反大論述壓抑等，再把直接承續八〇年代精神的人置於道義上可虞的地位。而這一攻防策略的有效性，也一方面集中向我們呈示了當時人文精神批評觀的不足，另一方面也清楚表露了這些人自我道義辯護邏輯的歷史虛假性。

13文化研究還有一問題是其經典課題都是在西方特定的歷史和現實語境中形成的，很多中國獨有的問題還沒有有效地進入文化研究的視野，更談不上重構中國文化研究者的問題意識、問題感覺了。要解決這一問題，就必須經過「文化研究中國自主化」過程。

14轉引自錢永祥先生《馬克思主義的原始動力與現代課題》一文，文載臺北《當代》雜誌一九八七年11期。

「西馬」、「現代主義」的理論旅行及新左派的視域

——對賀照田的《時勢抑或人事：簡論當下文學困境的歷史與觀念成因》一文的回應

趙稀方

八〇年代後期以來，中國當代文學及批評日益失去內在的動力和活力，這使得學界陷入了焦慮和疲憊之中，在這種情形下讀到賀照田的《時勢抑或人事：簡論當下文學困境的歷史與觀念成因》一文，讓人感奮不已。賀照田對於當下文學困境的歷史與觀念成因的精采揭示，使得飽受困擾的我們有了一種絕處逢生的感覺。雖然我們還不能肯定賀照田這篇文章就最終解決了這一問題，但它的確讓我們豁然開朗，拓展了學術的空間。在一篇文章的篇幅裏，賀照田幾乎遍涉了八、九〇年代全部重要的文學

學術思潮，如現代主義、先鋒派、私人寫作、人文精神、學術規範，文化研究、新左派等等，顯示出作者深厚的學術積累，但因爲此文的高度概括性，令讀者有滿目珠璣、目不暇接的感覺，因而頗需有進一步的闡釋。本文僅就自己較爲感興趣的幾個方面，從理論旅行的角度作進一步的論述。筆者的研究出自不同的視角，運用的理論和方法也頗不相同，但卻大致驗證了賀文的觀點，因而從某種意義上說它可以視爲對於賀文的補充論證。殊路而同歸，讓人感覺到學術的相通，智慧的愉悅。

一、西方馬克思主義

馬爾庫塞是賀文的出發點，作者以爲，「在使當代中國文學理論、文學批評界一步一步陷入困窘的關鍵觀念環節問題上，《審美之維》幾乎都有著發人深省的觸及與分析。」賀文也正是借助馬爾庫塞的視角來展開自己的論點的。但下列問題卻讓人困惑：包括馬爾庫塞在內的西方馬克思主義自八〇年代以來就風行中國，成爲中國新時期文學建構的重要部份①。馬爾庫塞的論述在國內早已耳熟能詳，在爲寫作這篇文章重讀馬爾庫塞的時候，內中的很多論述都讓筆者十分親切，它們彷彿來自八〇年代的中國批評家的筆下，那麼爲何非得等到今天賀照田重新發現馬爾庫塞，我們才恍然發現它是解決中國文學困境的鑰匙呢？

本文研究的切入點是「理論旅行」與「話語實踐」。賽義德將理論旅行分爲四個階段，未免煩瑣。

在我看來，一種理論能夠進入中國並成爲熱潮，從根本上說決定於中國的內在歷史需要②。而中國對於外來思潮的接受往往是爲我所用式的，因此常常只採用了符合其歷史需要的一面，卻壓抑了其他的維度。由此，外來理論在中國所擔負的功能，與這種理論在其原發情境中所起的作用完全不同。翻譯所導致的新詞語的衍生運動，正是所謂的話語實踐的過程。對於這種過程的考察，是解釋上述關於馬爾庫塞疑問的入口。

人道主義的歷史語境，是中國新時期接受西方馬克思主義的背景。新時期人道主義是針對文革時期的獸道主義與神道主義而起的，論爭經過了幾個不同的階段。一開始，人道主義者的敘事策略是將四人幫視爲封建法西斯主義，由此獲得資產階級人道主義的合法性。論者認爲，即使在社會主義階段也存在著如四人幫這樣的封建殘餘，由此可見資產階級人道主義仍然具有積極意義。這種來自於馬列經典論述的邏輯給論者帶來的麻煩是，既然人道主義的意義僅僅是相對於社會主義階段的封建殘餘而言的，那麼這種意義就是極其有限的。作爲中國官方意識形態的馬列論述的不容置疑，令中國的人道主義者陷入了尷尬。就在此時，西方馬克思主義被驚喜地發現了，令中國人道主義者的理論困惑得到了解救。西方馬克思主義在中國的作用首先表現在，它讓國人明白了原來馬克思主義還有眞僞之別，有中國、蘇聯東歐及原產馬克思之分，這讓中國論者找到了既堅持馬克思主義又反對中國的意識形態的方法，即尋找所謂「眞正的馬克思主義」。西方馬克思主義在中國的另外一個重要功能是，它對於馬克思早期的人學思想的強調啓發了中國論者對於馬克思主義的人道主義性質的論證。由此，中國的人道主義者開始強調，我們從前僅僅強調馬克思主義階級鬥爭學說是片面的，眞正的馬克思主義是以人爲目的的，是一種最徹底的人道主義。「人的根本就是人自身」，「人本身是人的最高本質」，「共產主義就是現實的人道主義」等等西方馬克思主義所強調的馬克思早年關於「人的解放」的論述，因此得以在八〇年代初的中國流行一時，成爲最爲時髦的語言。就文學而言，新時期初中國文壇最爲迫切的是對於文學政治化的反動，西方馬克思主義對於人的主體性和藝術的審美自律性的強調讓中國文壇如獲至寶。馬爾庫塞在《審美之維》第一部份的開頭對於蘇聯及東歐的機械的馬克思主義美學的概括，在經過了文革的中國讀者看來，彷彿是在直接描述中國的情況：一、在藝術與物質基礎之間、在藝術與生產關係總體之間，有一定形的聯繫……二、在藝術作品與社會的階級之間，也有一種定形的聯繫……三、所以，政治和審美，革命的內容和藝術的性質，趨於一致。四、作家的責任，就是去揭示和表現上升階級的利益和需求（而在資本主義，上升階級就是無產階級）。五、沒落的階級或它的代表，只能創造出腐朽的藝術。六、現實主義被看作是最適應於表現社會關係的藝術形式，因而是「正確的」藝術形式。馬爾庫塞認爲這種過分地強調藝術與政治關聯的美學觀，反倒束縛的藝術的政治功能，因而「文學並不因爲它寫的是工人階級，寫的是『革命』，因而就是革命的。文學的革命性，只有在文學關心它自身的問題，只有把它的內容轉化爲形式時，才是富有意義的。因此，藝術的政治潛能僅僅存在於它自身的審美之維。」在馬爾庫塞看來，教條馬克思主義對於藝術審美形式的忽視來自於他們低估了主體的力量，忽略了「人體的意識與潛意識的力量」，因爲個人主體並不完全等於他的階級性，「個體的內在歷史，尤其是在個體的非物質的層面上，炸開了階級的框架。」這些論述無疑如雪中送炭，迎合了新時期中國文壇的需要，在馬爾庫塞人等西方馬克思主義的啓發下，新時期文壇掀起了表現自我，強調藝術形式以至呼喚主體性的道路。

馬爾庫塞的理論由此被視爲批判教條馬克思主義美學，強調人主體性和藝術自律性的武器而在中國大行其道，但馬爾庫塞理論中的另外一面卻被有意無意地遮蔽了，這一面並非無關緊要，卻正是馬爾庫塞的理論出發點，那就是對於藝術的政治功能的強調。馬爾庫塞的確反對將藝術與政治簡單地等同起來，但這並不意味著他放棄了藝術的政治功能，恰恰相反，他強調人的主體性和藝術的自律，恰恰是爲了更好地發揮藝術的政治潛能。馬爾庫塞在《審美之維》中明確地指出：「從一開始起，政治鬥爭的必要性就是我這部著述的前提。」只不過他認爲「藝術的批判功能，藝術爲自由而奮爭所作出的奉獻，存留於審美形式中。」對於馬爾庫塞理論這一方面的忽略，在一開始並沒有顯示出多少負面作用。新時期對於文學政治化的反動，對於自我和藝術形式的強調，都具有革命的意義，但正如賀照田所說，新時期在全力離棄前三十年的政治、美學禁忌的運動中產生了強大的慣性，以至於後來對於自我的強調變成了沉溺於脫離歷史的純粹自我之中，而對於藝術形式的強調則變成了純粹的語言遊戲，這就完全脫離了馬爾庫塞的原意。賀照田不無遺憾的指出，中國的文學理論界的主流取向，沒能因勢將這一內在歷史勢能轉換成一種「既內含眞實歷史課題，又超越一般慣性反應的思考的動力」，卻一直在順其慣性地構造現在與過去歷史的二元對立，踏上了脫離馬爾庫塞的不歸之路。賀照田的這一願望是難以實現的，賽義德之所以提出「理論旅行」的理論，正在於他看到了一種理論到了另外一種時空中必然會受到後者的歷史語境的制約，從而變得面目全非的命運。

賀照田在文章中側重梳理批判了現代主義、先鋒派文學、後現代寫作等日益走向個人和形式的非歷史性的一面，未能過多論述它們的革命意義。事實上賀照田應該十分清楚，直至八〇年代中後期先鋒派的文學實踐都是具有革命意義的。馬爾庫塞在《審美之維》中對於愛倫坡、波特萊爾、普魯斯特和梵樂希等人的「先鋒文學」予以了高度評論，認爲「藝術與實踐疏離和異在的程度，就構成了它的解放價值」，他談到「這種力量破壞著規範的交往和行爲天地，這種力量在根本上是反社會的，它對社會秩序進行秘密反抗。因爲這種文學要擺脫所有社會控制，去揭示愛欲和死欲的不可扼止的力量，所以它就會激發出在根本上帶有破壞性的需求和滿足。」這種論述可以用來看待中國八〇年代中期先鋒派創作對於歷史和文學成規的破壞性的革命性意義，但當這種創新日益成爲一種能指的遊戲時，它的革命意義就喪失殆盡了。當賀照田說，只有靠對創作者和讀者的雙重規訓才能維持中國式的現代主義和先鋒派的存在的時候，他說出了很多人想說但不敢說的話。

在理論旅行的過程中，西方馬克思主義在中國的變異還表現在其他很多方面，如西方馬克思主義所謂「人的解放」和對於「異化」的批評，針對的是西方資本主義社會「物化」和「工具理性」，在中國人道主義的眼中，「人的解放」卻與社會生產力的解放緊密聯繫在一起，而其對於「異化」的批判卻是針對社會主義官僚權力而言的。這就使得中國的理論界將西方主流現代性與人性的發展直接對應起來，喪失了西方馬克思主義反省現代性的維度，這一維度的喪失，在中國日益捲入現代化進程之後顯示出愈來愈嚴重的後果。

二、現代主義

在論述八〇年代文學思潮的時候，賀照田獨具慧眼地指出了下列現象：「具有單純和樂觀啓蒙主義特色的人道主義和主體性思潮，與原本在西方包含了反思與批判樂觀、簡單啓蒙主義思路的現代主義的中國接受者之間，在寫自我——抽離出對外在世界責任與思考的自我——方面反而有著相同的結論。」這一觀察獨具慧眼，遺憾的是文章並未對此作具體的論述，作者也意識到了這一問題的重要性，故而在注釋中說：「啓蒙思潮和諸現代主義思潮間的複雜關係，無疑是一個富於歷史認知和理論認知雙重價值的學術課題，我希望將來專門來討論此一課題。」本文在此希望通過「理論旅行」視角，概略討論新時期西方現代主義與人道主義這兩種思潮在新時期的異質同構關係，爲這一論點提供論證，並向賀照田先生請教。

新時期第一篇為西方現代主義平反的長文是柳鳴久的《現當代資產階級文學評價問題》，這篇文章刊登於《外國文學研究》一九七九年第一期，恰恰位於「人道主義筆談」之下。這一事實表明，西方現代主義是在中國新時期人道主義的理論語境中展開的，二者交錯重疊，形成了本文互涉的關係，它嚴重地制約了國人對於西方現代主義的理解。柳鳴久的《現當代資產階級文學評價問題》一文，正是從人道主義的角度肯定現代主義的。文章認為，雖然叔本華、尼采、柏格森、弗洛依德、薩特等西方現代哲學思潮雖然對現代主義文學有負面影響，但現代主義並不沒有完全拋棄資產階級人道主義傳統。他對卡夫卡、薩特、和貝克特三位作家進行了詳盡的分析，得出的結論是：「資產階級上升時期的人道主義傳統，在二十世紀資產階級現代派文學中並沒有中斷，它得到了一些優秀的進步作家的繼承和發揚。正因為他們的作品是以資產階級人道主義為思想基礎，所以顯示出了可貴的價值。不過，這裏存在一個問題，即資產階級人道主義在二十世紀究竟還有沒有進步性，還有多少進步性？」回答是肯定的：「資產階級人道主義的這種揭露和批判力量，只要資本主義制度還存在一天，它也就不會是過時的，也就不會喪失其進步意義。」③這裏的論證與前述人道主義論證邏輯如出一轍，仍是依據馬列經典論述中對於資產階級人道主義進步性的論述，文章所需要做的只是論證現代主義的人道主義性質，剩下的問題就可以留給人道主義者去做了。柳鳴久對於西方「現代派」的人道主義理解，顯然是一種誤讀。西方文藝復興、啓蒙運動之後，工具理性的日益擴張使得人逐漸爲自己的創造物所窒息，人所構造的意義世界也日益分崩離析，這就構成了人道主義的破產，產生了人性分裂的現代主義。中國新時期所需要的人的主體意識、個性解放等人道主義概念其實是現代主義已經否決的東西。柳鳴久這一「誤讀」影響很大，引導了後來的評論者對於現代主義的評論模式。同樣在《外國文學研究》上，我們後來看到了一篇題爲《它代表了文學的未來》的張桑桑的現代主義爭鳴文章。此文認爲：「現代主義之所以有如此大的力量，是因爲它有巨大價值，這個價值就是對自我的重新發現，對人的價值的再肯定，即對人的本質的探索和對人性充滿激情的追求。」④文中從人的價值，人性的追求及科學文明發展的角度肯定現代主義，這讓我們已經完全看不到現代主義同人道主義、個性主義的區別了。這篇文章的題目本身也具有反諷意味，現代主義的主要精神特徵就是看不到未來的絕望情緒，未料到在這裏它本身成了「文學的未來」。

新時期中國文壇從自己的需要出發，理解和接受西方現代主義。袁可嘉認爲，西方現代主義對於人的內心的表現，對於中國的機械現實主義有針砭作用，「現代派認爲藝術是表現，是創造，不是再現，更不是模仿。他們以爲文藝家是通過藝術想像創造客體，表現主體，客觀世界只有提供素材的作用。這種極端強調藝術想像力的創造性的觀點無疑有唯心主義的成分和失之片面的地方，但用得適當，也有助於把人們從機械的模仿說解放出來，充分發揮形象思維的特點。」但由於對於西方現代主義「反現代性」一面的忽略，西方現代主義的主觀性、內向性等在中國演變成了近乎浪漫主義的「自我表現」。西方現代主義的中國內涵，在新時期關於朦朧詩的論爭顯示得十分清晰。朦朧詩當時就被目爲中國的現代派，有關朦朧詩的論爭與有關現代派的論爭息息相關。鄭伯農說：「可以說，『表現自我』是現代主義的一條重要創作主張。孫紹振、徐敬亞等同志首先是大力鼓吹詩歌的『表現自我』。徐敬亞同志說：『新詩潮』最先引人注意的特點是什麼呢？……發光的字眼出現了，詩中總是或隱或現地走出一個『我』。『詩是詩人心靈的歷史，詩人創造的是自己的世界——這就是新的詩歌宣言，代表了整個新詩人的主張。』」⑤現代主義在中國主要變成了對於「人」的歌頌，對於「我」的表現，這是由中國壓抑自我的文革背景所決定的。

存在主義也遭受了同樣的人道主義化的誤讀，奇妙的是，薩特的「存在主義是一種人道主義」成爲了這種誤讀的一個有力論據。新時期薩特最受歡迎的思想是「存在先於本質」和「自由選擇」，這是出自經過了「文革」的盲目崇拜之後的中國人重新認識個人價值的需要。柳鳴久的《現當代資產階級文學評價的幾個問題》認爲薩特的「存在先於本質」和「自由選擇」論「強調了個體的自由創造性、主觀能動性」，並將其視爲「資產階級人道主義的個性自由論、個性解放論」⑥的一種。柳鳴久在重評薩特的時候說：「資產階級上升時期的思想家不少人都讚頌過人的力量、人的創造性、人的開拓精神，人是世界的主人。法國十八世紀一位啓蒙作家這樣滿懷熱情地寫道：『憑著他的智慧，許多動物被馴服了；憑著他的勞動，沼澤被踏平、江河被防治、險灘被消滅、森林被開發、荒原被耕作……一個新大陸被發現，千千萬萬孤立的陸地是置於他的掌握之中……』我們從薩特對於存在主義的解釋中，難道不能聽到資產階級上升時期思想家這類論述的某種餘音？」⑦將薩特的存在主義看作是對於資產階級上升時期人道主義的繼承，這是典型的混淆人道主義與現代主義差別的論述。柳鳴久其實並非不明白這一點，他緊接其後又作了如下補充：「當然，我們也應該看到，照薩特的存在主義哲學看來，世界是荒廢的，人是孤獨的，痛苦的，人生是悲劇性的，這種觀點的確反映了中小資產階級的苦悶彷徨，但不也正反映了這個階層對於資產階級現實一種批判性的認識？」這段話其實已經非常清楚地說明了人道主義與現代主義的本質差別，而現代主義「反映了中小資產階級的苦悶彷徨」，「反映了這個階層對於資產階級現實一種批判性的認識」的轉換卻在邏輯上無補於現代主義與人道主義的統一性，相反，現代主義所批判的社會現實正是資產階級人道主義的結果。

薩特的確將存在主義稱為人道主義，有過《存在主義是一種人道主義》的長論，但他明確劃分他的人道主義與古典人道主義的區別，並且嚴厲批判了通常意義上的人道主義。薩特說：「事實上，人道主義這個名詞具有兩個極端不同的意義。人們可以把人道主義視為主張以人本身為目的及以人為最高價值的一種理論。這一意義可以在高克多的《環遊世界八十小時》這個故事中看到。書中的一個人物，當他坐著飛機飛越高山時，他說：『人是偉大的！』這就是說雖然我自己沒有製造飛機，但是我卻身受這種特殊的發明的好處。而我個人，就作爲一個人而言，可以認爲我自己對某些成就而把此種價值歸之於人。這種人文主義是荒謬的，因爲只有狗或者馬才可以處於能夠對人作普遍判斷之地位，而宣說人是偉大的，但他們永遠不會傻到做這種事——至少，就我所知道是如此的。存在主義摒除任何屬於這一類的判斷；一個存在主義都永不會以爲人是一個結局，因爲還等著被決定。同時，我們也無權想念我們可以對人性建立起某種禮讚，如同孔德一樣。」這裏我們看到，柳鳴久認爲被薩特所繼承的資產階級上升時期讚頌人的力量的人道主義，其實正是薩特批判的物件。薩特這樣解釋他的人道主義：「但這名詞又有另外一種意義，此意義的基本意思是這樣的：人永遠處於其自身之外，在投射和失落自己的時候，他才使人存在。另一方面，也是由於對超越目的的追求，才使他本身有存在的可能。」⑧與古典人道主義的樂觀向上不同，存在主義是建立在世界的荒誕和人生的無意義的基礎之上的，但薩特並不因此認爲人就應該無所作爲，只是在「使人生成爲可能」的意義上，薩特將存在主義稱爲人道主義。」

賀照田在文中指出，在新時期「薩特熱」中人們主要關注薩特的早期著作，而薩特中後期更多思考主體、歷史、文學間關係的《辯證理性批判》等著作則基本上被忽略了。以上論述表明，新時期「薩特熱」即使對於薩特的前期思想也作了誤讀，正如整個西方現代主義的命運一樣，薩特的存在主義被人文主義和啓蒙主義化了。

賀照田說：「把如此衆多、內部差別又極大的文學、藝術、美學、哲學、心理學思潮都一攬子歸入『現代主義』名下是一件很有意思的事情。」而觀察八十年代中國如何運用西方現代主義的邏輯和策略，則是理解新時期的一把鑰匙。以上對於存在主義及現代主義旅行中國歷程的梳理，可算是筆者對於這一問題的簡略回答。

三、新左派及文化研究

概括來說，賀文認爲新時期文學批評、文學理論界的主流一直在全力離棄前三十年的政治、美學禁忌的方向上運動，構造與過去三十年的二元對立，由此奠定的方向在我們已經擺脫從前政治、美學的束縛後，仍然規定著接下來文學主流，「即以寫『孤絕的自我』爲『文學是人學』這一論斷的歸依，以絕對化的語言觀界定『文學是語言的藝術』的實際所指」等。這種對於當代文學困境的分析相當精闢，給人以醍醐灌頂的感覺。至於解決的方案，賀照田認爲馬爾庫塞可給我們以啓發，馬爾庫塞雖然清理蘇聯式的正統馬克思主義美學，但並不因此放棄歷史的維度，將文學和政治、社會等對立起來，而是在認眞省察這些關係的同時，尋求文學、藝術自身既抗拒又超越的途徑。具體到中國，賀照田建議，「當代中國文學理論、文學批評要想眞正走出自己的困境，不是在現有歷史、觀念基礎上修修建建便能解決的。而必須首先回到看似和今天處境無甚關係的後文革時期的那些起始年代，考察後文革時期開始時的豐富可能性，是怎樣一步步因人們對先前三十年政治、美學禁忌的二元對立式的反應方式，而日益捲入一種狹隘的現代人觀、狹隘的現代美學觀，從而步入今天困窘的。」這些原則與思路無疑是正確的，但僅僅據此我們還難以找到解決當代文學困境的具體方案。此時，按照賀照田的說法，尋找過去「那些被我們先前二元對立反應方式、狹隘的文學觀所排斥、曲解、窄化、甚至傷害的觀念和寫作資源」，不失爲一條現實的路徑。

新時期之所以將西方馬克思主義和現代主義等都作了人文主義、啓蒙主義式的誤讀，基於他們對於自身歷史位置的理解及其由此而來對於中西關係的想像。新時期以回到「五四」自居，將自己視爲針對於文革以至一七年以來的封建主義的啓蒙叙事，同時又將現代西方整個地作爲啓蒙主義的思想資源。這種現代性叙事既忽略了一九四九年之後中國社會主義實踐的反資本主義性質，同時又忽略了西方現代主義反省現代性的維度，這雙重忽略的惡果是，在中國眞正地進入了資本主義經濟進程中的時候，它便完全失去了對於社會的診斷能力，這也是新時期文學日益陷入非歷史化的個人內心和語言技巧的一個原因。最集中顯示新時期人文主義話語失效的事件，是九〇年代關於人文精神失落的呼籲。新時期文學理想主義精神的失落、「痞子」文學的盛行，及其商業化社會進程所帶來的全社會的金錢至上和道德腐敗，都讓人文知識份子憤激不已，但他們卻又不能不承認現在正處於自己所追求的現代化進程中。傳統／現代，中國／西方的視角使中國的人文主義者無法從全球性的資本活動及其與文化的關係方面作出分析，只能從其原來的立場出發，發出「人文精神失落」的哀歎。這種昔日曾經振奮人心的人文主義話語，在此變得那麼地孱弱無力，這正表明了它的歷史有效性的失落。那麼在當今時代，如何尋找具有歷史有效性的理論批評立場呢？在此，新左派的思路值得一說。賀照田事實上於新左派相當熟稔，但他對於此卻著墨甚少，我想應該在此略加補充。

新左派一反啓蒙主義將中國與西方的關係等同於傳統與現代的關係的做法，而將一九四九年之後的中國社會主義實踐視爲一種「反資本主義現代性的現代性」。在我看來，八〇年代的啓蒙主義敘事的問題不僅在於喪失了對於八〇年代中期以後中國歷史進程的批判能力，更嚴重的問題是這種啓蒙敘事忽略了本世紀以來中國對於超越西方的現代民族國家追求的歷史。「回歸五四」就此而言成了一種眞正的歷史倒退。啓蒙敘事忽略了近現代以來中國現代性構成的特殊性，忽略了中國社會主義實踐的歷史根據。根據劉小楓先生的說法，中國近現代之所以親近社會主義的平等理念而不是資本主義的自由理念，其根本原因在於「列國競爭的處境使民族主義訴求更親和社會主義的平等理念，以對抗國際間的不平等，爲民族國家的建構提供社會動員的理念資源。」我們是想要向西方學習的，但正如毛澤東所說，「老師總要欺負學生」，因而要學習更要抵抗，成了後發第三世界國家不可避免的宿命，於是我們被迫走上了既學習又超越西方的社會主義的現代民族國家的道路。這一情形驗證了印度的帕忒・察特傑所說的東方式的民族主義具有既模仿又仇視的自相矛盾的特徵的說法。新時期啓蒙敘事企圖回到五四，重建西方現代性，這種想像只能說是一廂情願的。中國／西方關係的緊張其實直到現在仍並無改變，只不過政治侵略變成了經濟制約，其危害甚至較前者更甚。九〇年代有關全球化的討論，凸顯的正是中國這樣的發展中國家在世界資本主義體系中的困境。五四將中國／西方的關係一廂情願地轉換成了傳統／現代的關係，但中國／西方的關係問題並沒有因此消失。中國之所以選擇社會主義形態，還有另外一個劉小楓沒有提及的原因，即在中國接觸世界的時候，西方自由資本主義已經顯露出如韋伯所說的工具理性的擴張所帶的種種問題，同一時期傳入中國的西方非理性主義哲學思潮如叔本華、尼采，及卡夫卡等現代主義，都是對於資本主義社會的直接針貶和反省，在社會制度上，蘇聯社會主義正是依據馬克思主義超越資本主義的理論而建立起來的，這一切都不能不成爲中國在選擇現代性模式的參照。中國社會主義實踐中的種種問題，當然應該批判，但我們所批判的卻不應該是社會主義超越資本主義困境的努力。這種必要性在九〇年代已經日益顯露，社會兩極分化、嚴重不公等問題已經嚴重困擾了我們。由此看，新左派的思路既接通了爲啓蒙敘事所遺棄的中國本世紀以來的超越資本主義的社會主義實踐的歷史，又得以重新理解西方現代主義及西方馬克思主義等反省現代性的資源，並可以對當下中國作出有效的歷史批判。

但新左派未遑展開自己的美學思想，從汪暉等人較早引進介紹文化研究的行爲看，他們對於文化研究的方法是較爲讚賞的。應該說，文化研究拓展了文學批評的領域，如從階級、種族、性別等維度出發，與政治、經濟和社會學分析相結合，當會具有犀利的意識形態分析功能，可以成爲剖析批判市場意識形態的武器。然而問題在於，文化研究仍然不具有美學的維度，「不以時代歷史境遇中主體問題、語言問題的複雜性爲自己的主要關切」，從而不能將美學問題與歷史問題結合起來，如「莎士比亞的劇本很可能因爲對非西方族裔的歧視性描述而被貶斥，而另外一些歌頌黑人的拙笨文本反而會受特別表彰。」這一點，對我們構成了深切的困擾，但我除了「建議把文學強調的文本細讀、審美闡釋同文化研究結合起來」，似乎也沒有更好的辦法。（作者單位：中國社會科學院文學所）

註釋

①馬爾庫塞《工業社會與新左派》早在一九八二年就由商務印書館，賀照田所用的《審美之維》也並非馬爾庫塞的新譯，而是一九八九年三聯出版的李小兵譯本。

②當然翻譯常常是一種隨機的行動，但這種翻譯必須等到中國的內在歷史需要產生時才會發揮作用，譬如馬爾克斯和博爾赫斯早在八〇年代初的時候就譯成中文，但卻非得等到數年之後的「尋根文學」及所謂「後現代主義」的熱潮時才會發生影響。

③柳鳴九《現當代資產階級文學評價問題》，《外國文學研究》一九七九年一、二期。

④張桑桑《它代表了文學的未來》，《外國文學研究》一九八一年第一期。

⑤鄭伯農《在「崛起」的聲浪面前》，《詩刊》一九八三年月六期。
⑥柳鳴久《現當代資產階級文學的評價的幾個問題》，一九七九年第一期《外國文學研究》。
⑦柳鳴久《現當代資產階級文學的評價的幾個問題》，一九七九年第一期《外國文學研究》。
⑧薩特《存在主義是一種人道主義》，鄭恒雄、陳鼓應譯本，另見柳鳴久譯文。

為重新遇合的那日

——讀賀照田〈後社會主義的歷史與中國當代文學批評觀的變遷〉及趙稀方〈「西馬」、「現代主義」的理論旅行及「新左派」的視域〉

許南村

十多年來，從台灣看大陸的思想界，固然因爲資訊材料的極端不足，但總體上有一個強烈的感受，那就是對概稱的馬克思主義思想、價值、方法論和辭語的避忌和全面性拋棄。西方資產階級學園使用的學術術語大量漢譯、和個別學者鑄造的新語，甚至新的歐化文體充斥在新刊的論文中。「左傾」、「左派」頓時成了貶損和嘲諷的辭語。另一方面，是全面抹殺和否定一九四九年革命的歷史、政治和社會意義。十年文革固然充滿了無數個人和社會的被害，但基本上看不見科學性的清理和總括。

因此，分別讀到賀照田先生（以下禮稱略）和趙稀方先生（以下禮稱略）的〈後社會主義的歷史與中國當代文學批評觀的變遷〉及〈「西馬」、「現代主義」的理論旅行及新左派的視域〉，鮮活地感受到大陸年輕一代好學深思的知識份子對於上述大陸思想、學術界諸現象的深刻反思，十分引人注目。

一、兩岸的二〇年代文論思想

賀照田以一九八〇年爲界，回顧了大陸後文革＝「後社會主義」時代，思想界和文論領域「極力促成和前三十（按：一九四九至一九七九）年政治意識形態與美學意識形態的斷裂」後，由於「缺乏足夠反思中介的接下來的開展中，陷人缺少足夠眞實歷史有效性的困境」，以「文學是人學」論向過去的「政治、社會意識形態對文學的壓制和干涉」，提出「人道主義」的反論，另外又以「文學是語言的藝術」論對過去的「反映論」提出了駁論，「成爲八十年代後幾年的文學思潮」，從而又以現代主義創作方法，力求擺脫現實主義創作方法，找「開掘自我」之路。迨九十年代「後現代」寫作，「造成了當代文學界創作潮流和批評潮流的雙重疲乏」……

這引起我們對兩岸現代文學思潮史對比的興趣。

鴉片戰爭以後，包括台灣在內的中國淪爲半殖民地・半封建社會。一八九五年，台灣在中國半殖民地・半封建化的總過程中又割讓給了日本，淪爲殖民地・半封建社會。從一九八五年開始，台灣農民開展慘烈的遊擊武裝抗日鬥爭，終在日帝對西來奄起義（一九一五）的苛酷鎭壓下結束了長達二十年的、前現代的農民抗日運動。同一年，中國大陸以《新青年》雜誌爲中心，展開文化啓蒙運動，並發展了新舊語文和新舊文學創作方法的革命運動，至一九一八年魯迅發表《狂人日記》，以奇蹟似的成功的創作實踐，宣告了中國新文學在新語文、新敘述體裁和新思想上的勝利。

殖民地台灣在農民武裝抗日運動覆滅后，從二〇年代前夜的一九一九年開始，也開展了現代文化和思想的啓蒙，謀台灣之「革新」和「文化之向上」，推動改良主義的「台灣議會期成」運動，反對總督府的強權獨裁。一九二〇年並仿大陸的《新青年》雜誌，創刊《台灣青年》於東京，開展抵抗日帝統治的思想文化啓蒙，並進一步在一九二一年成立「台灣文化協會」，推動反殖民的文化社會運動。以《台灣青年》和其後的《台灣民報》、《台灣新民報》爲中心，受到中國「五四」新文學運動深刻的影響，台灣也在二〇年代初開始了新舊漢語文和新舊文學間針鋒相對的爭論，同時轉刊了魯迅、郭沫若等人的新小說、詩歌作爲日帝下以白話文進行新文學創作實踐的範式。一九二四年張我軍發表了台灣文學史上第一篇詩作〈沈寂〉，至一九二六年，賴和與楊雲萍分別發表了比較成熟、深刻的小說《鬥鬧熱》和〈光臨〉，宣告了台灣新文學的啓幕登場。

而儘管兩岸新文化、新文學運動的時差約有五年，思想和創作母題因相近的社會經濟性質，一樣是「反帝」、「反封建」，和「民主」與「科學」。

兩岸文學思潮的三〇年代，也是大同而小異的。

二、兩岸的三〇年代文論思想

受到中國北代革命和國際共產主義運動大氣候的影響，一九二〇年代中期前後，台灣的民族・民主運動逐漸向左傾斜。「台灣文化協會」和「民衆黨」左傾化，提出民族與階級解放的綱領。一九二八年「台灣共產黨」成立，台灣最大的農民工會「台灣農民組合」成了台共的強大外圍。一九三〇年日本發動「九・一八」事變。三一年，全面鎭壓島內一切民族・民主運動的團體。

但從社會運動和組織的潰敗中流落出來的戰士們，迅即在三〇年代台灣文學陣地上找到了戰鬥位置。一方面受到大陸三〇年代左翼文學運動高潮期的影響，一方面受到日本無產階級文化運動組成的「克普」和日本無產者藝術聯盟「納普」的直接、間接的影響，三〇年代的台灣，比較進步的文學團體紛紛成立，並刊行機關雜誌，推動進步文學界的組織化，提倡大衆文學和大衆語（台灣話文），規定了文學發展的方針路線。

但相較於一九二七年北代革命失敗後至一九三七年抗日戰爭爆發期間風風火火地發展起來的大陸左翼文學運動，格於日帝殖民地嚴苛的壓抑環境，台灣的進步文學畢竟無法亮出類如「左翼作家聯盟」、「無產階級文學」等鮮明旗幟，也不能發表昭然表現階級與民族解放爲主題的作品（楊逵的〈送報伕〉、呂赫若的〈牛車〉是極少數例外），也無法大量翻譯來自日本與蘇聯的左翼文藝理論著作，更無法公開進行關於左翼文學內部的理論和路線論爭、並在這論爭中成熟化和成長。因此，整體看來，三〇年代台灣的左翼文學，受到殖民地的社會、政治限制，相較於大陸者，便有強弱、深淺的落差。

四〇年代兩岸文學思潮的對比，則顯示了政治與社會的較大殊異性。

三、四〇年代兩岸的文論思想

一九三七年蘆溝橋事變引發了中國長達八年的抵抗日本侵略的全面戰爭。而日帝殖民下的台灣卻逐步進入日帝下嚴苛的法西斯戰時體制，漢語白話文被更徹底地強權剝奪，禁止使用。到了四〇年代初，日本更猖狂推動「皇民化」運動，台灣文學也被迫爲侵略戰爭服務，被強制套上「皇民文學」的枷鎖。台灣新文學陷入了空前蕭殺和荒廢的時期。

然而歷史地回顧，台灣文學界除了極少數一、兩個各別的無名作家向漢奸文學投靠，都能在艱難的環境下作直截的或曲折而勇敢的抵抗。這與同時期朝鮮文學大量向法西斯轉向形成強大對比。一九四四年，有黃得時、楊逵在一個會場與日本御用文人西川滿、濱田隼雄爲反對非官方台灣文學刊物横加管制，發生公開的、頑強的爭議。前一年的一九四三年，發生了西川滿、濱田隼雄、葉石濤爲代表的法西斯一邊，與楊逵、世外民、吳新榮等抗日一邊的捍衛台灣批判現實主義，反對文學爲侵略戰爭服務的「狗屎現實主」論爭，表現了台灣愛國主義作家大無畏的精神。而在嚴酷的戰時環境下，楊逵通過小說、劇本和報告文學，面從腹背地表達了不屈的抵抗，對中國農民英勇反抗帝國主義的謳歌、和對於生產勞動的歌頌。呂赫若和張文環則公然漠視鼓動尊皇和「聖戰」的「主題」，逕自寫台灣人民傳統生活風俗的小說，自然表現了自己的民族抵抗立場。

抗日戰爭爆發之後，大陸上大片國土淪陷。一九三七年底，大陸各界逐漸形成抗日統一戰線，文藝界分別在國民黨統治區、解放區和「孤島」上海投入火熱的抗日文學藝術運動。一九三八年，全國性抗日文藝統一戰線在武漢成立「中華全國文藝界抗敵協會」，以文藝進行抗日宣傳，提出了把文學帶進廣大農村和抗日部隊，運用和建設民族形式等問題。但一九三八年後，國共間的矛盾轉烈，國民黨以恐怖政治打擊進步抗日文藝。在苛烈的條件下，抗日愛國的進步作家，一方面要從事抗日宣傳創作，一方面又要和國民黨、和僞滿及日佔區漢奸文學（僞滿和南京）的「大東亞文學」、「和平文學」進行鬥爭。

在中共根據地，抗日文學在大量湧進延安的進步作家支持下，取得較大、較好的發展，但也形成了投奔延安的知識份子與工農兵之間的磨擦。

一九四二年，毛澤東發表了《延安文藝座談會上的講話》，對其後直到抗日戰爭勝利（一九四五）、及中共建政後一段很長的期間的中國文藝思潮起到了深遠的影響，特別在中共解放區，產生了大批以勞動人民的生活、感情和鬥爭爲主題新的人民文學，從語言、思想和形式上表現了生動的人民性和民族風格（如趙樹理）。

四、光復初期處在同一平台上的兩岸文論思想

一九四五年台灣光復後，經歷了三〇年代左翼文學運動和抗日文學洗禮的一些大陸進步文藝界人士和文化工作者，在一九四七年二月事變前後渡台，從一九四六年開始，不約而同地爲重建台灣新文學作爲中國進步文學之一部份的事業而努力。其中，一九四七年到一九四九年間在《台灣新生報・橋副刊》推動、由二、三十位省內外作家、文化人參與的、圍繞著「如何重建戰後台灣新文學」的議題，展開熱烈而深刻的論議。總結這次論議的精神共識，計有一、台灣新文學的歷史屬性是中國五四新文學傳統的一部份；二、台灣新文學自有地區特殊性，但又有中國文學的共同性，兩者是辯證統一的關係；三、台灣新文學的創作主體是「生於斯長於斯」的省籍作家，只有他們才能寫出有台灣特色、氣派和風格的台灣文學；四、在當時的歷史和政治條件下，「台灣文學」的提起，在提倡作家深入台灣民衆的生活，描寫台灣民衆的心聲和生活，增進在台省內外同胞的民族團結；五、提倡大衆文學，提倡新現實主義的創作方法，以歷史唯物主義的方法認識台灣社會與文學，並深入介紹大陸從三〇年代到抗戰文學期間發展的進步文論。

這次論議的重要性在於：一、在一九四七年因國民黨惡政、和台灣人民響應當時全國性反獨裁、

反內戰、要求充份的地方民主與自治的民主和平運動被橫加鎮壓而爆發的「二二八」事變，深刻傷害了台灣人民的感情之後，在台進步省內外民主文化人，以正走向勝利的中國革命為遠景，力倡在民族和文學上的團結；二、這次議論既賡續了台灣三〇年代比較素樸的左翼文學和無產階級文學的傳統，又因大陸來台進步文化人、藝術家、文論家的幫助，而與中國三〇年代左翼文運和抗戰文運的文論相匯通、相結合，進一步提高了台灣新文學的左翼文學理論的認識水平。但一九四九年四月，國民黨在內戰中嚴重失利形勢下，斷然以「四六」事件同時鎮壓了進步學運和這一場文學論議。楊逵等人被捕下獄，台大和師院學生近兩百人被捕，論議在一場反共 法西斯壓迫下，戛然而止。

五、五〇年以後兩岸文學思潮的分斷

一九四九年，新生共和國在大陸成立。同年末，國民黨政權遷台。一九五〇年六月韓戰爆發，美國悍然干涉中國內政，以大艦隊封斷海峽，台灣被整編為美國東亞冷戰體制中阻遏中國的前線基地，兩岸的民族分斷因而長期化、固定化。而自此，兩岸自二〇年代以來大致上同源同步的文學思潮開始產生根本性的分殊。

一九四九年末開始，來台的國府政權開始展開有組織、大規模的肅清左翼人士的行動。一九五〇年上半，中共在台地下組織核心偵破。六月，韓戰爆發，美國武裝「守衛」台灣，台灣當局於是展開了徹底的、無忌憚的法西斯肅清。肅清的白色恐怖，不只刑殺了四、五千人，投獄萬餘人，還根本禁絕了左翼的、進步的哲學、社會科學、文學藝術理論等。三〇年代的中國現代文學作家的作品，連帶是日據下台灣文學的作品（因其受到中國和日本左翼文學思潮的影響）都遭嚴格禁絕，大陸和台灣自二〇年前後發展下來的進步的文學傳統遭到最徹底的摧殘。

先於大陸整整三十年，台灣文學界在白色恐怖的血泊中被迫和三〇年代以來左翼的、批判現實主義的主流傳統斷絕了聯繫，不旋踵幾乎同時迎來了反動、法西斯的「反共抗俄」文學宣傳和由何鐵華爲潮頭的現代主義（當時稱爲「新藝術」）繪畫，兩者都由國民黨中央直接領導的反共文藝、軍中文藝機關所策動。在白色恐怖最殷的五〇年代初，逮捕、投獄和刑殺正雷厲風行，創作出版檢查最酷烈之時，絕大多數從「反共抗俄文學」出身的詩人變身爲現代派作家，居然能自由結社、自由寫作並創刊雜誌，發表作品，其中微奧，令人注目。當然，台灣現代主義和當局的反共文藝潮流之間，既有統一的一面，也有短暫的矛盾、猜忌的一面。後者表現爲指斥畢卡索的共產黨員身份而勒令將其作品從既定來台展出的法國現代畫展中撤出；表現爲國民黨系文人言曦、蘇雪林、鳳兮等對現代詩的晦澀與虛無的批判，更表現在王昇將軍對自由主義、存在主義的「批判」。但一般而言，現代主義詩和繪畫，從上世紀五〇年代末至七〇年代初，可謂「橫掃一切」，成爲台灣文藝的主流與霸權凡二十年之久。

我覺得兩岸學者對二十年現代主義在台灣的統治，至少有兩個誤讀。一個是沒有區別「現代主義

（或作（現代派」）文學與「現（當）代文學」的意義。用洋人的話說，前者是 modernist literature，而後者是 modern ／ contemporary lierature。前者是創作方法的概念，後者是文學史的分期的概念，卻往往混爲一談。

現代主義創作方法，表現特定時期資本主義社會、歷史時期的人生觀、社會觀和世界觀。十九世紀末，世界資本主義體系進一步向獨佔資本主義發展。資本的集聚和集中，在國家政權和金融資本的介入下空前肥大，市場和利潤的邏輯支配一切，現代城市的焦慮、空虛和緊迫、囂鬧、貧富差距的進一步擴大，農村的解體和牧歌田園的消失，人的物化和異化加劇；尤其是二十世紀初第一次帝國主義世界戰爭帶來對理性和文明的懷疑，使人從外向的社會生活退縮到極端個人的最內在的心理葛藤。人在高度資本化社會的矛盾中所引發的空虛和愴痛被唯心主義地宿命化、抽象化，以空虛、虛無、痛苦、焦慮爲生命的本然的性質。生命失去意義。生活不可理解。他們不信而且憎惡集體的人改造生活的可能，一如他們不信和憎惡獨占資本主義體制下的工具理性。於是他們依靠毒品、酒精製造迷幻的「現實」，沈淪在不正常的肉慾，迷戀死亡、屍體、驚悚、腐臭、黑暗、絕望……的意象，而發展到極端，可以達到否定既有的一切意義和信念、價值及文化、文明，甚至否定創作本身的地步。

而爲了表現這極端異化的人生觀和世界觀，就出現打破一切約定俗成的文句語法，追求作品的下意識化和去意義化，病態的慾情、感官的倒錯，排斥可理解的主題意義，大量使用內心獨白、不羈的聯想，叙述的跳躍和斷裂，講究象徵、隱喩手法，追求文學藝術的絕對的「純粹性」……的形形色色的現代主義創作方法。

但僅僅因爲作品使用了「現代主義」的創作技法，如心理獨白、自由聯想、叙述的跳躍與斷裂……不能作爲作家是否是個「現代主義」者（或「現代派」）的標準。淺見以爲，作品中表現的人生觀、世界觀、創作觀才是歸類的標準。

以白先勇爲例，他的若干小說固然使用了明顯的意識流，內心獨白、自由聯想，但一、全體看，他的叙述更受著名傳統話本小說《紅樓夢》濃郁的語言、氛圍、描寫的影響。二、他的小說不但不求絕對的、無意念傳達的「純粹主義」，正相反，他強烈地表達了他對一九四九年歷史大變後，走向衰亡的舊社會往日貴人華冑階層深沈的喟歎、同情和惜別。既使王文興十分用心地在語言、結構、內心糾葛上從事現代主義式的經營的《家變》，也傳達著他的人和社會的價値及觀點。

魯迅早在一九一八年《狂人日記》後一系列小說和散文詩中，優秀地使用了精神醫學、象徵主義等資源和手法，但由於他正藉此而藝術地傳達了他深沈厚重的人文思維和批判，至今沒有人稱他爲中國的「現代派」（主義）作家，而歸爲中國批判現實主義的巨擘。

台灣「現代主義文學」的第二個誤讀，是說它在窒息的五〇年代反共法西斯文學統治下，爲思想和創作的悶局「打開了一扇窗子」，發抒「自由」創作的空間，和反共法西斯文藝政策有拮抗的「進步」意義，從而對比較刻板的台灣批判現實主義傳統寫作方式添加了「創作技巧」，豐富了語言的「藝術性」，總的說有相對進步性，有技法上、語言上的貢獻。

先看「進步性」。如前所述，大體而不是個別地說，台灣現代主義文學（詩）和五〇年代反共法西斯主義間統一共生的關係遠大於矛盾拮抗的關係。文學上絕不是沒有革命的現代主義。畢卡索、阿拉貢、聶魯達都曾是共產黨人，都曾以現代主義的文學和藝術作品爲人類的進步事業表了態，作了貢獻。但台灣文學的現代主義，在一九七八年台灣文論的左右鬥爭中，都自覺地站到官方反共鎮壓的立場，是無法抹殺的史實。

至於五〇年代台灣現代主義創作方法對文學寫作叙述、語言、技巧上有多大「貢獻」，我個人也採取質疑態度。一、古今中外傑出的文學作品，莫不表現出廣泛豐富、多彩的表現技巧和語言的巧思。象徵、隱喩、時空倒置、內省獨白、文學語言的美學鍛鑄、聯想、夢與現實的交錯……不勝枚舉，絕不待「現代主義」創作方法之出，文學作家才學會這些有悠久歷史傳統的表現技法。李商隱、李白、莎士比亞豐富多彩的文學技法，和「現代主義」絕扯不上什麼關係。

最後，還存在著「現代主義」——如果指「全知觀點的外在寫實」作品之外的廣泛「單一觀點內在叙述」作品——爲什麼服務的問題。有爲逃避當下現實社會生活中嚴酷矛盾，把生命本質看成痛苦、絕望、孤寂而根本無從理解，沈溺在官能病態的刺激和酒精、迷幻劑所造的虛妄詭異的世界，消磨志氣，無所作爲的現代主義，也有以暴虐的現實——如將戰後拉丁美洲軍事獨裁體制下充滿不可置信的暴力、失踪、集體殺害，拷問等非理的生活形象，與拉美印加、印地安、非洲裔傳統黃教巫術、神秘主義結合的「魔幻現實主義」作品，雖然與「全知觀點外向寫實」創作手法大異其趣，但卻藝術地、有民族風格地表現了對中南美反共軍事獨裁體制下的非理、恐怖、怪誕的生活強力的撻伐，對歷史的和當下的老、新殖民主義的壓迫，表現了有力的批判的「魔幻現實主義」。

準此，五〇年代台灣現代主義的「進步性」是極爲有限的。和大陸八〇年代的「現代主義」的歸結一樣，只一味對被傭俗化、機械化的「革命文學」的反撥，追求新奇、怪異、晦澀、模仿，最終只能走到自我否定的地步。

分別在一九五〇年代和八〇年代台灣與大陸的現代主義潮流，從思想的社會經濟根源來看，有鮮明的外來性。五〇年代的台灣社會，是從四五年編入中國半殖民地半封建社會後，因韓戰而編入美國遠東冷戰基地，成爲政治、經濟、外交、軍事特別是文化、思想上深度依附於美國的「新殖民地・半資本主義」社會，台灣戰後資本主義甫在國府政權和美援經濟下展開「進口替代型」資本主義發展。一九四九年到一九五二年的農地改革，把幾百年封建、半封建的主佃關係改造成廣泛自耕農的農村社會，消解了台灣社會的半封建性。迨六〇年代，台灣資本主義依新的國際分工，在美日台「三角貿易」出口導向方針下，由以美資爲主的外資爲動力，在美蔣反共「國家安全」體制下進行「獨裁體制下的經濟發展」，至六六年而完成生產方式的全面資本主義化——雖然帶著強烈依附性和畸型性。

但台灣現代主發展了於五〇年代初，資本主義還在十分幼小薄弱的階段，因此不能說是台灣資本主義的獨佔化（約在八〇年代初）階段的下層建築在文學上的反映。現代主義文學思潮在遼闊的第三世界，尤其是從十六世紀就被西方殖民主義長期統治的拉美，早在一次大戰後就透過英語、法語、西班牙和葡萄牙語直接受到卡夫卡等西方現代主義的直接影響。殖民地、半殖民地、新殖民地的生產關係落後，但因長達三、四世紀的統治，自然產生文化、文學上的當地精英，直接受西方前宗主國文學潮流影響，直接用英、法、西、葡語以現代主義創作方法創作，在西方發表，受到西方校園、文論精英的討論而成名，有的還發揮了不小的影響力。現代主義在第三世界前殖民地的發展，不能看成各當地社會下層建築的直接反映，而應看成是長期的世界殖民地社會歷史在文化、思想、經濟和意識形態支配構造的反映，也是前宗主國與「獨立」後前殖民地的經濟關係下，在社會意識形態領域的曲折反映吧。我曾和來自非洲的兩位英語作家討論過，知道他們有繁多的部族方言，因長達四世紀殖民歷史，無法形成一個統一的民族國家的共同語。「誰要主張哪一個部族語是官定共同語，就意味著內戰！」因此「利用」前宗主國語創作，訴諸自己民族內受過宗主國語言教育的精英和西方讀書界，成爲他們一個重要創作策略。至於面對社會底層大衆，他們也發展各部族土語文學，有的透過「廣播文學」，訴諸廣泛的文盲同胞，傳播宣傳解放、批判與改造的大衆文學。

和一九九二年後的大陸經濟比較起來，八〇年代大陸的資本制生產方法還很薄弱。大陸和台灣不一樣的是，一九四九年以後在文化、思想、意識形態上因爲主權高度獨立，有意識地批判西方「資產階級腐朽思想」，沒有受到西方意識形態的統治和影響。台灣則不然。一九五〇年後，在法西斯清洗的血泊中，通過與美國的人員交換，留學體制、高教領域大量採用英美教材，台灣知識精英大量地美國化，對台灣思想、文化和教育領域發生深遠的影響。不過五〇年代初，台灣的現代主義文論資源，由於當時初到美國留學的一代尚未學成返台，主要來自精英界英語文比較熟達的殖民地香港的年輕一代現代主義文學界。而大陸的八〇年代，卻在「改革開放」後，拋卻一九四九到一九七九年的「前三十年」革命文論，主動、自願地從薩特、卡夫卡等西方現代主義文學尋找一切只要是非馬、反馬的文論與創作方法而「去革命」化。台灣的一九五〇年是在鎮壓的血泊中訣別了革命文學論，當然也沒有機會以西馬的人道主義論（「文學即人學」論）、「人文思想論」過場，便在反共雷鼓的齊鳴中，直接穿上「現代主義」的戲服，和「反共抗俄文學」同台登場。

及上個世紀九〇年代，兩岸都被洶湧的西方結構主義、後現代主義、女性主義、文化研究的大潮所席捲，除了台灣的一部份鸚鵡們把這些舶來思潮生吞活剝地爲「台獨建國」服務外，兩岸文論界卻眞走得越來越近了。

因不受理性指導的「歷史勢能」——我們理解爲「歷史大勢和能量」——毅然毫無反顧地拋卻「前三十年」，對於台灣一小群因堅持進步與解放的信念而受盡某種折磨、歧視、抹殺從而孤獨的文學界而言，眞是驚心動魄的事態。大陸知識界「拋棄前三十年」，無異於宣告五〇年後法西斯反共文學的「合理性」，而看到大陸精英「勇敢」地嚮往在台灣早已被我們看穿其虛僞與腐敗性的資產階級自由主義，公然「告別革命」，又感到「前三十年」革命文論的破綻與空虛。十年多來，受到大陸朋友的幫助，我開始逐漸能從具體個人的文革被害中，沈痛地理解了革命極「左」化的帶來的被害是如何深深地傷害了一代具體個人的命運，更理解到極「左」的熱狂如何致命地損害了革命的本身——對革命的仇恨，理想的失喪，全面否定了四九年革命創造的許多決不能磨滅的解放與進步的事業——而這些事業，又鮮活地活在今天被大陸市場邏輯當作「不合格品」、「報廢品」一般拋棄的廣大勞動民衆的心中。

也因此，當「新左派」提出對「前三十年的再思」，把「前三十年」從「社會法西斯」、「封建殘餘」、「閉鎖」、「反現代性」的諸多污名中，另外提出了「另類現代性」（alter-modernity）的視角，重新定位中國選擇社會主義革命走向自立更生的現代性的歷史時，我們具體感受到中國年輕思想界的生命力。同樣是「現代主義」，在大陸畢竟沒有造成如其在台灣者之橫掃一切，統治文壇二十年的局面。極「左」時期對人性的戕害，在青年馬克思有關異化、人道主義的論說中早有反論和批判的資源。對極「左」文論，馬恩關於席勒（政治、傾向）與莎士比亞（藝術表現）的矛盾統一的很多論述，在大陸早有汗牛充棟的批判思想資源。不回歸到原始馬克思思想的原點，而外求於西方資產階級唯心主義的邏輯做爲清洗我們歷史中存在的極「左」爲害，捨近求遠，捨正就偏，大約也是一種歷史反動的大「勢能」下的無可耐何吧。

一九七〇年代初，在北美洲來自港台知識份子發動的保衛釣魚台愛國運動產生左右分裂。其中的左派，開始在美國各大學東亞所中遍尋中國四九年革命和三〇年代左翼文學的歷史與知識資源，以縫補被冷戰和內戰雙重結構所空白化的思想與歷史記憶。受其影響，一九七〇—七三年間，台灣有全面批判現代主義詩的論爭，揭發現代主義逃避、虛無、頹廢、離開民衆與生活，惡質晦澀，迷戀死亡、病的肉慾和感性，進而主張詩的大衆性和民族性。一九七八年，國府御用文人彭歌和余光中先發制人，對尉天驄、王拓和陳映眞發動公開點名批判，指三人搞共產黨的階級文學、搞工農兵文學，調動全部黨政文藝系統進行政治打擊與圍剿，台灣文學史上第三次鄉土文學論爭展開。鄉土派強調文學寫民族分裂時代當下的中國——台灣的人民、土地和生活，文學寫民衆，以民衆熟悉的民族形式與風格寫，反對依附和模仿外來的（現代主義）文學，並且素樸地規定台灣經濟性質爲殖民經濟，反對和批判美國新殖民主義。在胡秋原、徐復觀、鄭學稼出面維護下，奇蹟似地迴避了一場磨刀霍霍的文字之獄，鄉土文學論取得了社會的同情，也取得了合法性。

鄉土文學論爭的一九七八年，正值台灣資本主義發展達到高峰期後，初遇世界石油危機（一九七四）而進入鋸齒狀發展，環境生態危機顯露，社會矛盾激化的時候，而在外因上則有保釣運動左翼思潮的影響，已如前述。而這文藝思潮的再度向左迴旋，卻花去了二十年光陰。

而面對大陸東南沿海地帶勃發的「亞洲式的資本主義」（包括除一九六〇年中後的「亞洲四龍」，今日印度、馬來西亞甚至菲律賓的高度成長率）正方興未艾，生態環境危機、農村的解體和最終城市化、農村解體、階級分化、社會安全福利成本（以緩和階級矛盾）的負荷使國家失去增進資本永不饜足的積累之能力，資本主義內在矛盾的激化和全球化……都是包括中國大陸在內的、「亞洲資本主義」時代走完「超低工資的成長」後可能將至的危機。蘇東社會解體，世界有組織、有戰略方針的無產階級反叛運動迅速消失，但幾乎出人意外的，全世界跨國界的、無統一思想和革命組織、多階級、多意識形態團結的民眾、各色社會運動團體、各種非政府組織（ＮＧＯ）反全球化、反對跨國獨佔資本一體化的鬥爭和運動卻方興未艾，一年比一年激烈。這大約是初見市場經濟發展，初嚐對物質、商品、貨幣之擁有的甜美滋味的中國市民、精英知識階層、和新興「非公有制企業主」階層所不能理解。中國大陸生產方式的翻轉式的變化所帶來社會意識形態的巨大變化「勢能」，猶有廣闊的衝刺餘地。而在跨國界獨佔資本快速發展，向全球擴散商品崇拜，消磨理想和志氣，放縱官能慾望時，文學上的遊戲主義、虛無主義和對創造本身的嘲諷與否定，文學作品與文論的商品化和大國意識形態工具化，正經由國際學園和大衆傳播橫掃全球。任何形式的革命文論快速邊緣化，在大陸網頁上遭到公然的嘲弄，受到「自由派」知識份子的摒棄。而主張正視中國社會主義實踐歷史，再思「前三十年」的歷史定位的大陸「新左派」的道路，一時間也怕是崎嶇而艱難的。

然而當我們自己也在台灣因美國所支持的反動、反民族勢力的猖狂而益爲無力化和邊緣化之時，對於大陸爲進步而思索和實踐的朋友，尤其懷著親人一般的關懷，還抱著一絲或者不致於一廂情願的希望——一個經歷過四九年那一場人類歷史上偉大革命的民族的兒女，沒有理由不能找出自己的發展政治經濟學，而只顧走太多人走過的老路；也沒有理由不批判地繼承「前三十年」的價值和思潮，再次深入民衆，彌合精英階層和直接生產者的裂痕，發展新的文論和新的社會創作實踐。並且在那一天，讓兩岸前進的文學在思想和創作上重新遇合……

二〇〇三年十一月

百感交集讀賀文

曾健民

初讀賀照田的〈後社會主義的歷史與中國當代文學批評觀的變遷〉，觸動了我對民族、文學、階級的根本觀念和感情，眞是百感交集，一時無法條理以對，只有寫些「百感」中的餘緒，談些感想。

不管怎麼說，首先我認爲它是一篇好文章，更是一篇重要的文章；因爲它以高瞻的眼光全面地剖析、批判、考察了大陸開放改革迄今的文學「新潮」，並指出其問題點，雖然說不上總結，至少可說是階段性的根本性反思；雖然批判的對象是文學，實際上也揭露了二十幾年來大陸全體文藝新潮的根本問題。因爲「批判」本身是站在一個新的觀點，以不一樣的價值標準所做的辯析，因此，它也提示了一個新的文學方向。在這個方面，雖然對迄今文藝新潮而言是新的，但從近百年的中國現代文學歷史來看卻是新中有舊；雖然它的新方向仍以西方的「文化研究」爲本，但在把文學從被囚於極端的個人內心世界的東西放回人世間，放回仍由階級、民族、性別的不平等所構成的現實世界來說，是一大突破。

至少，對於在台灣的文學同仁來說，它讓我們對中國大陸的當代文學狀況，有一個全面的和全新的理解，特別以個人的經驗而言更是如此。記得數年前第一次到大陸參加文學研討會時，對台上有些學者的論說覺得陌生，論點微弱得幾乎聽不懂。有一段時間我還以爲是因爲兩岸隔離太久，自己孤陋寡聞所致。後來才漸漸意識到並非如此，而是中國大陸的文學狀況已有了很大的質變。至於質變到什麼程度，則沒有具體的瞭解，直到讀了賀文，才恍然大悟：原來質變得這麼嚴重。賀文也讓我比較客觀地明白了質變的內容和問題點，就這方面，我必須感謝作者的勞作。

讀賀文說明了中國大陸文學新潮質變的具體狀況後，眞是憂喜參半。喜的是，看到了一批如賀照田、趙稀方這般的年輕新銳，開始用他們的學識和社會良知，進行著全盤的文學反思。這在今天大陸的「市場經濟」以銳不可擋之勢奔走，社會的分化以及人的異化愈來愈顯著、且文學愈來愈離開生活、離開社會的時候，賀文與趙文的出現是有時代、社會意義的。八十年代初，大陸上以否定現實主義文學以及全盤西化爲標誌的文藝新潮，其原動力主要是來自上層建築的政治領域。但經過了二十幾年的「市場化」後，有一部份人已「先富起來了」，也就是生成了一部份不可小覷的資產「階層」（級？），原本只在意識形態領域、在文化人腦裡跑馬的「文藝新潮」，開始有了它的軀體和它的經濟內容和物質基礎；再加上九十年代以來，以美國利益爲首的全球化文化意識形態，更以速猛之勢穿透國家、民族、階級的壁壘，弱化在地的自主文化力量。而以否定現實主義文學和主張全盤西化爲主要內容的「文藝新潮」，在很大部份與所謂「全球化」的意識形態是相通相融的，兩者互爲表裡互爲鼓吹，推波助瀾，則聲勢浩大，將難批其逆鱗，這是我憂慮的部份。如果事物情節是這麼發展的話，對「文藝新潮」的反思與批判活動（目前難稱其爲「運動」），將極其複雜也將長期化。從這個角度來看，賀文和趙文雖然只是一個開頭，但卻是一個好的開頭。

其次，站在台灣文學前途的立場，談談我對中國大陸「文藝新潮」的憂慮。

記得，台灣前輩作家楊逵，在台灣光復後不久的一九四八年四月九日由《新生報》副刊「橋」所舉辦的作者茶會上，回顧日據期台灣文學運動時說過：

「在日本統治下，台灣新文學的主流卻未曾脫離我們的民族觀點……在思想上的『反帝反封建與民主科學』這一點，與國內卻無二致」。

可見得台灣新文學自二十年代誕生以來，一直到一九四九年爲止，其思潮的主流與中國現代文學相同，從未偏離民族、民主的大衆立場以及現實主義的創作方法。但是這種文藝思潮，從五十年代開始被國共內戰和世界冷戰共同在台灣築構的「反共戒嚴」所肅清而中絕了。取而代之的是浸潤著反共主義福馬林的現代主義，於是台灣式的「文藝新潮」便誕生了、壯大了。

自稱把中國現代詩的火種帶來台灣的紀弦，在來台前夕的一九四八年十月十日，在上海創辦的《異端》詩刊創刊號的宣言中有一段話是這樣說的：

「我們主張一切文學、一切藝的純粹化；特別要把詩從政治解放出來，使其獨立生存，自由發展。我們是馬克斯主義神學系統下清一色的公式文學之異端。我們是不參加那些效忠於赤色梵蒂崗的桂冠詩人競技會的另一種選手。我們是廣義上的希臘主義者……猶如黑白分明，水火不相容……而且是各自代表著類型上兩極對蹠的思潮傾向……」

如果再配上一九五四年他在台灣領導的現代派宣言中，最後一項明白宣示的「反共主義」，就大概可看出台灣式現代主義的本質。下面的比較也許不十分恰當，但可以試想，如果從更大的範圍來看，它與中國大陸新時期的「文藝新潮」是不是頗有神似之處？

一個在中國的新民主主義運動中即將終結並自稱異端的文學流派，居然在蕞薾小島，冷戰和反共之島上，由美蔣共治的極權政治催生了；一個沒有社會經濟內容的文學，居然獨擅台灣文壇二十年。

台灣，在美國卵翼下，經過了二十年依賴美、日的「獨裁下經濟發展」，也累積了嚴重的政治、經濟、社會矛盾，導致在上世紀七十年代初形成了一股新思潮，它包括：要求政治改革、社會改革意識覺醒、民族意識高漲。這社會思潮在文學上便產生了對現代派文學模仿西方（學舌、晦澀）、逃避現實、脫離社會民衆等弊病的批判，而要求文學回歸土地民族、回歸民衆的立場，因而產生了鄉土文學論戰。這是一次由社會力量自主的文學典範的更替，也是台灣文學再一次與台灣日據到光復初期的文學、以及中國三十年代文學範例的接續。

進入八十年代，隨著中美建交，美國一方面撤除了對國民黨政權的外交支持，另一方面以其國內法「台灣關係法」繼續以新殖民主義的手法介入台灣事務維持其權益。在這樣的格局下，台灣的資本主義社會得以特殊的方式進一步發展；政治上，以反外省人、反國民黨、反中國爲社會政治動員口號，而其本質是新的親美、反共保守勢力急速茁壯；在文化上，相對於冷戰時期的現代主義，作爲後冷戰時期的資本文化邏輯——後現代主義，也以迅猛之勢解構了以民族、民衆爲「話語」的台灣現實主義文學思潮，使文學再度脫離社會和民衆的現實生活而無力化；而相對於冷戰時期之與現代主義並存、以「中華民族」爲「話語」的反共文學，在後冷戰時期，則有與後代主義並存的以「台灣人」爲「話語」的台獨文學，兩者都在不同程度上以切斷與中國現代文學的關係爲共同的特徵。上述說法雖略嫌「簡單化」，但卻是不可忽視的大脈絡。

讀了賀文，更明確地瞭解了中國大陸八十年代以來的「文藝新潮」，竟然是以五四以來經歷艱難道路，建立起來的中國現代文學主流爲對立物，爲前提，而這個中國現代文學的主流，也正是台灣文學誕生、歷經滄桑而成長的主流，前後思之，怎不駭然？怎不憂心？

記得近六十年前，台灣光復初時，上海中國作家范泉寫〈論台灣文學〉時，一面充滿著對未來的期待說：台灣文學已因光復而結束草創期，進入建設期，並同時回顧台灣文學在日據草創期的特質時說：

「台灣文學始終在崎嶇不平的道路上開始它的跋涉，一直到今天……它不能自由地成長，政治的因素常常阻礙了它發育滋長的方向，它在不安的心情下摸索著它的前途，因此它的進步是遲緩的」。

范泉寫下這話後又經過了近六十年的歲月，台灣的文學仍在政治的影響下跋涉著崎嶇不平的道路。作爲一個自年輕的開始學習並堅信中國的現實主義文學的台灣文學小兵，在蕞爾小島崎嶇不平的歷史道路上，遠望祖國當代文學的質變，怎不憂心？總希望它不再漂流西方，不再自閉於唯心的象牙塔；能再回歸民族、回歸社會、回歸大衆。

在中國當代文學所處的困境中，賀文和趙文已跨出了重要的一步，這是勿庸再言的；希望有更多人加入討論，共同尋找中國文學的新方向。

除了上述不成條理的雜感外，對於兩位年青新銳的論述，我有一些不明白之處，請教如下：

首先是，賀文用「後社會主義」來概稱中國大陸文革後開放改革以來的時期（一般都用中立的「新時期」稱之），使我覺得新鮮亦詫異。它是指社會主義結束以後的新社會階段呢？譬如，「戰後」就是指戰事結束以後；或者是指仍是社會主義階段，只不過進入了不同的新時期；或者，兩者皆是的曖昧階段？或是不是挪用了「後殖民主義」的用法？因爲這是有關社會性質的大學問，必須有堅實的社會科學論據。這不只在中國大陸是一個大問題，對我們在台灣的人、對世界也都是一個大問題。但是，如果依賀文評析的開放改革以來的「文藝新潮」的特徵來看，至少在文學思想領域，它不只是「後社會主義」，根本就已經跑到「社會主義」的對立面去了。不是這樣嗎？

兩文值得高度評價之處，在於歷史地指出了今天文學的困境，根源在文革後爲了擺脫前「三十年來的政治、美學禁忌」而與前三十年的文學思想「截然對立」，甚至將中國現代文學棄之如蔽履，完全挪用、套用西方的觀念理論外殼而逐步走入死胡同。兩文也大量援用了西方的觀點理論，清理出這二十年被奉爲圭臯而不斷衍化的西方觀念理論的舶來品，原來是仿品而不是眞品。怎麼辦？兩文作者則用西馬、新左和「文化研究」的觀點，把二十年來被囚於「玄學」、絕對的個人內心世界中的文學找回來，重新放回仍由階級、歷史、民族、性別所構成的現實世界；而且，兩文雖只隱然提及，但已使人感知到作者正重新看待中國的社會主義的革命歷史，把被排斥、窄化的中國現代文學的主流找回來。

爲了有效地批判，一開始大量援用西方的觀點理論，以西批西，以夷制夷，也許是不可避免、也是不得已的事。但是，爲了不再落入只以西方「本本」看問題的巢臼，不再使中國文學成爲西方理論的跑馬場、競技場，我想終歸要回到中國的現實，從學院的象牙塔探出頭來看看社會現實的問題，從中國現代文學的歷史中去蕪存菁找尋思想的活水、思想的出路，把思想觀念放回滾滾紅塵去檢驗，從每一位活生生的中國人民的生活和命運中，才能找到眞正的文學之路，因爲只有成長在自己土地上的文學才是眞正的文學，因爲文學終究是屬於世世代代沒有理性偏見的生活著的人。

二〇〇三、十一、二十七

范泉的台灣認識
——四十年代後期台灣的文學狀況

橫地 剛
陳映真
吳魯鄂 共譯

前言

從反「右派」鬥爭到一九七九年春的二十一年間，范泉每天都過著形同「廢物」的日子。重返社會以後，很多朋友們都扯起同樣的辛酸往事，他們把自己比喻成「復活出土文物」。在那段逝去的日子裏，范泉一直尋思著寫一部以在青海的生活爲題材的小說。然而，當重新恢復了「創作自由」後，反而變得難以提筆了，擔心會寫成「傷痕文學」。自他復出以迄他去世間的二十一年裡，他一直埋頭於對中國近代文學的研究，選擇了對招致「傷痕」的病根的研究，而非對當時形同「廢品」的自己的描寫。

先是花了十年時間，在一九九三年六月寫成了《中國現代文學社團流派辭典》，同樣花了十年的時間，在一九九六年八月完成了全三十卷的《中國現代文學大系》（註一）。范泉在這兩項編纂工作中，都擔當了中心的角色。前者提到了從清朝末年到一九四九年間興起繁盛過的一〇八二個社團流派，記錄了「各個歷史階段的文學現象」以及「中國現代文學發展的軌跡」。後者通過搜集到的大量的鴉片戰爭到五四運動期間的近代文學資料，詳細說明了「古代文學與現代文學之間的橋梁」，填補了「中國文學史的空白」。通過這些努力，他重新以中國「近代意識」（註二）的形成爲出發點，對其內含的深蘊進行了研究，即：「反帝反封建和爭取民主獨立，是近代文學的靈魂，沒有這個主流和思想脈絡，將會失去革新的色彩和時代精神」（註三）。文革後，巴金等多位文學家指出了中國社會存在著深刻的封建殘餘，但對其主要原因的探求，可以說是由范泉提供了頭緒。

在這個驗證過程中，「台灣文學是中國文學的一環」的認識一直貫穿始終。他在《中國近代文學大系》中收錄了唐景崧爲首的，康有爲、曾樸、丘逢甲等人的著作，在《中國現代文學社團流派辭典》中網羅了從「南社」到「台灣文學奉公會」二十七個團體流派，將台灣文學的苦惱與鬥爭解讀成「近代文學的靈魂」。在范泉的眼中，台灣是中國近現代史上擁有最長、最豐富經歷的地域。

基於這一驗證與思考，他完成了人生最後時期的散文集《遙念台灣》（註四），再次提起了四十年代後期的問題。他「作爲一個普通的中國人」，藉由在當時的整個中國社會中重現一般的台灣論，讓兩岸社會所面臨的共同問題浮雕出來，更暗示了這些問題也是當今的問題。擺脫內戰結構和建立近代社會，是他一直以來的願望。

但是，內戰狀態的持續還是導致了四十年代後期文學的「湮滅」，至今想要掌握它的全貌，仍是不甚容易。從在台灣的戒嚴令與大陸的「反右派」鬥爭到文革爲止的政治運動，讓「以論代史」的風潮蔓延，至今仍留下其陰影。爲重現所失落的時代，范泉就須要追溯到「五四」運動以前的原因，也在於此。

四十年代後期，包括台灣在內的中國皆同處於摸索「抗戰建國」到「和平建國」道路的歷史潮流中，民衆積極投身於政治協商會議所通過的《和平建國綱領》的實施，以及反對內戰的民主運動。人們回顧歷史，交流了不同的歷史經歷，在此基礎上，向建設「民國」邁進。范泉這裏迎來了從「大後方」「復員」到上海的文化人，也送別了去台灣的文化人。不久，台灣文化人也加入進來，重新開始了海峽的交流。然而，到了一九四九年末，兩岸又再次被逼到了「隔絕」的境地。這一「隔絕」則成了民主運動的終止與「湮滅」的開始。

在這極短的四年間兩岸所交流的資訊和議論中，其所包含著的可能性遠比最終的「隔絕」這一結果來得豐富。在這篇文章中，我將焦點放在「范泉的台灣認識」上，並對四十年代後期的台灣文學略作探討。

范泉的經歷簡單地記載如下：

范泉本名徐煒，一九一九年九月生於上海金山縣。祖父爲舉人，當時任金山縣縣官，父親爲小學教師。四歲時喪父。一九三五年畢業於光華附中，就讀光華大學中文系，一九三九年從復旦大學新聞系畢業。期間，於北京日語專修學校與復旦大學修得日語與英語。中學時代，曾主編了《光華附中》，大學時代主編過《作品》。畢業後，編過《中美日報》的〈堡壘〉、〈集納〉等版面，同時編過《學生生活》與《生活與實踐》。

一九四四年九月到五二年十二月期間，擔任上海永祥印書館總編輯，從事《文藝春秋》，半月刊、月刊等十五本雜誌的編輯，香港《星島日報》的〈文藝〉等三種報紙副刊以及《文匯報》等四種報紙的編輯。在此之間，還活躍在翻譯、創作、散文、兒童文學、詩歌、評論等領域，發表了大量的著作。

解放後，就任上海市新聞出版印刷學校副校長。一九五八年十二月被定爲「右派」，下放到青海省。一九七九年就任青海師範學院（後來的青海師範大學）中文系教授，一九八六年回到上海，就職於上海書店編輯部。二〇〇〇年一月逝世，享年八十四歲（註五）。

二二八事件的衝擊

范泉有關台灣的著作，光只經確認者，就多達十一篇之多。除在台灣發表的一篇以外，其餘都在上海發表，其中有多篇轉載在香港及台灣的刊物上。此外，他翻譯了龍瑛宗的小說一篇和楊雲萍的詩二十首，並且對歐坦生著作五篇和朱鳴岡、黃永玉兩組木刻版畫寫了編輯介紹。另有三篇著作登載在台灣報紙上。

◎著作

〈論台灣文學〉，范泉，《新文學》，創刊號，一九四六年一月一日。
※改題〈台灣文學的回顧〉，轉載《民權通訊社》，第三十一號，一九四七年一月一日，署名「民權通訊社・姚群」

〈記台灣的憤怒〉，范泉，文藝出版社，一九四七年三月六日。

〈楊雲萍——記一個台灣作家〉，范泉，《文匯報》〈筆會〉副刊，一九四七年三月七日。

《創生紀》，范泉，寰星圖書雜誌社，一九四七年七月。
※收錄〈記台灣的憤怒〉、〈楊雲萍——一個台灣作家〉、〈吉田秀雄〉。

〈台灣高山族的傳說文學〉，范泉，《文藝春秋》，第五卷第二期，一九四七年八月十五日。
〈高山族的舞蹈和音樂〉，范泉，同上。
〈記楊逵——一個台灣作家的失蹤〉，范泉，《文藝叢刊》，第一輯〈腳印〉，一九四七年十月。
〈關於邊疆小說〉，范泉，《文藝春秋》，第五卷第五期，一九四七年十一月十五日。
〈台灣戲劇小記〉（筆談），范泉，《文藝春秋》，第五卷第六期，一九四七年十二月十五日。
※改題〈關於台灣戲劇〉，轉載《星島日報》〈文藝〉副刊，第八期，一九四八年一月十九日。
〈高山族傳說——神燈〉（黃永玉插繪），范泉，中原出版社，一九四七年十二月。
※收錄〈台灣高山族的傳說文學〉及〈高山族的舞蹈和音樂〉。
〈悼許壽裳先生（悼詞）〉，洛雨，《文藝春秋》，第六卷第四期，一九四八年三月十五日。
※轉載《星島日報》〈文藝〉副刊，第十七期，一九四八年三月二十二日。
〈關於「白色的山脈」——敬覆林曙光先生〉，范泉，《中華日報》〈海風〉副刊，一九四八年七月一日。

◉翻譯

〈白色的山脈〉，龍瑛宗著，范泉譯，《文藝春秋叢刊》之二，〈星花〉，一九四四年十二月一日。※出處〈白色的山脈〉，《文藝台灣》，第二卷第六號，一九四一年九月二十日。

〈巷上盛夏〉，楊雲萍，范泉譯，《星島日報》〈文藝〉，第十四期，一九四八年三月一日。

※《詩創造》，第九期，與〈豐饒的平原〉同時揭載，一九四八年三月。

※出處同名《文藝台灣》，第一卷第三號，一九四〇年五月一日。

〈楊雲萍詩抄〉，楊雲萍，范泉譯，《文藝春秋》，第六卷第四期，一九四八年四月十五日。

※出處《山河》，清水書店，一九四三年十一月十三日。

◉編輯

〈三個戲〉，歐陽予倩，《文藝春秋》，第五卷第一期，一九四七年七月十五日。

〈《神燈》插繪木刻畫八幅〉，黃永玉，《文藝春秋》，第五卷第三期，一九四七年九月十五日。

〈沉醉（台灣土著小說）〉，歐坦生，《文藝春秋》，第五卷第五期，一九四七年十一月十五日。

〈十八響（短篇）〉，歐坦生，《文藝春秋》，第六卷第三期，一九四七年三月十五日。

〈鵝仔（小說）〉，歐坦生，《文藝春秋》，第七卷第四期，一九四八年十月十五日。

〈台灣的作家們（介紹）〉，林曙光，同上。

木刻畫〈三代〉、〈太太，這隻肥！〉，朱鳴岡，同上。

◉在台灣報紙刊載的著作

〈吉田秀雄〉，范泉，《人民導報》〈人民副刊〉，第二期，一九四六年十月二十七日。

〈茅盾先生出國前後〉，范泉，《人民導報》〈藝文〉欄，第七期，一九四六年十二月十五日。

※出處〈茅盾先生出國二三事〉，轉載自《文匯報》〈教育文化體育〉欄，一九四六年十二月五日，與《文藝春秋》第三卷第六期同時揭載，一九四六年十二月十五日。

〈大地山河〉，范泉，《力行報》〈力行〉，第二十九期，一九四八年二月四日。

※出處《小朋友》，第八二九期，一九四七年二月二十七日。

此外尚有

※《文藝春秋叢刊》之一〈兩年〉「封面裝幀」、其二〈星花〉「編後」，及《文藝春秋》（第五卷第五期、第六卷第四期、第七卷第四期）〈編後〉提及臺灣。

著作的發表以二二八事件爲界分爲前後兩部份，其中除了兩篇以外，其餘都是在二二八事件後發表的，其中可見二二八事件給范泉的衝擊不小。

事件發生之後，他馬上發表了兩篇文章。其一爲〈記台灣的憤怒〉，另一篇爲〈楊雲萍——記一個台灣作家〉。前者在事件發生三天後的三月三日寫成，六日編成小册，由文藝出版社出版，總經銷是永祥印書館和兄弟圖書公司——即《文藝春秋》的出版者和生活書店旗下的機構之一。這可能是爲了預防書被禁賣的措施。同一天，《文匯報》上登載了名爲〈台灣大慘案的教訓〉的社論，卷頭標題廣告欄上寫著該書「將於今日下午出版」。後者是在第二天七日的《文匯報》〈筆會〉專欄上發表的。

社論譴責這次事件的原因是當局「繼承殖民地統治政策」，范泉「用文藝的筆調」從「民間與輿情」角度出發來說明，不僅揭露了當局「統治殖民地的手法」，也傳達了台灣人民「強悍的性格」與「憤怒的咆哮」。接下來他翻譯了楊雲萍的多篇詩作，呼籲讀者能讀懂在日本統治下的那五十年的「寥穆和悲哀」，以及蘊藏其中「充滿了新的希望的反抗的吶喊聲」。作爲《文匯報》編者之一的范泉，將長達半世紀的「隔絕」阻礙了兩岸相互交流的現狀看在眼裏，不能不在社論中針對著「統治階級的新聞記者和文藝工作者」（註六），用上述的二篇文章來應對「對於台灣文學還很生疏的中國讀者」（註七）。

當「二二八事件處理委員會」提出了「三十二條政治改革方案」時，《文匯報》再次刊登社論，以示支援。當國民黨的「無差別殺戮」鎮壓開始時，第三度刊出社論來表示對當局的抗議以及對台灣民衆的深切同情。在社論發表的同時，《文匯報》還對事件的發展進行追蹤報導，並二十多次登載了揚風（楊靜明），鳳炎（周夢江）等駐台灣記者的報導，在力求逼近事件眞相的同時，不斷地表達了對台灣民主運動的支援以及對台灣當局政府的抗議（註八）。但是在大陸的五二〇流血事件波及到全國六十多個城市的五月底，《文匯報》被查封了。政府命令在一年之內「徹底消滅」「奸匪」，封鎖了二六三種「民主刊物」，報導台灣事件的報紙雜誌也都在上海消失了。《文萃》在四月五日發刊了《台灣眞相》特集後，也被迫轉入地下（註九）。不久，很多文化人又再度離開上海，「反饑餓、反內戰、反迫害、求民主」的運動之言論據點轉移到了香港。

但是范泉與他的《文藝春秋》在上海站住了腳。十月，當上海與台灣的事態逐漸沈靜之時，他出版了最初的散文集《創世紀》，其中收錄了事件發生時寫的那兩篇文章，並在最後寫上「無非是想作爲一個『決不再蹈覆轍』的紀念而已」，潛在著新的決意。進入八月後，經過了二二八事件與五二〇事件的洗禮的兩岸交流又重新開始了。在那段時期裏，范泉送別了來上海避難又重回台灣的黎烈文。歐坦生攜帶描寫該事件的短篇小說〈沉醉〉來訪。揚風重登台灣，羅鐵鷹去台也是在這段時間。同時，《新生報》的副刊〈橋〉創刊。

九月，傳來楊逵「失蹤」的消息。楊逵在該事件中被捕，於八月九日被釋放。范泉對楊逵獲釋並不知情，寫了《記楊逵──一個台灣作家的失蹤》，爲了躲過檢查，避開了《文藝春秋》，偷偷發表在《文藝叢刊》上。他再度陷入了沈痛之中。他寫道：「如果楊逵眞的已經死去，那不僅是台灣文藝界的損失，更將是中國文藝界的損失」。而且他在這個有限的空間裏再次開始談起了台灣。他介紹了歐坦生的作品，「揭露了我們某一部份的祖國的同胞正在如何地把輕佻與污辱抛給了這塊新生的土地」

（註一〇）；年初，即將迎來二二八事件發生一周年之時，傳來了許壽裳被慘殺的消息。范泉在《文藝春秋》發表了追悼文，同時再次翻譯《楊雲萍詩抄》；訴說「台灣平民的心聲」；介紹了「台灣的作家們」，傳達了《新生報》〈橋〉副刊上的論爭所獲得的成果。另一方面，他開始著手編輯面向小學生的讀物。《神燈》是其中的集大成者。書中的插圖爲黃永玉的版畫，在書的解說中收錄了與「高山族」相關的兩篇文章，他呼籲從小兒到大人都要先從學習「台灣和中國大陸的地理和歷史的關係，高山族的民族和特質」，去瞭解台灣（註一一）。

至今尚不能肯定當時楊逵是否知曉了范泉的言行，但是從監獄出來重獲新生的楊逵依舊默默地展開了活動。首先，他重新著手出版因爲事件發生而不得不中斷的《中日對照・中國文藝叢書》，爲促進對祖國文化的理解、冒著明知正在逼近的新危險，在副刊〈橋〉上打開了兩岸「文化交流」的場地。準備充分以後，他開始編《台灣文學叢刊》，《力行報》的副刊〈新文藝〉，期望再建與發展台灣文學。他一面嚴肅地批評「內地來台的文藝工作者」，責備他們的作品「都離開台灣的現實要求」，「離開台灣民衆的心情太遠」（註一二），另一方面也表達了對范泉《論台灣文學》的讚美之意（註一三），讚揚了歐坦生的《沉醉》（註一四），同時介紹了范泉的《大地山河》。

台灣認識的土壤

在大陸最先開始介紹台灣文學的是胡風。一九三五年，在《世界知識》上翻譯登載了楊逵的〈送報伕〉，八月，據說在《譯文》上翻譯登載了呂赫若的〈牛車〉（註一五），這些都是胡風從日本《文藝評論》上翻譯過來的。翌年四月，加入張赫宙等朝鮮作家的小說，出版了《朝鮮台灣短篇小說集——山靈》（文化生活出版社），並在附錄裡加入了曾登載在《台灣文藝》一九三五年三月號上的楊華的小說〈薄命〉。該書到一九五一年爲止共再版了五次，讀者頗多。文化出版社系巴金所創。翌月，生活書店出版了世界知識社編的《弱小民族小說集》，其中再次收入了《送報伕》。據說，該小說後來由葉籟士翻譯成拉丁化新文字，於一九三七年一月由新文學書店出版，至一九五一年共再版五次（註一六）。

一九三四年九月，《世界知識》（胡愈之創刊，畢雲程主編）與《譯文》（魯迅，茅盾、黎烈文發起，一之三期由魯迅主編，後來由黃源主編）同時創刊了。該刊多次登載了東歐、南歐、亞洲、非洲等地被壓迫民族的文學作品。當時的背景存在著從「滿洲事變」到「盧溝橋事件」的民族存亡的危機感。同一時期還出版了描寫「滿洲」的田軍（蕭軍）的作品〈八月的鄉村〉、〈第三代〉、〈同行者〉，和蕭紅的〈生死場〉等。描寫在大陸廈門台灣人的林娜（司馬文森）所著小說〈呆狗〉和〈入

籍〉也發表了。（註一七）

魯迅在〈田軍作《八月的鄉村》序〉（註一八）裡評價道「這書當然不容於滿洲帝國，但我看也不容於中華民國。」爲魯迅所託，胡風寫了後記，其中陳述了不被容忍的理由：「當時國民黨欺騙宣傳什麼實際上不存在的『抗日義勇軍』」，而「〈八月的鄉村〉裡的人物還特地聲明了他們是『人民軍』」（註一九），說明了遭到「不容」的理由。

魯迅在〈蕭紅作《生死場》序〉（註二〇）中寫道：

> 想起來，英法租界當不是這情形，在哈爾濱當也不是這情形；彼此都懷著不同的心情，住在不同的世界。然而我的心現在好像古井中水，不生微波，麻木的寫了以上的那些字。這正是奴隸的心！——但是如果還是擾亂了讀者的心呢？那麼，我們還決不是奴才。

我們或者可以用「台灣」來替換「英法租界」與「哈爾濱」來讀這段文字。因爲在一九三二年五月，《送報伕》已經「不容於」台灣了。《台灣新民報》還允許刊登描寫主人公在派報店裡受到非人待遇的前半篇文章，但對觸及到批判殖民地的後半篇文章卻遭禁刊（註二一）。楊逵與魯迅、胡風等人相呼應，在《文學首都》（東京，一九三七年九月）上發表了〈《第三代》及其它〉。他說天天被人家教我們稱爲「土匪、共匪、什麼匪、什麼賊」的，「其所謂匪徒，其實並不是我們常聽說的強盜，而是作爲反抗施虐者的力量成長」著，從而暴露侵略者的詭計，而嚴肅地聲明「擾亂了讀者的心」的台灣作家們絕不是「奴才」。

同時，對於胡風批評日本文壇對中國現代文學的冷淡，楊逵也表明了「我們殖民地的人們都抱有相同的感慨」的鮮明態度。楊逵在盧溝橋事變後的一九三七年「七月三十一日夜」裡，正是北京、天津失守的翌日，寫下這一篇文章，有重大意義。

在上海介紹台灣、「滿洲」和朝鮮作品，證明了日本統治的殖民地台灣與上海的文學家們是站在同樣的土壤上的。戰爭的擴大化違背了侵略者的意圖，殖民地下的作家們竟通過日語爲台灣文學與中國文學的交會開闢了一個空間。

范泉就是在這樣的土壤與空間中產生。主要地就在這個時期裡，他正式學習了日語。一九三五年末，他以留學日本爲目標遠赴北平，翌年九月，進入「台灣學者張仲實開設的日語專修學校」（註二二）。依據他在一九三三年時曾回答魯迅先生說「自學日語已經三年」算來（註二三），那時已經自學了日語六年。但據說還有「訓練聽覺與口語並提高閱讀能力」的必要。他學習日語的目的在於：「可以閱讀許多在中國還沒有翻譯過來的世界名著」，「到日本去研究新聞學——尤其是新聞學裡的印刷學」。（註二四）

當時，在北平，日語教育非常火爆，台灣出身的學者們非常活躍。後來成爲「戰時日本研究會」一員的張仲實便是其中之一。其他的還有張我軍，洪炎秋等人。二人在擔任日語講師的同時，設立了人人書店，編了從《日文與日語》開始的各類教材。可以想像范泉的學習很受惠於此。北京近代科學圖書館與上海日本近代科學圖書館都是一九三七年十二月，用以淸代對日本賠償義和團事件的賠償金所設立的振興「對華文化事業」之據點。並設有「日語講座」，請了錢稻孫，張我軍等爲講師，編輯出版了各種教材。特別是在《讀本》一書中網羅了從古典到當代的現代（日本）文學，散文等，對學習者瞭解日本文學有所貢獻。范泉雖在該圖書館設立前的九月轉學到復旦大學新聞系，但仍繼續著他的日語學習，經常出入上海的日本近代科學圖書館，利用這些教材。就這樣，「經過兩年的學習」，「居然很可以看一些日文書籍了」（註二五）。接下來，他翻譯了小田嶽夫的《魯迅傳》、張赫宙的《朝鮮春》、《黑白記》、《朝鮮風景》（註二六）、龍瑛琮的《白色的山脈》，以及吉江喬松，島崎藤村，川端康成和中野重治等人的著作。

一九三七年一月，他打消了去日本留學的念頭，回到了上海。其原因在〈張家口和味の素及其它〉（註二七）中可窺見一斑。前一年的夏天，他去了「冀東防共自治政府」統治下的張家口。街上貼滿了日本製味精「味の素」的廣告。回到北平的路上，沿線的農家的牆壁上都貼滿了「味の素」字樣的大幅廣告。火車到達北平後，就看到同胞們扛著「味の素」的模型，敲鑼打鼓的發著廣告傳單。「日本侵略者的硝煙，正從東北蔓延到華北，眼看華北已經變色了」，「難道我們還是一個擁有主權的獨立國家嗎？」，他自覺到自己已經淪落爲「弱小民族」的一員了。半年後，果然，盧溝橋事件爆發了，八月，戰火再次包圍了上海。繼「滿洲國」之後，內蒙古的「蒙疆聯合委員會」，華北的「臨時政府」，華中的「維新政府」等傀儡政權相繼誕生。從台灣發足的日本侵略勢頭，似乎要一舉吞併了全中國。從此以後，范泉就在日本軍與傀儡政權都無法統治的「孤島」——上海鬥爭著。上海的文藝工作者們，在「犯了愛國罪，在敵僞憲警的監視，逮捕和嚴刑拷打下，過著屈辱飢饉和流亡生活。」（註二八）。同時他們也在這個上海迎來「抗戰勝利」、眼見了光復，與隨國民政府的「接收」而來的新的壓迫。不久，台灣的民衆們也大體上經歷了同樣的事情。抗戰八年，從「接收」到「內戰」四年間的體驗與自覺，才是眞正培養范泉認識台灣的土壤。其間，他一次都沒有離開過上海。

然而，在這樣的土壤上，范泉是如何培養了自己對台灣的認識呢？

在〈記台灣的憤怒〉裡他寫道：「我對台灣文學發生興趣，我曾經搜集了五十種以上的論述台灣以及台灣文藝的日文期刊和書報。」從這些期刊和書報裡，「我隱約地認識了台灣的民族個性以及台灣民間的生活情況。」同時，在〈日本文化界當前的工作〉中說，他「利用工作的餘暇」，經常出入日本近代科學圖書館，「借閱了文藝讀物」。雖然細節未明，但截至一九四三年初，兩岸交通可以確保的情況下，該圖書館中有關台灣報紙雜誌的收藏堪稱完備。此期間，范泉利用統治者的圖書館，統治者的語言與「宣傳」，「隱約地」認識了台灣的「民族個性、以及台灣民間的生活情況」。

這時范泉閱讀過的書籍只能從他的著作來推斷。可確認的雜誌有：黃宗葵編的《台灣藝術》、西川滿編的《文藝台灣》、小笠原源編的《台灣公論》、金關丈夫編的《民俗台灣》；單行本上可確認的有：西川滿編的《台灣文學集》、劉頑椿譯的《水滸傳》、《岳飛》、黃宗葵譯的《木蘭從軍》、江文也的《上代支那正樂考》、陳逢源的《雨窗墨滴》、佐山融吉、大西吉壽編的《生蕃傳說集》等。要全部確認，頗費時日，但是從不見同時期發行的張文環所編的《台灣文學》來看，可以明白終歸只是在日本統治者宣傳範圍內的東西。

但是，光復以後，情況為之一變。首先是楊逵贈送了簽名的《鵝鳥出嫁》（三省堂台灣分店，一九四六年三月），楊雲萍託人送來了《山河》。楊雲萍編的《台灣文化》應該是每期都送的。這些都是范泉的文章〈論台灣文學〉流傳到台灣之後的事。「尤其是對祖國抱著無限熱忱和希望的台灣的文化工作者，他們都紛紛寫信給我，或者提供了許多珍貴的意見，或者贈送書刊，希望和我做一個文字上朋友」，其中還有專程來上海拜訪他的人們。以楊逵、賴明弘、楊雲萍、郭秋生，林曙光為首，還有敢於埋名，范泉稱為「一個出身在臺灣農民之家的文藝工作者」，「一個過去用日文來寫作文藝作品，而現在已經改業運輸商的台灣知識份子」，「一個出身在台灣大地主的士紳」等一些人的影子。（註二九）

范泉在去台灣的大陸文化人中有許多友人和熟人。從編譯館轉職到台灣大學任教授的許壽裳、李何林，台灣大學的黎烈文，呂熒（何佶）；劇作家歐陽予倩、田漢；版畫家黃榮燦、朱鳴岡、梁永泰、黃永玉；《和平日報》的樓憲（尹庚），王思翔（張禹），周夢江（黃鳳炎），《大中華報》的揚風，《文匯報》駐台灣記者索非、高耘、胡天、王望、王坪、王戟、董明德、重瞳等人，還有民歌社的歐坦生（丁樹南）與羅沈（陳綝）及東北作家孫陵等等。特別需要提一下的是，他們與范泉的聯繫線上，還有中外文藝聯絡社的葉以群，東南文藝運動的許傑，中華全國木刻家協會的陳煙橋和王琦等人的影子。

就這樣，通過光復後與兩岸文化人的交流，閱讀他們的著作，以及閱讀在日本統治下的有限空間裏寫下來的著作，大大地培育了范泉對台灣的理解。

與楊雲萍的交往

范泉與楊雲萍的交友是「文字上的朋友」，而從未謀面。但是他們二人的交往代表了四十年代後期兩岸文化人的交流。

光復後不久，楊雲萍編《民報》〈學林〉副刊。設立編譯館後，就任了該館編纂及台灣研究組的主任。二月事件發生後，轉職到台灣大學任歷史系教授，同時擔任一九四六年九月創刊到四九年三月爲止的《台灣文化》的主編職務。第一卷第二期推出了《魯迅逝世十周年特輯》。在黃榮燦的介紹下，以轉載陳煙橋論文爲契機，展開了《台灣文化》與《文藝春秋》兩刊的合作。不久便發展到同時刊登李何林、黎烈文的三篇論文的程度（註三〇）。期間，《文藝春秋》於一九四七年七月在台北設立了總經銷店，次年三月，開了永祥印書館台灣分店，台灣的讀者群增多了。

隨著交往的加深，一九四六年的一天，楊雲萍託人將詩集《山河》贈給了范泉。光復前，范泉曾被《台灣文學集》中的一首《月光》所感動，花了兩個多小時，仔細將詩集讀完了。他「被那詩裡蘊蓄著的靜謐的魅力，眞使我感動得愛不釋卷」。「我們應該認識他，研究他，鼓勵他」（註三一）。歷經半世紀的隔絕，因而對台灣莫不關心，生活在痲木無知的世界裏，目睹了二二八事件的范泉，究竟從楊雲萍處「認識」了什麼，「研究」了什麼，又如何受到了「鼓勵」呢？

在〈楊雲萍——記一個台灣作家〉裏記載了選自《山河》的〈月光〉、〈泉〉、〈寒廚〉、〈妻喲〉、〈裏巷黃昏〉、〈新年志感〉等六首詩，並作了這樣的評價：

> 試問這樣的台灣人的家，這樣的台灣人的貧困，是由於誰的賜予呢？是由於怎樣的被損害和被壓榨，才使台灣人的生活變成豬樣的生活呢？一句話——那是日本帝國主義者蠻橫統治下的成績。

這是楊雲萍寫在〈台灣文學研究〉（《台灣藝術》一九四〇年五月）上的，范泉有可能在上海讀到過。一九三七年四月，「漢文欄」被廢止，但是他敢於引用大段的古文，同時傾吐了他沈溺在現代主義的錯誤，從而批判了「皇民文學」、「外地文學」史觀。在皇民化運動下，有人說在「台灣沒有值得一觀的文藝美術」（註三六），抹殺了台灣新文學。那一年，西川滿的《文藝台灣》創刊，反而，白話文《台灣小說選》遭到禁止發刊的處分。《台灣小說選》的序文是由楊雲萍寫的。「把結論先提示罷，台灣的新文學運動，是受到了中國的新文學運動的運動與成就所影響，所促進。既是台灣的運動，當然保持了多少的台灣的特色」（註三七）。他後來指出：「日本帝國主義者，統治台灣的五十一年」，「就是要怎樣把台灣從它的祖國——中國隔離起來，把台灣封鎖。」（註三八）「禁止漢文欄」是以權力禁止創作白話文，切斷傳統，阻止中國新文學思潮的流入。對此，楊雲萍巧妙地用日語打開了論爭的場域。果然，現實主義的爭論一直持續到一九四三年七月，毫不曾屈從於「文學商人拼命的討價還價」（註三九）。雖然台灣新文學被批評總是把對「養子之虐待，家族間的糾葛等當成大事描寫風俗」（註四〇），卻一貫堅持「狗屎現實主義」（註四一），否定了「皇民化」是打破「舊來的陋俗弊習，讓台灣人民能夠更多的享受到近代文化的恩惠」（註四二）的理論。就這樣，他一直「凝視著長滿了黴的古書」，但是從未把目光從台灣與臺灣民衆的身上移開。他記錄了甚至到了「決戰期」也在「三國誌演義」或「水滸傳」中——而不是在以日語演出的「皇民劇」中尋求娛樂的「勞動農民們」，其言外之意，在向統治當局說明，台灣的勤勞大衆的世界中，從來都是閩南語和客家話的世界（註四三）。同時，他還加入了竹內好爲首的「中國文學研究會」，通過《中國文學月報》（一九三五年三月～四三年三月）追蹤著中國新文學的動向（註四四）。

范泉對於皇民化運動下的爭論的細節知道的恐怕不多，但是他在《山河》卷頭上的〈新年志感〉，卻讀到貫徹作品中的精神。

楊雲萍，這決不是一個靜謐與憂鬱的代名詞。這應該是一聲台灣平民的抑憂的然而卻是憤怒的吶喊。這應該是一種把半個世紀葬送在被侮辱與被傷害裡的反抗的呼聲（註四五）。

二二八事件一年後，范泉再從《山河》中譯出了二十首詩。繼李公樸，聞一多之後，二月，許壽裳在台灣被「暗殺」了，三月，范泉寫了悼念文章，又隨即加譯了二十首。誰都感覺得到新的危機正在迫近。他在「編後」裏再次寫到以下文字，來喚起對台灣的了解。

台灣詩人楊雲萍先生的詩，從一個知識份子的立場看來，似乎是太嫌軟弱了些，但是我們不能忽略那塊鄭成功時代被華夏的子孫們居住下來的土地，曾經在異族的控制下冬眠了五十多年，我們不能丟開了客觀的現實而刻意苛求主觀的滿足——這是異常明顯的事實；更何況，發表在這裡的二十首詩篇，是寫作在台灣光復以前，而且是用日文寫出。但僅僅從這些題材平庸詩章裡，我們都已能夠看出作者是懷著一種怎樣哀痛的心情，游離於苦鬥的邊緣，而摯愛祖國的熱忱卻是畢露無遺了（註四六）。

一九四八年夏，在《新生報》〈橋〉副刊上進行的「台灣新文學爭論」（註四七）告一段落後，楊雲萍將林曙光的〈台灣的作家們〉寄給了范泉（註四八）。雖然范泉與林曙光曾由於一點小誤會曾在初夏的《中華日報》上有過交鋒（註四九），楊雲萍還是應范泉的要求，將林曙光的文章推薦給范泉。很快范泉在《文藝春秋》（七卷三期，一九四八年十月十五日）上登載歐坦生的《鵝仔》的同時，再次確認台灣文學是「發源於中國新文學運動主流的一個具有光榮的傳統與燦爛的歷史的支流」，呼籲大陸文化人理解與支援台灣文學。但是，這卻成了在《文藝春秋》上論及台灣的最後一篇文章。林曙光這樣結束了他的文章，估計這也是范泉的意見罷。

> 總之：過去的臺灣文學運動，由環境的阻礙，的確始終得不到發展的機會，不過在艱難處境中，臺灣的作家們卻堅持偉大的戰鬥精神，抵抗了日寇的橫暴，建立了自己的文學。我

相信他們的遺產，也就是整個中國新文學運動的一個最大的收獲。不過如今，這些作家們大概都埋頭於學習國文的創作，所以不大活動，但不久的將來，他們一定會如同他們曾經克服了異國文字一樣，終於克服白話文的困難。那時候假如國內的文化界能夠給他們以指教與幫助，那麼他們一定會以大的熱情，完成他們對祖國的文化界所應盡的使命。

回想起來，一九四五年的十月，楊雲萍「等待」（註五〇）著能夠滿懷「自負」和「自誇」地回歸祖國。他的理據有四：第一：台灣作家們抵抗了日本侵略者的統治，「建立了自己的文學」，第二，他們「克服」了異族語文，持續進行創作，並且「由異族語文的媒介得接觸到了世界一流的文學」。第三，他們的遺產是「整個中國新文學運動的一個最大的收穫」。第四，他們可以以此爲基礎來對祖國的文化發展事業作貢獻。但是一個月後的十二月三日，就在〈我們的等路——台灣的文藝與學術〉發表的當天，楊雲萍不得不寫了題爲《挫折》的一首詩（註五一）。他感到自己在這短時間中「苦心結構的圖案」被「破壞」了，但他在詩作的最後還加上了一句「走向幸福之門是窄的」，反而表明了他重新燃起的鬥志。

第二年的年初，迎來了光復後的第一個元旦，范泉的《論台灣文學》發表了。范泉正確地評價了台灣文學家們的「自負」與「自誇」，共同面對了他們的「挫折」。范泉把他們的「自負」與「自誇」

當成自己的「自負」與「自誇」。這是同作爲被統治者的他們打破了統治者的邏輯，手上雖無範本，也要創立新的文學的決心之表現。楊雲萍所說的「寒梅槎枒，古幹新枝，花開益盛」指的就是這個。兩岸共同邁出了《新創造》（註五二）的道路。

〈論台灣文學〉

范泉的〈論台灣文學〉發表在半月刊《新文學》的創刊號（權威出版社，一九四六年一月一日發行）上。主編孔另境是范泉的友人，茅盾夫人的弟弟。

該論文中比較了島田謹二的〈文學的過去、現在與將來在臺灣〉（《文藝台灣》一九四一年五月二十日）與亞夫的論文，范泉在最後披露了自己的見解。遺憾的是，亞夫是何許人，至今未有定論，也沒有發現相關的論文。雖然作家楊熾昌的筆名爲「島亞夫」，但是未能確認是否就是那個「亞夫」。范泉在引用文章裏提及了張文環主編的《台灣文學》，這證明了「亞夫」的論文發表於該刊創刊的一九四一年五月二十七日以後。從內容來看，確實闡述了與島田的「外地文學」的史觀相異的論點。但是並沒有論及使這個問題深化的所謂「狗屎現實主義」論爭。由此看來，這位「亞夫」的論文應該是在一九四一年五月到一九四三年五月期間發表的。

還有一點要確認的是，范泉在傀儡政權統治下的上海所能讀到的台灣新文學作品其實只有一部份。整理後發現，這些作品主要是集中發表在一九三七年到一九四三年初的文章，三七年以前的作品則只限於收錄在《台灣文學集》與《山靈》中所收。四四年以後進入「決戰期」的作品估計也很難到手。具體的說，范泉對楊逵的《紳士們的話》，龍瑛宗的《白色的山脈》，周金波的《志願兵》作了短小的評論，還閱讀過楊逵的《消滅天狗熱》（譯註：指登革熱病）。很明顯的，這些都是登載在《文藝台灣》與《台灣藝術》上的作品。范泉說楊逵「並不被任何人御用，也從沒有爲軍閥的侵略政策宣傳」（註五三），他的作品「洋溢著天才的機智」，其尖利的嘲諷「到了極點」。他認爲楊逵「老於世故，具有豐富的生活經驗」，「能運用多種藝術形式的，關心著台灣人的生活與幸福」，是個「眞正的台灣本島作家」。范泉說龍瑛宗的作品「帶有了濃重的憂鬱感的」，「因爲他生長在那樣的環境裡呼吸在那樣的空氣裡，他至少不像周金波那樣，寫下屈辱求榮的志願兵一類的小說而仍然毫不感到自慚」。但龍瑛宗是「一個樸素的，純粹帶著台灣色彩而描繪了台灣的眞切的悲喜的。」（註五四）

〈論台灣文學〉一文利用這些有限的條件，整理了在「外地文學」論爭中所出現的台灣新文學的問題。范泉將島田謹二與亞夫的主張作了如下比較：

亞夫的（台灣新文學分期問題上的）四期說自然是比較精確的，他列舉的材料也很豐富。他的劃分的基準，主要的是根據這些台灣本島作家的活動。他比島田謹二氏的理論更加正確的地方，便是在於：他完全側重在本島作家的創作，以及這些本島作家們的活動。

島田將台灣文學分爲三個時期，第一期是日本統治的一八九五年到日俄戰爭的一九〇五年，第二個時期是從一九〇五年到一九三〇年，第三個時期是一九三一年以後。與此相對，亞夫將台灣文學分爲四個時期。第一期是到一九二四年的「未開拓」期，第二期是一九二四年到一九三三年的「文學運動醞釀期」，第三期是一九三三年到一九三七年的「文化運動正式化期」，第四期是盧溝橋事變後的「內地與台灣文化一體形成期」。

范泉認爲島田的「觀察是不適當的」，並表明了自己的「不能滿意」。針對島田將台灣人的文藝作品放在「附錄的地位」，以「日本作家之居住在台灣的，以及用台灣的風土人情作爲小說題材的文藝作品」作爲主要論述對象的說法，范泉提出了反駁。他認爲：只有依靠台灣本土作家的努力「才能創造具備台灣性格的台灣文學」，外來作家的努力是「決不能替代本島作家的地位」的。

對於亞夫的說法，范泉爲亞夫闡明了日本統治下語言被攪混亂的問題。首先在確認「台灣文學是中國文學的一環」的基礎上，指出了「政治和社會的變革才是使台灣文學變質的基本因素」，並驗證了以此「常常阻礙了它（台灣文學）的發育成長」的歷史。

范泉陳述了台灣文學是受了「中國新文學運動的影響」，在「學習並模擬了中國文學的形式和內容」的基礎上發展起來的，但是「在政治革命的企圖完全絕望了以後」，同時日本文化侵略政策在台大幅展開以後，迅速「變質」了。他特別談到了「文藝表現形式」的變更，即強行要求實現從「漢文」到「日文」的轉變這一例子，揭發了日本文化侵略政策的本質。島田說到「本島人」在第二個時期裏，「對日語和日文的微妙還不能體會」，到第三期時「對國語（日語）的理解如今有了從實用性的理解進步到吟味性的理解力」。但是事實上，范泉反駁道：「半個世紀以來的台灣文學，完全是陷於形式的蛻變過程中」，由於禁止使用漢文，導致了「消滅了漢文的創作，使漢文的作家沒有發表的可能和機會。這無異消滅了台灣文學力量的一半，削弱了台灣文學一貫的創造力」。他進一步說：即使在這樣的情況下，台灣文學「改變的衹是外表的形式」，「它的內在性質」卻始終「還帶有中國文學的遺留的血液」。對亞夫未能論及的一九四〇年以後的情況，他補充道，即使是在殖民地時代的末期，台灣作家們並「沒有，也不會遺忘掉這個古老國度的風情和文華」。范泉這樣結論：「人力的武斷式的支配」只能改變台灣文學的一部分性質。

至此，范泉提出一種與亞夫與島田都不同的台灣新文學史分期論。他認爲，戰前的台灣文學是「始終在它的草創時期」。「純粹的台灣氣派的文學，純粹的具有台灣作風和台灣個性的台灣文學的產生，不是過去，也不是現在，而是在不久的將來」。范泉的分期論如下：第一時期是一九二四年到抗戰勝利，其中又將這一時期分爲兩個階段，第一階段是一九二四年到一九三七年的「與中國文學共鳴階段」，第二階段是一九三七年到抗戰勝利的「表現形式改造階段」，而以第二個時期爲建設期，第三個時期爲完成期。最後，他總結了日本統治下的台灣文學，並「預言」了今後的方向。

> 我們相信在重入祖國懷抱以後的台灣文學，將隨著時光的教養而把自己融合到母土的文學的燦爛潮流裏。台灣文學已堂堂地進入了燦爛輝煌的建設期了。而且我們可以預言，正像中國的新文學一樣，建設期的台灣文學會迅速地超越，用急切的步伐走過歐洲的文藝思潮所經歷的的各個階段，而進入完成期，和母土乃至世界文學並列的時期。

〈論台灣文學〉是戰後大陸文化人最早的台灣文學論。由於資料的制約，不能否認有一些錯誤的存在。「半世紀以來的台灣文學」，「在文學上的成就那是談不上的。」這是范泉概括殖民時期的台灣文學處於「草創期」的判斷根據。這可能是范泉沒有機會接觸到一九三七年以前的作品所導致吧。光復後，他的手頭又接觸到了大量的作品集，賴和等人的作品也在各報紙雜誌上再次登載。到了〈橋〉副刊的時代，通過兩岸作家的努力，通過很多日語漢譯介紹的許多作品，范泉的認識也有所改變了。從〈論台灣文學〉到〈楊雲萍——記一個台灣作家〉；從〈記楊逵——一個台灣作家的失蹤〉到林曙光的〈台灣的作家們〉的介紹，這就是他一路走來的軌跡。

〈論台灣文學〉的影響

范泉的〈論台灣文學〉對四十年代後期「台灣新文學爭論」有很大的影響。最先回應范泉的文章者是作家賴明弘。半月刊《新文學》第二期比預計要晚，在一九四六年一月二十八日刊行。賴明弘的〈重現祖國之日——台灣文學今後的目標〉一文就刊登在該期上。這是賴明弘在范泉〈論台灣文學〉刊在《新文學》創刊號出版之後的二天，即「一月三日」寫成的，他當時可能從武漢回程路上，正在上海，字裏行間透露著「異常興奮」的心情。

據范泉稱，在《新文學》發刊後，就把創刊號寄給了在台北的黃榮燦。料想是通過他，傳到了蘇新、楊雲萍和王白淵等人手中。楊逵可能是從《和平日報》的周夢江（黃鳳炎）那裏得到的，也可能是賴明弘帶回去傳閱時看到的。通過他們，歐陽明，林曙光，廖漢臣，郭秋生等人也看到了《新文學》。他們向范泉寄去很多書籍與信件，其中還有不少人到上海去拜訪范泉。剛好一年後的一九四七年一月一日，在《民權通訊社》（註五五）第三十一號上，〈論台灣文學〉改題爲〈台灣文學的回顧〉再次刊出，筆名爲「民權社‧姚群」，估計也起到了影響。范泉〈論台灣文學〉一文所引發的漣漪，按其發表先後順序，排列如下：

〈論台灣文學〉，范泉，《新文學》，創刊號，一九四六年一月一日。

〈重見祖國之日——台灣文學今後的前進目標〉，賴明弘，《新文學》，第二期，一九四六年一月二十八日。

〈台灣新文學運動的回顧〉，楊雲萍，《台灣文化》，創刊號，一九四六年九月十五日。

〈台灣新文學的建設〉，巴特（歐陽明），《人民導報》〈藝文〉副刊第五／六期，一九四六年十二月一日／八日。

〈台灣文學的回顧〉，姚群（范泉），《民權通訊社》，第三十一號，一九四七年一月一日。

〈一年來文化界的回顧〉，王白淵，《自由報》，一九四七年一月一日。

〈第一節文學〉，王白淵，《民國三十六年度台灣年鑒》，一九四七年六月。

〈台灣新文學運動史料〉，王錦江，《新生報》〈文藝〉副刊，第九期，一九四七年七月二日

〈打破緘默談『文運』〉，毓文（廖漢臣），《新生報》〈文藝〉副刊，第十二期，一九四七年七月二十三日。

〈台灣新文學的建設〉，歐陽明，《新生報》〈橋〉副刊，第四十期，一九四七年十一月七日。

〈論台灣新文學運動〉，歐陽明，《南方周報》創刊號，一九四七年十二月二十一日。

〈新時代、新課題——台灣新文藝運動走的路向〉，揚風，《新生報》〈橋〉副刊，第九十五期，

一九四八年三月二十六日。

〈如何建立台灣文學〉，楊逵，《新生報》〈橋〉副刊，第九十六期，一九四八年三月二十九日。

〈『台灣文學』問答〉，楊逵，《新生報》〈橋〉副刊，第一三二期，一九四八年六月二十五日。

〈台灣的作家們〉，林曙光，《文藝春秋》，第七卷第四期，一九四八年十月十五日。

〈新舊文學之爭——台灣文壇一筆流水賬〉，廖漢臣，《台北文物》，第三卷第二期／三期，一九五四年八月二十日／十二月十日。

這些論文的根本架構並沒有太大的差異。皆主張第一：「台灣文學是中國文學的一環」；第二，「台灣文學運動的主流乃是台灣人自己的文學運動」；第三，台灣文學並沒有屈服於日本統治及「表現形式」的變更，始終貫穿著民族精神；第四，台灣新文學運動起源於「五四運動」。在這四點上，各說都持有基本的共識。同時，也存在著分歧。即「文學上的成就」、時代劃分與「今後的方向」等幾個方面。他們的爭論集中在此。

賴明弘對范泉和亞夫的論證表示贊同，特別強調了「台灣文學運動的主流」是「台灣人自己的文學運動」，是「台灣民族文學唯一的主體」，而「台灣文學是中國文學之一環」。關於歷史分期的劃分，賴明弘對「亞夫的四期說」表示贊同，以此對范泉的分期提出異議。作爲其中的一個理由，他舉了「鄉土文學爭論」的例子，詳細地介紹了他自己的主張。關於「文學上的成就」，他認爲日語作品中也有佳作，但是「台灣文學的偉大成就，當得於將來」。他還說，今後的目標是「寫實主義的大眾文學」，爲促進兩岸文藝者的交流設立作品發表的場所，應該設置「滬台文化聯誼會」。

楊雲萍的論文是李獻璋所編，一九四〇年遭到禁刊的《台灣小說選》的序文的一部份。三年後的一九四三年春，他在〈賴和氏追憶〉一文裏寫著，病床上的病人賴和突然喊道，「我們從事的新文學運動，全都白費了」。「不，在三十年後或者五十年後，人們總會記起我們來的」。楊雲萍只好安慰他（註五六）。幾天後，「賴和就過世了。」再過了三年後的一九四六年九月，《台灣文化》將舊文改題爲〈台灣新文學運動的回顧〉，初次問世了楊雲萍這篇〈序文〉。

> 組版甫成，即遭日當局禁止，故只有校樣以外，未得成書，現稍修改一二，用前記題目發表，可是，當時的種種的制限的痕跡，終是修改不了。（民國三十五年八月十八日記）（註五七）。

他在同期的編輯〈後記〉中添加了兩條希望（註五八）。其一，重刊「本省過去的文學上成就」，「得重新介紹於我國的文學界」。其二，對「本文所談以後的本省文學的歷史」，由研究者做一個持續的介紹。這兩點正是范泉〈論台灣文學〉一文所欠缺的，從中可以看到楊雲萍冷靜的觀察力。

爲「文學的歷史」作了補充的是王錦江。夢周在《中華日報》〈海風〉副刊（一九四七年五月十一日）上發表了〈展開台灣的新文化運動〉，沈明在《新生報》〈文藝〉副刊（五月二十五日／七月二日）上發表了〈展開台灣的文藝運動〉，〈我們要這樣的新文藝——再談展開台灣新文藝運動〉加以回應。夢周認爲台灣是「新開闢的文藝處女地」，沈明認爲台灣是未受「五四」時代新文藝運動影響的「未被開墾的處女地」。王錦江向「願新從事墾拓之工作者」提供了「寶貴的新文學運動史」，並介紹了一些「值得記憶的作品」（註五九）。據楊雲萍說，前段「似是取自我的小文〈台灣小說選序〉」。另外好像還參考了王白淵的兩篇文章。

> 對說台灣過去未曾接受「五四」時代新文藝運動云云的胡說，王錦江先生的「台灣新文學運動史料」一文，確是一個回答。雖在日本統治者的摧殘下，台灣和台灣的文化，老是保持者和祖國的「關連」性；熱烈一時的新文學運動，就是這個明顯的一列。（註六〇）

爲這場論爭打上句號的是毓文（廖漢臣）。〈打破緘默來談「文運」〉針對台灣是否是文學處女地之說，羅列了很多「優秀的作品」，其中補充了胡風在大陸介紹台灣新文學的例子。他進一步詳述了台灣作家們保持「緘默」的理由，解除了他們的疑惑，最後展示了「新文學運動」展開的具體方案。一星期後，在下一期即第十三期（七月三十日）該刊就此宣告結束。次日的八月一日，〈橋〉副刊創刊了。但是楊雲萍並沒有放手。楊雲萍作爲《台灣文化》編輯，給了夢周一個爲自己辯白的機會。他在該刊第二卷第六期（九月一日）上發表了〈文藝衆大（大衆）化〉一文。

> 關於本省是不是文藝處女地，有沒有受到「五四」的影響等等問題，我在這裡不想再提了。不過我敢斷言本省的大部份人不能理解現在的文藝，甚至於對文藝不發生興趣，卻是事實的，這不僅是因為離開了祖國太久，對漢字的認識已經有些模糊，而且也因為今日的文藝作品根本就不能使大家瞭解。

以此爲引文，他將話題轉到了「文藝大衆化」上來，得出了「大衆化」是文化交流的橋梁這一結論。問題似乎已經浮出水面，但是〈橋〉副刊眞正開始這場議論還得等半年多以後的時間。

歐陽明的論文有三種，即《人民導報》〈藝文〉副刊上署名巴特的論文，《新生報》〈橋〉副刊以及《南方周報》上署名歐陽明的論文。《南方周報》上的論文末尾附記了「能夠作第三次的修正充實」這樣一段話，證實了是他的論文。但是至於「巴特」、「歐陽明」到底是誰，到現在爲止，也沒能確定。除此之外，歐陽明還寫有〈魯迅——中國的高爾基〉與〈從玉井教員喫甘藷說起〉兩篇文章（註六一）。前者觸及了范泉譯的《魯迅傳》，而且還將發表在《文藝春秋》上的陳煙橋的版畫《魯迅與高爾基》（註六二）借來作爲挿圖。可以說都與范泉有了很密切的關係。後者是講台南市玉井的教師的故事。從它發表在臺灣南部發行的《南方周報》這一線索來看，推測作者是臺灣南部出身的人。

三篇文章的論點都是一樣的。每次改稿都有新的論據補充進去，使論述更「充實」。《人民導報》〈藝文〉（一九四六年十二月一日／八日）（註六三）上登載的那篇論文，基本上沿襲了賴明弘在「鄉土文學論爭」中的觀點，對台灣作家們「由日文的翻譯或自原文讀習」，引用了接觸到歐洲各國文學的機會很多的情況。並原封不動的引用了范泉論文裏「台灣文學是中國文學的一環」這一觀點。

第二稿發表於〈橋〉副刊第四十期（一九四六年十一月七日）上。期間，二二八事件爆發，《新生報》〈文藝〉副刊與《臺灣文化》上展開論戰。倘若《藝文》所刊的論文是歐陽明（巴特）對楊雲萍的呼籲之回應的話，那麼在〈橋〉副刊上所刊的文章可以說是毓文對要求「打破緘默」的回應了。那篇論文大概是受了毓文的論文的啓發，補充了在大陸介紹台灣新文學的歷史與在台灣介紹大陸新文學的歷史。特別提到了胡風譯的《山靈》，李獻璋編的《台灣民間文學集》，楊逵主編的《台灣新文學》，還詳細介紹了《會郁達夫記》（註六四），也提及了楊逵譯的魯迅小說集。

《南方周報》上的論文，藉助於王錦江的論文，有六處作了大幅度的補充。文章對於各個階段詳細具體介紹了雜誌，作者、作品，用了十分充足的論據來論述，致頁數比原文增加了百分之三十，其一半部份有可能是引自楊雲萍的論文。以上所說，「充實」三次的歐陽明的論文其實並非由他一人寫成，而是范泉、賴明弘、楊雲萍、王白淵、王錦江、毓文（廖漢臣），歐陽明等兩岸文學者共同建構的結晶。其中也應該包含了賴和的遺志。這樣，登載在〈橋〉副刊上的論文與登載在《南方周報》上的論文基本上定下了「台灣新文學爭論」的基調，爲兩岸文學者能在同一個平台上活動構築了基礎。歐陽明在論文的開頭這樣寫道：

> 在今天，來探討臺灣新文學的建設問題，是有著新的歷史性與現實性的。這問題在今後中國新文學運動中也將是一部份的問題。這問題的提出，自然包含了對於過去臺灣文學的批評。

結束語

本稿的目的不在討論〈橋〉副刊，而只不過論述了它的前奏曲或者伴奏曲的一部份而已。因此我們就局限於成爲范泉展開的前奏曲和伴奏曲，並且想以記述〈橋〉副刊的結尾，來結束本稿。

楊逵的〈如何建立台灣文學〉（〈橋〉副刊第九十六期，一九四八年三月二十九日）是爲回應《南方周報》（一九四七年十二月二十一日）上歐陽明的論文第三稿而作的文章。三天前，揚風的〈新時代、新課題──台灣新文學運動應走的路向〉（〈橋〉副刊第九十五期，一九四八年三月二十六日）是爲回應〈橋〉第四十期（一九四七年十一月七日）上的第二稿而作的文章。

「我們讀了歐陽明先生的〈論台灣新文學運動〉一文（載《南方周報》）後，實在有所感悟」。「我們這些殘留下來的不肖的後繼者」（楊逵這樣稱呼自己），「在光復兩年來卻緘默如金石。恐怕沒有比這更卑怯與可恥了」。主語是複數，在這裏，楊逵是代表了多數的文學者發表的意見。

楊逵的文章是〈橋〉副刊創刊後已歷八個多月的時候發表的。在此期間，台灣文化人的作品，僅僅只有王井泉的〈我的感想〉一篇而已（註六五）。他說：「大家只好沈默下來，聽憑任何人替台灣文化作台灣文化運動史。」打破這種「緘默」的是歐陽明的論文。楊逵繼續歐陽明，發表論文。〈橋〉副刊的「第一次作者茶話會」在三月二十八日舉行，二十九日，作爲基調報告的楊逵的論文就被發表在〈橋〉副刊上。接下來，迎來了四月三日的「第二次茶話會」。參加的有楊逵、吳濁流、林曙光、吳坤煌、黃得時、吳瀛濤、呂訴上、張歐坤等台灣作家。從這以後，他們以及他們周圍的那些青年作家們連續在〈橋〉副刊上集結，並發表自己的論文與創作。

楊逵積極促使主編歌雷將〈橋〉副刊開放給臺灣文學家作爲發表作品的空間。他所說的「文藝運動是應該用鬥爭的方式來展開」（註六六）就指的是這個。周圍的人感覺到楊逵的處境很「糟了」也是在那個時候。果眞，當時欲陷他於死地的「輕薄」的文章十數篇一時間刊於各大報紙，其中有謂「楊逵有意脫離祖國，正圖放棄祖國的本位文化，別有居心」等等煽動兩岸文人離反的言論（註六七）。他大聲「一次嚷」著（註六八），期待著「台灣新文學再建的第一步」。那就是這六項提案：

一、召集省文藝工作者大會。
二、結成文藝工作者自身的團體，發行文藝雜誌及文藝報紙。
三、文藝工作者要結集文藝愛好者，舉行文藝座談會。在雜誌上討論各種問題，刊登創作批評、座談會消息和報告。
四、文藝工作者團體將日語的文藝作品翻譯過來並刊登出來。
五、促成省內外的作家及作品的活潑的交流。
六、為鼓舞大眾工作者及創作，要提倡創作寫實的報告文學。（註六九）

就這樣，台灣作家們打開了與來台文藝工作者「議論」台灣新文學的場域。到總結的「茶話會」為止，一共開過九次會。楊逵在會議上保持著沈默，仔細聆聽各人的發言，熱心的用鉛筆做筆記，幾日後的報紙上就會發表他的意見。這樣的他也會在某一個場合激昂地說：二、三十歲的年青人，要他們放開日文，從頭學習漢字來創作新的文學，是「幾乎是不可能的事」（註七〇）。於是他在「爭論」進行的同時，以中日對照的形式，將魯迅、郁達夫、茅盾、沈從文、鄭振鐸等大陸作家與賴和，楊逵等台灣作家的小說編輯出版，也應該是強調這層意思。那以後，〈橋〉副刊上翻譯刊載了台灣作家的日語作品，到一九四九年停刊前，共刊出了三十七篇之多，發表速率是三期一篇的頻率。其中也包含了日本統治時代的台灣文學作品。翻譯的任務就落在兩岸年青人的肩上。孫達人、林曙光、潛生、陳顯庭、李炳崑、潮流、蕭金堆、陸晞白、程×學、朱實、秦婦、黃采薇、蕭荻等人都作了很大的努力。不久，《中華日報》〈海風〉版也設了「台灣鄉土文學選輯」。（註七一）

〈總論〉的會議結束以後，楊逵開始著手《力行報》〈新文藝〉副刊以及《台灣文藝叢刊》的編輯工作，致力於介紹新的作品與新的文藝理論，並再次刊出了范泉《文藝春秋》上歐坦生（丁樹南）的小說〈沉醉〉（註七二）。楊逵讚歎它爲「〈台灣文學〉的一篇好樣本」（註七三）。楊逵也從荃麟、馮乃超編的《大衆文藝叢刊》中轉載適夷的《林湖大隊》（註七四），他也從《展望》轉載了徐中玉、姚理、石火的評論文章，傳播文學的新思潮，並且和他們齊一步伐，展開「實在的故事」的徵稿企劃，召開文藝座談會，推展「反映」台灣「現實」的文學。（註七五、七六、七七、七八）

歐陽明認爲，包括台灣文學在內的中國新文學的方向是實現「反帝反封建的民族解放革命」及「民主與科學」，今後要以「人民的新文學」爲目標。楊逵認爲，這在思想上就表現爲「反帝反封建」、「民主與科學」，而在表現形式上就是「大衆形式」。兩岸文藝工作者要通過六個專案的實踐，來加深相互的理解，緩步向這個目標前進。但是，一年後，國共和談決裂，內戰馬上擴大到全國範圍。楊逵爲發表〈和平宣言〉的文責而被逮捕，《文藝春秋》也在同月十五日被迫停刊，不久以後迎來了上海的解放，國民政府遷都台灣。兩岸再度隔斷，兩岸前此再次構建起來的文化交流也再次遭遇挫折。

但是，這一流程並未就此結束。廖漢臣在一九五四年《新舊文學之爭》的〈序論〉中記載了當時的思想，資於後世。范泉在四十年後，從總結這個年代、以及總結在這個年代中發生的日本統治時期的台灣文學，致力於更深入地探索中國「近代文學的靈魂」。

（註一）《中國現代文學社團流派辭典》，范泉主編，上海書店出版社，一九九三年六月。
《中國近代文學大系》全三十卷，同總編輯委員會編，上海書店出版社，一九九六年七月。

（註二）〈為中國近代文學塑像——《中國近代文學大系》編纂歷程〉，范泉，《中國近代文學的歷史軌跡》，上海書店出版社，一九九九年九月。

（註三）同上

（註四）《遙念台灣——范泉散文集》，范泉，人間出版社，二〇〇〇年二月。

（註五）本項主要參考上記【註】及以下文獻：
《文海硝煙》，范泉，黑龍江人民出版社，一九九八年五月。

《范泉紀念集》，欽鴻・潘頌德編，中國三峽出版社，二〇〇〇年十二月。

先行研究如下：

欽鴻，〈記范泉主編的《文藝春秋》〉，《新文學史資料》一九九〇年一月。

陳映真，〈《遙念台灣》序文〉、陳遼，〈大陸研究台灣文學第一人〉、陳映真，〈鼓舞〉及拙文〈范泉先生的遺願〉，《那些年，我們在台灣…》，人間出版社，二〇〇一年八月。

朱雙一，〈歐坦生、《文藝春秋》和光復後台灣文學的若干問題〉及黎湘萍，〈戰後「雙城記」〉「台灣新文學思潮（一九四七—一九四九）研討會」，二〇〇〇年八月。

黎湘萍，〈另類的台灣「左翼」〉，《中國現代文學研究叢刊》，作家出版社，二〇〇一年一月。呂正惠・趙遐秋主編，《台灣新文學思潮史綱》，昆侖出版社二〇〇二年一月。

（註六）《記台灣的憤怒》，范泉，文藝出版社，一九四七年三月六日。

（註七）〈楊雲萍——記一個台灣作家〉，范泉，《文匯報》，一九四七年三月七日。

（註八）〈台灣大慘案的教訓〉，《文匯報》社論，一九四七年三月六日。

〈趕快解決台灣事件〉，《文匯報》社論，一九四七年三月十一日。

〈台灣問題的癥結〉，《文匯報》社論，一九四七年三月十六日。

其他詳細，請見拙著《南天之虹》，藍天文藝出版社，二〇〇一年三月十五日。

同名漢語版，台北人間出版社，二〇〇二年二月。

（註九）參照拙著〈在台灣的新興木刻藝術一九四五—一九五〇〉，《中國版畫研究》，二〇〇二年九月。

（註一〇）〈編後〉，范泉，《文藝春秋》，第五卷第五期，一九四七年十一月十五日。

（註一一）參照拙稿〈木刻家們的台灣〉，《中國版畫研究》，二〇〇二年九月。

（註一二）〈現實教我們需要一次嚷〉，楊逵，《中華日報》〈海風〉副刊，一九四八年六月二十七日。

（註一三）〈如何建立台灣新文學〉，楊逵，《新生報》〈橋〉副刊，一九四八年三月二十九日。
（註一四）〈『台灣文學』問答〉，楊逵，《新生報》〈橋〉副刊，一九四八年六月二十五日。
（註一五）據「消息通」《台灣新文學》創刊號（一九三五年十二月二十八日），在《譯文》終刊號上譯載了〈牛車〉，但尚未見具體資料。
（註一六）〈介紹兩位台灣作家——楊逵和呂赫若〉，胡風，《胡風晚年作品選》，灕江出版社，一九八七年一月。
（註一七）〈呆狗〉，林娜，《光明》，第一卷第四號，一九三六年七月二十五日。〈入藉〉，林娜，《光明》，第二卷第三號，一九三七年一月十日。
（註一八）〈田軍作《八月的鄉村》序〉，魯迅，《奴隸叢書》，容光書局出版，一九三五年八月。
（註一九）〈我與蕭軍〉，胡風，《胡風晚年作品集》，前揭。
（註二〇）〈蕭紅《生死場》序〉，魯迅《奴隸叢書》，容光書局出版，一九三五年十二月。
（註二一）小說前半在《台灣新民報》一九三二年五月十九至二十七日連載，但後半則因遭到當局干預而禁止刊出。
（註二二）范泉致橫地剛信，一九九九年七月二十一日。
（註二三）〈邂逅魯迅先生〉，范泉，前揭。
（註二四）〈日本文化界當前的工作〉，范泉，《文藝春秋》，第三卷第一期，一九四六年七月十五日。
（註二五）同上
（註二六）《魯迅傳》，小田嶽夫，范泉譯，開明書店，一九四六年四月。《朝鮮春》，張赫宙作，范泉譯，文星出版社，一九四三年一月《黑白記》，張赫宙作，范泉譯，陳煙橋插畫，永祥印書館，一九四六年四月。

《朝鮮風景》張赫宙作，范泉譯，永祥印書館，一九四六年七月（改題《朝鮮春》）。

關於朝鮮文學，尚有〈朝鮮的戲劇運動〉，《文藝春秋》叢刊之四〈朝霞〉，一九四五年一月。

〈論朝鮮作家〉，《新文學》第二期，一九四六年十二月等論文兩篇。

（註二七）〈張家口和味の素及其它〉范泉，《光明》，第一卷第十一期，一九三六年十一月十日。

（註二八）〈八年來的上海文藝工作者〉，范泉，《文藝春秋》叢刊之五〈黎明〉，一九四五年九月一日。

（註二九）〈楊雲萍——記一個台灣作家〉，范泉，前揭

《記台灣的憤怒》，范泉，前揭

（註三〇）詳見拙著《南天之虹》，前揭。

（註三一）〈楊雲萍——記一個台灣作家〉，范泉，前揭。

（註三二）「近事雜記（五）」，楊雲萍，『台灣文化』，第二卷第四期，一九四七年七月一日。

（註三三）「妻喲」，楊雲萍，『山河・楊雲萍詩集』，清水書店，一九四三年十一月八日。

（註三四）「月光」，楊雲萍，同上。

（註三五）「新年志感」，楊雲萍，同上。

（註三六）〈豪邁的貧困〉，鬼谷子，《台灣時報》，〈文藝時評〉欄，一九三九年五月。

（註三七）〈台灣小說選序〉，楊雲萍，《台灣小說選》，一九四〇年一月十二日。

（註三八）〈五四運動對台灣的影響〉，楊雲萍，《台灣之聲》，一九四八年十月一日。

（註三九）〈關於《有牛的村莊》〉，辻義男，《台灣公論》，一九四三年六月。

（註四〇）〈文藝時評〉，西川滿，《文藝台灣》，六卷一號，一九四三年五月一日。

（註四一）〈擁護狗屎現實主義〉，伊東亮（楊逵），《台灣文學》，第三卷第二號，一九四三年七月三一日。

（註四二）〈圍繞本刊旨趣書之論爭始末〉（上／下），旨趣書及楊雲萍、金關丈夫，《民俗台灣》，第二／三號，一九四三年八月／九月。

（註四三）〈派遣作家之感想〉，楊雲萍，《台灣文藝》第一卷第四號，一九四四年八月十三日。

（註四四）〈閒話〉，楊雲萍，《中國文學月報》，第三號，一九三五年五月十六日；〈會員消息〉，楊雲萍，《中國文學月報》，第九號／第十一號，一九三五年十一月二十七日／一九三六年三月五日；〈會員錄〉，《中國文學月報》，第十四號，一九三六年五月一日。蘇維熊亦屬其會員。

此外，從楊逵的《「第三代」及其它》，推定他也是讀者之一。

（註四五）〈楊雲萍——記一個台灣作家〉，楊雲萍，前揭。

（註四六）〈編後〉，范泉，《文藝春秋》，第六卷第四期，一九四八年八月一日。

（註四七）〈楊逵先生主持本報文藝座談會〉，《力行報》，第八十六期，一九四八年八月一日。

（註四八）〈文史雙棲楊雲萍〉，林曙光，《文學台灣》，第八號，一九九三年十月五日。

（註四九）〈「白色的山脈」讀後——范泉先生的作品有問題〉，曙光，《中華日報》〈海風〉副刊，一九四八年六月二十三日。

〈關於「白色的山脈」——敬覆林曙光先生〉，范泉，《中華日報》〈海風〉副刊，一九四八年七月一日。

（註五〇）〈我們的「等路」——台灣文藝與藝術〉（上／下），楊雲萍，《民報》，一九四五年十二月二日／三日。

（註五一）〈挫折〉，鄭（楊）雲萍，《民報》〈學林〉副刊，一九四五年十二月八日。
（註五二）《新創造》，黃榮燦主編，新創造出版社，一九四七年三月一日，並參照拙著《南天之虹》。
（註五三）〈記楊逵——一個台灣作家的失蹤〉，范泉，《文藝叢刊》第一輯，〈腳印〉一九四六年十月。
（註五四）「楊雲萍-記一個台灣作家」，范泉，前揭。
（註五五）分裂後的中國民主社會黨台灣省執行委員會臨時辦事處機關報紙，謝漢儒主編，洪炎秋任書記長。
（註五六）「賴和氏追憶」，楊雲萍，『民俗台灣』，第三卷第四號，一九四三年四月五日。
（註五七）「台灣新文學運動的回顧」，楊雲萍，『台灣文化』，第一卷第一期，一九四六年九月十五日。
（註五八）「後記」，楊雲萍，同上。
（註五九）「台灣新文學運動史料」，王錦江，『新生報』〈文藝〉，第九期，一九四七年七月二日。
（註六〇）〈近事雜記（六）〉，楊雲萍，《台灣文化》，第二卷第五期，一九四七年八月一日。
（註六一）〈魯迅——中國的高爾基〉，歐陽明，《新生報》〈橋〉，第三十三期，一九四七年十月二十二日。
〈從玉井教員喫甘藷說起〉，歐陽明，《中華日報》〈海風〉，一九四八年五月十四日。
（註六二）版畫〈魯迅與高爾基〉，陳煙橋，《文藝春秋》，第二卷第四期，一九四六年三月十五日。
（註六三）一九四六年十一月一日創刊，一九四七年二月十三日停刊。《吳克泰回憶錄》，人間出版社，二〇〇二年八月。另據筆者所知，蘇新、呂赫若在《人民導報》被迫改組時離社，經呂赫若推薦由賴明弘取代呂的職位。賴明弘工作至二二八事變發生，嗣後辭歸故里豐原。在吳新榮

〈戰後日記〉一九四六年十月十三日中所記，可以窺知當天蘇新、吳新榮、呂赫若聚談。以此呈現出「巴特」、「歐陽明」為賴明弘之可能性，但目前尚無確證。

（註六四）「會郁達夫記」，尚未央，『台灣新文學』，第二卷第二號，一九三七年一月三十一日。

（註六五）〈我的感想〉，王井泉，《新生報》〈橋〉，第二十期，一九四七年九月十九日。

（註六六）〈記楊逵〉，黃永玉，《文藝生活》海外版，第十六期，一九四九年七月十五日。

（註六七）同上。

（註六八）「現實教我們需要一次嚷」，楊逵，前揭。

（註六九）「如何建立臺灣文學」，楊逵，前揭。

（註七〇）〈記楊逵〉，黃永玉，前揭。

（註七一）〈關於「台灣鄉土文學選輯」〉，歐陽漫岡，《中華日報》〈海風〉版，一九四八年七月一日。至七月十五日間，刊出葉石濤、施捨、黃翳、歐陽百川、潛生等作品五篇。

（註七二）〈沉醉〉，歐坦生，再刊《台灣文學》，第二輯一九四八年九月十五日；另揚風〈小東西〉見第一輯，一九四八年八月十日；〈漂泊記〉收錄於《力行報》第十四——？一九四八年十月二十四日——？。關於歐坦生，參見《歐坦生作品集》，人間出版社，二〇〇〇年九月。

（註七三）〈『台灣文學』問答〉，楊逵，《新生報》〈橋〉，第一三一期一九四八年六月二十五日。

（註七四）〈林湖大隊〉（上／下），適夷，《力行報》〈新文藝〉，第八／九期，一九四八年九月二十日／二十七日。

出處：《大眾文藝叢刊》第一輯，〈文藝的新方向〉，生活書店一九四八年三月一日。

（註七五）〈作家的進步〉，徐中玉，〈怎樣看今日的詩風〉，姚理，〈文藝漫談〉，石火，《力行報》

〈新文藝〉，第四期，一九四八年八月二十三日／二十四日

出處：徐中玉論文，《展望》，第二卷第十三期，一九四八年七月三十一日；姚理論文，《展望》，第二卷第十四期，一九四八年八月七日；石火論文，《展望》，第二卷第十五期，一九四八年八月十四日。

（註七六）〈徵求《實在的故事》〉，《力行報》〈力行〉，第一五〇期，一九四八年十月五日，同〈新文藝〉，第八期／九期／第十一期，一九四八年九月二十日／二十七日／十月十一日。

〈《實在的故事》問答〉，楊逵、〈兩個世界〉，蕭金堆、〈扁頭那裏去？〉，阿濤，《力行報》〈新文藝〉，第十一期，一九四八年十月十一日。

〈大眾文藝叢刊〉，第一輯，〈大眾的文藝〉，一九四八年三月一日，〈實在的故事〉有六篇；

第二輯，〈人民與文藝〉，一九四八年五月一日，〈實在的故事〉有五篇；第三輯，〈論文藝統一戰線〉，一九四八年七月一日，〈實在的故事〉有五篇；第四輯，〈魯迅思想發展的道路〉，一九四八年九月一日，〈實在的故事〉有四篇。

（註七七）〈楊逵先生主持本報文藝座談會〉，前揭

〈本報主辦第一次新文藝座談會記錄〉，楊逵，《力行報》〈新文藝〉第三期，一九四八年八月十六日。

（註七八）〈論《反映現實》〉，楊逵，〈新文藝〉，第十九期，一九四八年十一月十一日。

二〇〇二年九月十一日

同年十二月三十一日修改

葉石濤：「面從腹背」還是機會主義？

石家駒

㈠

葉石濤有關台灣文學的議論，長期以來一貫自相矛盾，前言反對後語，論旨返覆無常，莫衷一是，從來沒有過始終貫通統一的主張、立場、觀點和思想。這些白字黑字、文獻皆在的論說，本來只能當兒戲文章，不值得研究推敲。無如由於兩個原因——即葉石濤當前已經成爲既受台獨派權力的榮寵，儼然被台獨派台灣文學研究界奉爲宗師，揷旗成幟，更爲日本右派支持台獨文論的學界百般獎掖。另一方面，開始於一九八〇年初中國大陸研究台灣新文學蔚然成風，長年以來，由於海峽隔斷，資料的蒐集不能全面，很容易受到葉石濤陽爲「愛國主義」的許多說法所蒙蔽，再加上由於近年來大陸年輕學界自八〇年代以來「全面否定前三十年」的特殊學風的影響，少數一些不乏認眞治學的學者，有意迴避「反對文學台獨」的「政策」，力圖在論說上另闢「自主」的研究蹊徑，馴至爲反撥而反撥，在一定程度上揚揄葉石濤。

然而問題的癥結在於實證的資料。二〇〇〇年十一月，日本東京的「研文出版社」出版了由中島利郎和澤井律之合譯出版的日語版葉石濤著《台灣文學史》。這本書，其實是一九八六中文版同作者的《台灣文學史綱》。通史性的寫法與史綱者不同。但日譯本的《台灣文學史》和原《史綱》最大不同，不是體例與構成，而是葉石濤自己把原在《文學界》雜誌連載的《史綱》中到處出現的「台灣文學是中國文學的一個支流」之類、熱情洋溢地強調台灣新文學的中國屬性的文句全部刪除、竄改，而改筆力言台灣文學脫卻中國的「自主性」、「獨立性」，並且「低度評價台灣文學中的中國民族主義，並對中國民族主義傾向較強的」文學刊物「《文季》系統的作家，採取了否定性的處理方式」（澤井律之，〈註釋〉，第七章註⑩，《台灣文學史》日譯本，頁二七一—二七二）而已。

日譯本《台灣文學史》卷末的「解說」分三部份。前兩個部份爲⑴〈關於葉石濤〉，寫其生平；⑵〈台灣文學史之成立〉，寫葉石濤台灣文學史論之形成，由澤井執筆。第三部份〈葉石濤的文學史觀〉由中島利郎執筆，寫葉石濤如何使台灣新文學史觀「從中國文學的枷鎖中解放」，「表現了台灣作家隱藏已久的眞情，宣言了不受任何囚限的『台灣文學』的自立」！

在〈台灣文學史之成立〉一節中，澤井從一九六六年葉在《文星》雜誌發表《台灣的鄉土文學》說起，指出當時葉石濤猶稱台灣作家爲「本省籍作家」並強調因「本省」過去「特殊歷史背景，亞熱帶季節風型的風土，日本人遺留下來的語言、文化的痕跡，因爲與大陸隔絕狀態下形成孤立狀況下的風俗習慣，使台灣與大陸並不完全一樣」，所以作爲一個作家，「發掘這些特質，探掘個體的特殊性」，其結果「應能擴大我們中國文學的領域」。

澤井也引用葉氏在一九四七—一九四九年在《新生報》「橋」副刊上所進行重建台灣文學論議時寫《一九四一年以後的台灣文學》一文時，對日據以降台灣文學的消極評價。澤井說「此時葉氏尚未強調台灣文學的特殊性」，並引用葉氏原文爲證：「……無疑的，在日本帝國主義的彈壓下，台灣文學走了畸型的、不成熟的一條路。我們必須打開窗口，自祖國文學導入進步的、人民的文學，使中國文學最弱的一環，能夠充實起來。」

澤井還指出，葉石濤在不同文章中經常說，在戰後初期，甚至二二八事件的前與後，台灣人「絕對沒有要把台灣與中國分割開來的想法，而台灣知識人大多明確自覺台灣是中國的一部份」。

一九七七年葉氏發表《台灣鄉土文學史導論》時，雖指出台灣有「與漢民族文化不同的台灣獨特的鄉土風格」，具備了台灣鄉土文學前提條件的「台灣意識」，但澤井說此時的葉石濤也還沒有把「台灣意識」同中國切割開來。他把「台灣意識」定義爲「居住在台灣的中國人共通的，遭到殖民統治和壓迫的共同經驗」。澤井說，這以後葉石濤轉向於把台灣從中國分離出去，建構使台灣文學自立的台灣文學史觀，但澤井懷疑寫《導論》時的葉石濤，似乎還沒有到達分離的想法。澤井指出，當時的葉石濤還「可能因爲受到七〇年代台灣思潮的左翼傾向和葉氏在戰後一時左傾的根源，在《導論》中也依然強調台灣文學『反帝反封建』的特質」，而且把台灣文學的史源上溯到清代郁永河的《裨海記遊》。澤井說這「可能不是把台灣文學做『國家歸屬』，而是把台灣島史與台灣文學史做重疊思考的『萌芽』」。

澤井說，八〇年代台灣政治條件鬆動，先有八三年陳映眞寫《山路》、《鈴璫花》等以白色恐佈爲題材的小說。一九八四年林瑞明發掘《新生報》「橋」副刊有關光復後重建台灣新文學論爭的（部份）材料（但隱瞞了類如楊逵抨擊了台灣獨立、台灣託管論的重要文章《台灣文學問答》等文章——作者按），一九八二年彭瑞金發表《台灣文學應以台灣本土化爲課題》（《文學界》一九八二年四月），陳芳明在一九八四年自海外寫稿在台灣發表《現階段台灣本土化論》（《台灣文藝》），出現了把台灣文學從中國分離出去，把台灣文學當成獨立實體的「台灣文學本土化論」，搶先於葉石濤的《史綱》。相形之下，一九八五年《史綱》初稿在雜誌《文學界》發表時，葉石濤還堅持「台灣文學是中國文學的一部份」的原則，文中不時出現「台灣文學是中國文學的一個支流，是大陸抗日民族運動的一部份」；說台灣文學是「在台灣的中國文學」；台灣文學是「在台灣的中國人所創造的文學」。

但這些記述在一九八六年單行本出版時全被作者刪除改寫。澤井說，葉石濤之所以刪改初稿，是爲了「配合八〇年代中後『本土化論』勃興的步調而寫的文學史」。

「改寫」的部份，澤井舉了一個實例，原初在《文學界》連刊版《史綱》第七章第二節中對《文學》季刊、《文季》雙月刊等中國民族主義一派作家作品的評論，修改後單行本版中說「（《文學》、《文季》作家們）以大陸的變遷來衡量台灣現實的看法，儘管繼承了日據時代作家關懷現實的傳統，但在政治體制上，今日「大陸」非日據時代的『祖國』，所以他們的思想缺乏現實的基礎，無法落實」。文中楷體字部份，在原《文學界》版中，分別是「遵守祖國之命的傳統」和「他們的思想和政府既定方針相抵觸，而產生了紛爭」。

三

到了九〇年代迄今，葉石濤的台獨文學史論和文論就更加肆無忌憚了。最近（二〇〇二年），葉石濤在日本擁護台獨的學界中公開揚言，一旦台灣「獨立建國」，由於楊逵、龍瑛宗都是「大中國主義者」，他們在台灣文學史中的評價和位序應該「重新評價」，列爲不合「台灣文學作家」之資格的地位。其狂亂囂張，另人瞠目。

澤井作爲葉書的日譯者，卻在卷末的「解說」（相當一般學術論著的「導論」（introduction））

中，依據文本的仔細校讀，指出葉石濤台灣文學史論一路變化的過程，最終得到這結論：「葉石濤刪改（原《文學界》版）《台灣文學史綱》初稿，是爲了配合八〇年代中後『台灣本土化論』的勃興而寫的文學史」。

這是治學態度嚴謹的、有學術責任心的學者對讀者的交待。一個爲了配合某種主流政治潮流而不惜全盤刪修篡改長年來不斷地宣講的「台灣文學是中國文學（之一環）」論，而且宣講之熱烈、積極，比起統一派的文論只有遠過之而無不及的人，卻在台灣政治氣氛轉變到已無任何政治風險的時候，不顧「轉向」、全盤自我否定的尷尬，翻修自己的核心文本，以「配合八〇年代中後『台灣本土化論』勃興」的腳步。這樣的一本書的學術和思想的信用，澤井顯然胸有定見，並以之宣告於讀者。

有人說葉著《史綱》（刪改後的版本），是在宣佈解嚴前一年的一九八六年底定稿，解嚴（一九八七年八月）前半年公刊，足見葉石濤之大無畏。但是在現實上，早在一九八六年九月底，「民進黨」突擊式建黨成功。十月，國民黨中常會通過了要「革新」「國家安全法」、「解除戒嚴令」和「開放黨禁」的議題，「美麗島」案在押受刑人也分批釋放（一九八七年一月）。一九七二年台灣被逐出聯合國，喪失了一個「主權國」的地位，國民黨對台統治的合法性受到一九五〇年以來最大的衝擊，夾帶著民族分裂主義的台灣資產階級反蔣獨裁的民主化運動蜂起。葉石濤十分謹慎地審時度勢，才毅然修改《文學界》版本，抛出了第一部台獨論的台灣文學史——《台灣文學史綱》。也正因爲機會主義者的極端審愼，正如澤井利之所說，在台獨文論的公開發表上，葉石濤的單行本《史綱》出版時間就落在彭瑞金、陳芳明的台獨文論之後。

一九四〇年代初，日帝當局在僞滿州、朝鮮、台灣和日本本土推動了爲尊天皇、協贊侵略戰爭的「大東亞文學」、「國民文學」、「皇民文學」運動，不少台、鮮、滿、日作家紛紛轉向，屈服在日帝淫威之下，至今仍爲未經清算的歷史傷口。對這股陰暗的歷史，想必是澤井律之所熟知的。而一九八〇年代以降逐漸「勃興」的、在台灣的反民族文學論，在若干日本右翼扶贊台灣民族分裂運動的台灣文學研究界公然的介入下，對於我而言，是台灣的第二次皇民文學運動，問題十分嚴峻。因此，讀到澤井利之的「解說」，眼光不覺一亮，知道日本學界確實還有是非分明，態度謹嚴負責的諤諤之士。

四

相對於澤井律之，中島利郎一向是立場、色彩鮮明，毫不隱諱其煽動、支持台灣反民族文論的日本學者，作爲日譯者之一，他在葉著《台灣文學史》「解說」第三部份〈葉石濤的文學史觀〉中的思想見解，摘要述評如下：

中島指出，葉著《台灣文學史》從明末沈光文以降三〇〇年寫到當代（而不限於前此之以淸代的郁永河始——作者）。但中島接著說，以明鄭沈光文爲台灣文學肇基之說，「不始於葉石濤，而始於黃得時」。中島筆鋒一轉，大發謬論，說台灣經荷、西、鄭氏、清朝、日本及國民黨以至「李登輝以前」，「台灣人都沒有主權」，也沒有「作為民族血肉及精神的文字語言」。因為明清時用中國文言，至歷史的現代，台灣人被「強制使用統治者的語言——日本語及北京話」。中島說，及至台灣成為日本殖民地，「台灣才開始形成現代市民社會，逐漸產生抵抗日本人的『台灣人意識』」，「但當時還不是在戰後形成對抗中國、作為異化的『台灣人』意識」。

中島和一切台灣反民族分離派一樣，把「荷、西、鄭氏、清朝、日本和國民黨」統治一律看成「外來政權」的統治，因此台灣在歷史上從來是「沒有主權」的，可任意得而併據的「無主之地」。這就是帝國主義及其僕從所稱「台灣地位未定」、台灣需要「正名」的暴言。澎湖至少在宋代已歸福建晉江縣管轄，至元代正式設立巡檢司，至明代漢人開始較多地遷居台灣島。台灣自古是中國的土地，至為明確。及十六世紀重商主義期歐洲向外殖民時，荷蘭人曾一時據南台灣為殖民地，但不久被明鄭驅逐，台灣重歸漢人政權。明鄭亡，台灣歸於清王朝，大陸漢人移民台灣者陡增，島嶼開拓日盛，農業和商貿不斷發展，行政機構不斷強化，終於在警惕到列強對台灣的野心形勢下，在一八八五年下詔正式建省，以強化台灣之建設，抵禦外侮。不幸一八九五年日帝割佔台灣為殖民地，至一九四五年日帝戰敗，台澎光復，重歸中國版圖。

台灣的漢族移民，因地緣之故，以閩南、客家人居多。日常語言，甚至到了四〇年代「皇民化」

時期，廣大台灣農村及城市中下層，都是閩南語、客家語的世界。而在讀書界，二〇年代新文學運動前，也是全中國通用的書面文字——中國文言文的世界。台灣雖來不及和祖國共有形成現代民族國家的歷程即淪爲日帝殖民地，但大陸語文革命後的新的書面語——漢語白話文，卻成爲一九三七年日帝以權力禁斷白話前台灣政治公共領域（political public sphere）和「文學公共領域」（literary public spbere）活潑流暢的書面語文。中島就不能不在文章中承認在日本戰敗的前夕的一九四三年，黃得時寫《台灣文學史序說》時，仍以自己爲漢民族自居。中島也不能不承認「在文學上，台灣（新）文學成立後初期，台灣知識人都認爲『台灣文學是中國文學一支流』」，而「台灣知識人皆以北京話作爲文學用語」。一九二〇年代台灣是在日帝統治下，台灣作家選擇「北京話」白話文作爲「文學用語」，是哪個「統治者」所「強制」的結果呢？難道是日本總督府「強制」了二〇年代至一九三七年間台灣作家、評論家使用中國的北京話？而所謂日統期下「抵抗日本人的『台灣人』意識」既然「不是對抗中國、作爲異化的『台灣人』意識」，這其實就是中華漢族意識。這是日本統治當局在《台灣總督府警察沿革誌》的〈序說〉中也不能不感慨系之地承認的事實。

而中島及其他日本及台灣的台獨系學者所津津樂道的、殖民地化後台灣的「現代市民社會」之形成，固然和日帝在台畸形化殖民地資本制生產有關，但也不能忘記，以漢族意識爲根本，使用祖國北京白話漢語文爲出版、論說和文學創作語文的「出版資本主義」爲媒介，存在於家庭私領域和國家機關的公領域之間，眞正獨立、批判的政治的、文學的公共領域，才是殖民地「現代市民社會」的眞髓。中島利郎、特別是藤井省三妄言日統下日語教育之「普及」形成了台灣現代的、市民社會的公共領域，是有意抹殺市民公共領域的要素在於對支配權力的批判與議論的獨立性與資產階級民主制的關聯。皇民化時期的日語識字和說寫普級率被誇大（學校、機關、皇民化階層以外的台灣廣泛庶民社會，終日佔期間，一貫是閩南語和客家話的汪洋大海），而殖民地台灣日語圈的國家軍國主義支配性，截破了日語教育＝日語成爲台灣共同語＝殖民地台灣現代市民公共領域的形成，從而成爲日後「台灣民族主義」的根柢之說，被中島以下的一段話自我否定了。他說，在抗日戰爭時總督府禁斷漢語之前，台灣新文學運動中台灣作家使用的創作語言皆爲北京話，象徵了台灣作家抗日、反日的精神，因此使用漢語創作的作家的內心，是作爲漢民族而抵抗大和民族，隱求紐帶於大陸的感情」。

其實，既使在漢語白話被禁斷後，以日語創作的作家如楊逵、龍瑛宗、呂赫若、張文環等人，也莫不在極度惡劣的環境下，以「求紐帶於大陸」的感情與覺悟，進行屈折的抵抗。

中島接著介紹了黃得時在《台灣文學史序說》中，有關台灣文學的研究對象問題的「五對象」論。衆所周知，五對象包括了出身台灣（即台灣人）、終生在台灣生活與創作；出身台灣，其創作活動也不在台灣；不出身台灣（不是台灣人），在台創作期間短，終又離開台灣；不出身台灣，亦未在台灣生活與創作，但寫了與台灣相關的作品……。中島說，葉石濤對黃得時擴大台灣文學作家研究對象的說法表示「折服」，從而主張把荷蘭治台文獻，來台日本殖民作家的日語作品「歸爲台灣文學的範圍」，從而提出以台灣文學脫中國化找根據的「台灣文學多語言、多民族」論。

對於這種歪論，只要問一問中島和葉石濤敢不敢向中國大陸、南北韓的現代文學研究界提出要求把當年在僞滿、朝鮮活動的大搞「國民文學」、「大東亞文學」、「皇民文學」的作家寫進中朝（韓）文學史，就知道問題的荒謬和寡廉鮮恥。廣大舊日本殖民地現代文學史中作家「轉向」問題，在殖民地的日本御用作家作品的後殖民批判，才是我們這些日帝舊殖民地文學史迫切的研究課題。

但中島對台獨系學界在一九九四年召開公開高舉皇民作家周金波的所謂「賴和及其同時代作家——日據時期台灣文學會議」中，以及嗣後葉石濤努力譯介出版其業師西川滿，打破了「戰後（台灣）鄉土派作家對將日本殖民作家寫鄉土作家並列的抵抗」，表示稱許，而對於葉石濤繼續譯刊皇民派殖民作家濱田隼雄、龜田惠美子、河合三良、梶井基郎，讚稱是葉石濤台灣文學史觀「世界化」（即脫中國化）的視野。

英國文學史有專節介紹在殖民地印度出生、生活、創作的帝國主義作家瑞・吉甫林，但印度文學史卻找不到把吉甫林當成印度文學家的論述。日本文學史、中國和朝、韓現代文學史也絕不能找到描寫東北、蒙古、朝鮮生活的日本殖民御用作家的章節，而既便是日本文學史中，也絕找不到西川滿、濱田隼雄一類人的文學地位。義大利文學史、德國文學史也找不到法西斯蒂和納粹作家。被反法西斯世界鬥爭棄若污物猶恐不及的戰爭協力「作家」，卻只有在台灣的獨派和日本來台的右派「學者」放肆地哄抬，思之心痛、可恥！

中島和台灣的反民族派一樣，扭曲一九四七年二、二八事變，五〇年代白色肅清和七〇年代鄉土文學論義的歷史和思想意義。他說，光復後，經歷二二八及白色恐怖，「加速了對大陸的精神異化」，產生了「第二種」（離反中國的）「台灣意識」，而在文學上，中島認爲經過七〇年代鄉土文學論爭，促成了離脫中國文學的「台灣文學」這個概念的確立。

事實上，正如澤井律之所說，連葉石濤自己都多次說過，二二八事變之前或之後台灣知識份子和人民都不曾有過與中國分離的思想。中島應該知道，一九四七年三月大屠殺後八個月，在《台灣新生報》「橋」副刊上的重建台灣文學的一年多的論議，充滿了台灣、台灣文學與中國、中國文學不可分；省內外文學者要力爭彌合二月事件的傷痕，呼喚民族團結；楊逵更敏銳地提出了反對台灣獨立和台灣國際託管的外國陰謀。而一九五〇年代初的白色肅清，是二二八事變後，大量經由二月慘變而覺悟的在台灣的省內外青年、工農奔向中共地下黨，在韓戰爆發後遠東冷戰構造形成過程中遭到殘虐屠殺和投獄，它的背後絕不是什麼離脫中國的「第二種台灣意識」。至於一九七〇年代現代主義詩批判和鄉土文學論爭，是在保衛釣魚台運動左翼影響下，台灣文論的向（新）中國指向和理論上的向左迴轉，是一場文論上的左右鬥爭，今日反民族文論家當時都沒有人參與這一場險惡的鬥爭，和「第二種台灣意識」更扯不上關係了。

而中島認爲葉石濤便是在這脫中國化的「台灣文學」意識趨於明確時的產物。在與澤井律之不同的意義上，中島也指出了葉石濤改寫原先充斥著「台灣重回祖國」、「台灣文學是屬於中國文學一環的文學」；雖然五〇年以後「台灣文學和大陸文學完全隔離而獨自發展」……但其「（中華）民族主義傳統和現實主義風格皆未改變，因此台灣文學是中國文學緊密的一支流」的說法的、《文學界》一九八六年版的原序，在一九八七年葉石濤爲單行本《史綱》的出版所寫的新序全部「刪除清算」。但中島語帶稱許地說，葉石濤現在已經明確主張要從脫卻中國的「台灣文學」的「自立」，建構其獨自的世界觀，「表現了台灣作家隱抑已久的眞情，宣言了不受任何囚限的『台灣文學』的自立」，從而走上台灣文學（脫卻中國）的「世界化」。曾經在台灣施行苛烈的殖民統治的日本的「學者」中島利郎在毫無歷史反省的意識下，肆無忌憚地發出這樣的暴言：「『台灣文學』是集居在叫做『台灣』的島嶼上的人們所創始與發展。產生了三百年來只有『台灣文學』所能有的個性與個別性，既不是中國文學，也不是日本文學，而是除了台灣的土壤之外不可能產生的文學……」其爲台灣反民族文論的逆流公然煽風點火，已經到了狂妄的極致了。

五

對於葉石濤二十多年來關於台灣文學性質論的混亂，澤井律之斷定了《史綱》或《台灣文學史》是「爲了配合八〇年代中後『本土化論』勃興的步調而寫的文學史」，那也就不啻說是一部政治上、文論上機會主義的書，當然不能成爲嚴格意義上的學術著作。

中島利郎和台灣在地反民族文論家一樣，對如何解釋葉石濤理論的矛盾多變，苦於無法圓其破綻，但說來說去，只有爲葉石濤加上「面從腹背」——在戒嚴時代無法說出自己的本音，甚至不得已而說出違心之論——的遁辭。

事實上，幾乎有一代當前的反民族文論家，在七〇年代末以前全都說過「台灣文學是中國文學之一環」的話。八〇年代初他們紛紛向反民族論轉向時，已經留下了大量令自己尷尬萬分又無法否認的「台灣文學是中國文學之一環」論，但都爲自己，爲彼此找到「戒嚴時代面從腹背」的遁辭。

在暴力強權下，表面屈從，但腹心中堅持反背，是一種可敬的抵抗。日本皇民化暴政下，有像楊逵那樣絕不放棄可以利用的機會和題材，寫包藏反抗意志的作品者；有不理會戰爭教條，自顧寫台灣的中國生活風俗傳統的葛藤的呂赫若、張文環，有寫殖民地知識份子的苦惱與頹廢的龍瑛宗，也有停筆不寫，以緘默抵抗，或偶爾虛應故事，虛與尾蛇的。

因此，如果要說葉石濤是戒嚴體制下，「面從腹背」，而實際上自有台獨原則信念的人，他可以封筆，也可以「虛應故事」。但葉石濤留下來的「台灣文學的中國性質論」不但說得多，說得掏肝挖肺，熱烈亢進而且斬釘截鐵，但對此至今連個像樣的反省和交代都沒有，而且還性急地要打倒楊逵和龍瑛宗，顧盼自雄，得意之極。

「機會主義」和「面從腹背」之間有一條絕不可混淆的界限。說葉石濤是無原則的機會主義者，他卻早在七〇年代就受到「左獨」派史明的台灣史觀深刻的影響，經過精心包裝，第一個在島內提出所謂「台灣人意識」的概念。

但如果要說葉石濤不是一個機會主義者，只要想到日本戰敗前夕他在西川滿門下充當少年打手，對台灣抗日派老前輩的「狗屎現實主義」恣意批判，光復後又略見「左」傾，痛詆台灣文學之「不成熟……」，強調台灣文學「是中國文學最壞的一環」，後來逐步發展到「台灣文學是大陸抗日民族運動的一部份」。把台灣人說成「在台灣的中國人」，他說得比陳映眞還早。這樣的一個人，有誰能擔保海峽形勢改變，民族團結和平統一成爲時代趨向時，他會講出什麼樣的論調來。

是機會主義的變色蟲，就絕不能是在逆境中面從腹背的台獨打手。葉石濤是變色蟲還是志士，歷史和人民自有公斷罷！

二〇〇三年九月

警戒第二輪台灣「皇民文學」運動的圖謀

——讀藤井省三《百年來的台灣文學》：批評的筆記（一）

陳映真

近十幾年來，日本有一撮研究台灣文學的學者們，不遺餘力地為把台灣文學「從中國枷鎖中解放」出來；為宣傳一種「既不是日本文學也不是中國文學」、表現了「台灣民族主義」的「台灣文學」，並且明目張膽地為台灣皇民文學塗脂抹粉，把當時為日本侵略戰爭服務的台灣「皇民文學」說成「愛台灣」、嚮慕「日本的現代性」的文學，而不是彰久明甚的漢奸文學。這些學者，經由留日獨派學者的仲介，從台灣政府機關拿錢開研討會，出版論文集，擴大其影響。而他們之中比較有影響者，東京大學文學系教授藤井省三是其中之一。

一九九八年，藤井出版了《百年來的台灣文學》（東方書店，東京），書中充滿了力圖把台灣文學從中國文學分裂出去的斗膽的暴論。

日本帝國主義在十九世紀末割佔台灣五十年，並作爲從二十世紀三〇年代初發動長達十五年對中國和南洋的侵攻劫掠作爲日本「現代化」的歸結，在廣泛的中國、台灣、東南亞留下了日本至今堅不承認和承擔其責任的慘痛的爪痕。至今，這血漬的創痕仍深刻，殘留在朝鮮、中國舊「滿州」和台灣的文學中。而這一撮包括藤井在內的日本學者，不但沒有對這一頁暗黑的歷史稍有反省，甚至還以舊日本帝國「文學奉公會」的野蠻和傲慢，恣意渲然反民族的台灣文學論於今日。對我而言，這是繼四〇年代初「決戰文學」以來第二次皇民文學運動對台灣文學的威暴。是可忍而孰不可忍！

讀藤井《百年來的台灣文學》，隨手記了一些筆記，初步整理了批判的思考。

藤井台灣文學論的「歷史」的「社會意識形態」條件

藤井在序文「什麼是台灣文學」中，開宗明義就引用著名英國文學批評家泰・伊格爾頓的話指出，被指謂爲「文學」的文本，和指謂其爲「文學」的人之間，有一定的關係。「構成文學的價值判斷，受歷史變化的影響」，而「這價值判斷又與社會意識形態有密切的關係。這社會意識形態並不單是指個人的好惡，而是指有利於某特定的社會集團對其他社會集團行使權力、維持權力宰制的諸多前提……」

接著，藤井侮慢地指出，日本對台殖民時，台灣人只能講方言，沒有言文一致的語文，後來因日本語的普及才爲台灣帶來「現代國語」。而一九四五年日本戰敗後，另一個「外來政權」給台灣帶來了對台民而言也是「言文不一致」的「國語」北京話！「但是，不論是以日本語寫的或北京話寫的」文學作品，只要有「與台灣等身大」（Taiwan Size）的台灣「共同體意識」，或有「台灣民族主義的價值判斷的關係」，「我認爲就可以稱爲『台灣文學』」。藤井強調，只要台灣某文學的文本中存在著與中國分離的（台灣）「共同體意識」或（台灣）「民族主義」的「意識形態內容」，就能「定位在台灣文學的範疇中」！

文學的「價值判斷」確乎與「歷史的變化」和作爲權力宰制與被宰制的「社會意識形態」關係密切。但藤井卻不提島田謹二的台灣文學論與亞夫的台灣文學論不同的歷史和意識形態根源；不提西川滿、矢野峰人主宰的《文藝台灣》之台灣文學概念與張文環主編的《台灣文學》以及稍早楊逵主導的《台灣新文學》之台灣文學的概念的不同歷史和社會意識形態根源——日帝殖民地歷史下支配與被支配民族與階級的意識形態。藤井更不提一九四七年迄一九四九年間《新生報》「橋」副刊關於重建台灣新文學的論議中衆多論客，尤其是楊逵對「台灣文學」所做的鮮明界定，即「台灣文學」是增進民族理解和團結、力爭台灣文學提高和發展爲中國文學無愧的組織部份、深刻表現台灣人民及其生活、堅決反對爲「台灣獨立」、「台灣託管」等國際陰謀服務的「奴才的文學」的歷史和社會意識形態根源——即國共內戰形勢根本改變，共軍渡江在即，國際上暗圖將台灣從中國分離出去的歷史、和自三〇年代後，繼抗日戰爭左翼文學運動和文學理論意識形態的根源……而藤井的台灣文學論，是日本對其作爲「十五年戰爭」之結果的「現代」毫無反省，和戰後日本對美國帝國主義亦步亦趨，支持東亞反共親美（日）扈從政權，協同壓迫亞洲人民，至今堅持參與美國TMD、「安保條約新指針」和「週邊有事立法」，力圖毀棄和平憲法，重新武裝日本，協助美帝侵攻伊拉克，並長期以新中國爲假想敵，堅不正視十五年戰爭對中國人民的加害，長期助長台灣分離運動……的歷史下，作爲石原愼太郎、小森善紀、李登輝和金美齡之「學術界」代言的「社會意識形態」產物。

殖民地台灣的日語：是母語的收奪還是現代「國語」的賜與？

藤井說，十九世紀末日本佔有台灣時，台灣人民講的是互不相通的閩、客語和原住民各部族語，即依不同的「地域」（指閩客）和血緣（指原住民）使用其「方言」。而「爲台灣帶來現代的國語制度者，是在一八九五年以後五〇年代作爲宗主國的日本。台灣島民通過全島規模的語言同化而日本人化。而與此同時，全島共通的（日本）「國語」便形成超越（閩客）諸方言和（原住民）血緣和地緣所構成的各種小型共同體意識的」「與台灣等身大」的「共同體意識」。「可以說，這是台灣民族主義的萌芽」！

衆所週知，現代民族國家的共同語（另作「國語」national language 或「普通話」common language）是現代資產階級民族國家的形成過程的產物，和資本主義生產方式的擴大，現代工商城市的興起，現代市民資產階級的登場、封建宗法體制解體、封建地方壁壘的撤廢而統一市場的形成，和爲維護資本主義又積累和再生產體系所必要的現代資產階級又集中又統一的國家機關的形成有關。因此，十九世紀末葉，不要說日帝據佔台灣的台灣——連帶地是包括台灣在內的半殖民地。半封建的中國，都還沒有現代意義的「國語」，藤井也說明治初期前（十九世紀五〇年代）、十八世紀以至十九世紀前半的歐洲也沒有現代意義上的國語或共同語。而且由於日帝佔有台灣，造成台灣與祖國的分斷，不能充分、完全地共有一九一〇年代伴隨中國反帝民族•民主運動而迅速開展的現代民族國家建設的救亡和啓蒙運動，從而也不能完全共有中國現代共同語，即漢語白話文的建設和普及化運動。日本在台灣以強權將異族語的日語強加於台灣，壓抑台灣母語，藤井把這視爲「爲台灣帶來現代國家的國語制度」，而我們看到的卻是殖民者爲同化被殖民者，以強權收奪和破壞被殖民民族的母語——即作爲漢語七大方言中閩語和粵語下位的「方言片」之閩南語和客家語，而兩者都是自秦漢以降陸續南來的中國上古及中古漢語，其中的「唐音」，還至今殘留在日本語文中。

然而在實際上也存在著藤井所抹殺的事實。客家話、閩南話和北京話共同語之間，固然難於在聽聞上相通，但三者的語言距離絕不像藤井說的「有如英、德、法語的差距」，理由是在多方言的中國有歷史悠久、語文文化鞏固的共通的書寫文字。而中國「殊方異語」固多，但思維和表達方式——即語文構造型式與法則，主要辭語等率皆相同，是以四五年來台的國語推行官僚採取的是維護而不是消滅方言，恢復台語（閩南話和客家話）作爲中國方言的地位，恢復內在於台灣方言的漢語思維和表達方式，並以此爲基礎，推展漢語白話的共同語，而要消除的倒是日語——即異族語日本話的思維和表達習慣。

因此，聽覺上的中國「殊方異語」的使用者，可以很快、很好的學習使用漢語白話。講紹興方言的魯迅能寫出絕倫的白話文共同語小說傑作，理由在此。從一九二〇年代到中國白話文遭日本當局禁絕於一九三七年之前，台灣知識份子曾廣泛使用白話文從事評論和文學創作的歷史，藤井不應不知。這時期台灣人知識份子已經能用白話文進行深刻的理論論說，如陳逢源和許乃昌之間在一九二〇年代中期進行的關於中國社會經濟性質，從而中國改造（革命）性質，即著名的「中國改造論」的冗長深刻的論爭。而日據下台灣文學創作活動的語言，也以白話文爲主。以《台灣民報》、《台灣新民報》和各民間文學期刊中大量的白話小說等文學作品，說明了講客語、閩南語的台灣知識份子，透過白話文在現代報章雜誌上發表、交換和傳播其思想，形成了儼然的、介於個人家庭等私領域和國家機關公領域之間，臧否殖地時政的文學和政治的、現代意義上的、政治與文學的「公共領域」（public sphere）和台灣人的「印刷資本主義」。而其所形成的「民族共同體想像」，恰恰是反日、抗日、以復歸祖國為願念的漢族共同體和漢民族主義意識，而不是什麼「台灣民族主義」和「台灣意識」。這只要看一九三〇年代中後出版的《台灣總督府警察沿革誌》第二篇中卷「領台以後的治安狀況」序中的一段話就明白了：

「……關於本島人的民族意識問題，關鍵在於其屬於漢民族系統。漢民族向來以五千年的傳統民族文化為榮，民族意識牢不可拔……雖已改隸四十年，至今風俗、習慣、語言、信仰各方面仍襲舊貌」。台人故鄉福建、廣東二省與台灣相距很近，相互交通頻仍，「本島人又視之為父祖塋墳所在……其以支那為祖國的情感難以拂拭，乃是不爭的事實。」而「改隸」之後，日本人雖對台民「一視同仁平等對待，使其沐浴於浩大皇恩」，但台灣人仍然「頻頻發出不滿之聲，以致引起許多不祥事件」。而殖民地台灣抗日「社會運動勃興之原因……除歸咎其固陋之民族意識外，別無原因……」

完成於一九三五年左右的《沿革誌》透露了日帝據台四十年絕不曾藉日語的「國語」化而全面「同化」了台灣人，使台灣人「以日語超越漢方言」，形成所謂「台灣民族主義」，而漢族民族主義卻牢不可破。當然日本人的殖民統治，和一切殖民地世界史中其他殖民地一樣，培植了一批講著破碎的宗祖國語，奴顏媚骨，充當下層殖民地警察、公務員、買辦、差役之流的人。但他們一方面從不曾被殖民者「一視同仁」而仍遭鄙視、歧視如奴僕，另一方面則受到本地同胞的憎惡和嘲笑。台灣日據期重要作家賴和在他著名雜文〈無聊的回憶〉一文中深刻而又生動地談到了日本在台推行殖民地「新式教育」所包含的民族與階級歧見，指出「新式教育」在殖民地台灣培養出來的買辦精英知識份子既離脫了本民族同胞，受同胞譏誚，又無法眞正擠身於統治民族中，從而呼籲殖民地知識份子回到本民族的群衆中，批判「新教育」的書本啓蒙，而強調在形式知識之上的「人的認識」的啓蒙。

但是藤井在他許多有關台灣新文學的論議中，總是一再誇大日據台灣的「日本語國語體制」的形成。他說一九三三年台灣人「理解日語者」佔人口中的二成五，及推行皇民化運動的強權日語同化政策後，「理解日語者」提高到人口的六、七成，使「日語讀書市場擴大到三二〇萬人」，從而形成了哈伯馬斯所謂的日語的「公共領域」之登場。而「台灣總督府爲了皇民化宣傳而促成皇民文學出場」！

僅僅五十年的殖民統治，要摧毀和消滅歷史、文化底縕無比厚實的漢語系統，絕不像從十六世紀開始就陸續被殖民地化的其他亞、非、拉民族母語之強權消亡那樣容易。終台灣淪日五十年，衆所周知，除了在公領域或公學校圍牆內之外，是一片漢方言閩南語和客家語的汪洋大海。近年完全露出親日、反民族本色的葉石濤就曾說，受過日本教育、中小地主階級的他的，在家庭私領域中絕口不使用日語。一九三七年日本侵華戰爭開始後，漢語被日帝強權禁絕，四〇年代初因應「皇民化」運動急就章式的「國語講習所」之遍設，在統計學上固然提高了藤井津津樂道的台灣人「理解國語」者的比率，但藤井心知肚明，這些「理解國語」者，除了極少數受到較高殖民地教育的精英外，其日語程度低下，助詞使用錯誤，根本無法讀、聽和寫知性的日本語文。曾有某研究台灣文學的日本學者曾私下告訴我，純就語學而論，日據下著名，優秀、被他稱頌的台灣日語作家，其日語也很少有人臻於完美圓融的水平，「但卻無損於作爲一個傑出的殖民地的抵抗作家」。藤井應該有來台訪問的機會。當他含笑傾聽著圍繞在他身邊的皇民遺老熱情懷念日本治台的「德政」，狂妄詆譭「支那」，肆言「台灣民族主義」時，那些破碎、助詞用錯，發音有濃重閩、客土白基調的日語時，估計藤井感受到的不是這種低水平的「日語理解」能否形成所謂日帝下台灣人的「公共領域」，而毋寧是殖民者精英傾聽被殖民者用拙劣破碎的殖民者語言——「日語＝國語」時一種難以抑制的優越意識吧。

藤井把台灣現代文學史中白話漢語文學和日帝強加的日語文學等量齊觀，把當下台灣語文中的中國普通話相提並論，視爲台灣的兩種「國語」，是不知日本對台殖民歷史之罪惡之可恥的暴論。皇民化時代的日語人口（嚴格意義下的「理解日語者」）原就極少，今日的皇民遺老如李登輝世代即將因生命的自然法則而消失，另一方面，中國普通話、白話文早已成爲今日台灣的報刊、文學創作、政論、文論的語文——既使倡言「台灣獨立」的文學者、言論人都不能不用漢語白話才能充份表達其反民族文論。有人在閩南、客家方言的表音、表記和文法尚無法統一，現實上還沒有以閩、客土白寫出傑出文學作品、理論評論文章的當下，粗暴性急地在基礎教育階級以政權意識形態強行「鄉土方言教育」，正在嚴重破壞和降低幾代幼小者的語文能力，問題十分嚴峻。而外國人，前殖民統治者的藤井，還在爲台灣的「第三個國語」（以閩客方言爲台灣獨自的「民族語」）出謀獻策，苦惱不已。藤井的傲慢和對日本奴役台灣的歷史之不知反省，令人不齒！

藤井的「二二八事變論」之真髓

前文提及，藤井的《百年來的台灣文學》，開宗明義，就引用洋人伊頓爾頓、傭克和安德爾遜的斷章，規定表現所謂「台灣民族主義」、「台灣人共同體意識」的文學爲獨立於日本和中國的「台灣文學」，爲台灣的反民族台灣文學論敲鑼打鼓。

日本一些企圖在今日台灣鼓吹新皇民文學的右派學界，和台灣在地反民族台灣文學論者一樣，津津樂道一九四七年的「二‧二八」事變造成省內外人民間的民族反目，而發展至今一九七〇年代末第三次鄉土文學論爭之後，逐漸「芽生」了獨立於中國文學的「台灣文學」概念，而且終至成立了儼然「自主」的「台灣文學」。

先說藤井的二二八事變論。他說，光復後，二月事變的前夕，百分之九十五的台灣人「因爲五十年間日本殖民下的歷史經驗，不能不對大陸（來台統治集團）感到杆格不適（日人所謂「違和」感）。

而在社會上，一九四七年的台灣教育程度、「國語」（＝日語）普及率高於大陸，且「大陸是前現代色彩濃厚農業社會，台灣是工業生產過半的工業化社會」。兩岸社會、文化的不調和，加上來台統治的國民黨集團的暴政和失政，引爆了二二八全島性反國民黨暴動。

藤井爲日本帝國主義殖民台灣大作翻案、美化文章，無非在說日帝統治爲台灣帶來現代化＝現代法律、廉能政治、一視同人、工業化……而「百分之九十五」的台灣人早已有以日語爲國語的現代共同語，久沐日帝下「現代化」社會的薰陶，對於「前現代色彩濃厚」的國民黨統治集團不適應、心生反感……而終至於爆發了島民的反中國爆動。

衆所周知，馬克思在論及英帝國主義在印度的殖民統治時，科學地、唯物辯證地指出了殖民主義的「雙重作用」——即其「文明化作用」和「建設作用」（或作「再生」（regeneration）作用」）。爲了改造殖民地台灣爲日帝獨佔資本再生產機序的一部份和其工具，從結果上日帝非蓄意地爲台灣帶來了一部份「現代性」。但台灣人民如果不等到日帝統治被日本無產者或台灣民衆推翻之前，就無法將殖民者在殖民地的「建設性」施爲批判地據爲己有，爲我所用。而在具體歷史現實上，日帝統治只能使台灣停留在「前現代」的殖民地半封建社會。自以爲熟知百年台灣文學的藤井，應該十分清楚，日據下台灣文學中的台灣生活，在賴和、楊逵、楊雲萍和陳虛谷、呂赫若等，除少數皇民化漢奸作家外的所有台灣人作家中，無不揭發殖民地台灣在物資和心靈上的被害，以企求自我解放與發展的「現代性」批判日帝凶殘壓迫性的「現代性」。而三〇年代中後的戰爭工業化中，工業生產部門的價值內包著龐大的農業加工——製糖產業的產值而有虛構。一九四五年後，因爲日本戰敗和戰爭的嚴重破壞，台灣的工業在一九四七年基本上呈癱瘓停頓狀態，這只要看當時由大陸移入日常生活輕工產品，向大陸移出農業、食品產品的台灣經濟，就知道藤井有關光復前後台灣經濟的認識水平了。

因此，二二八蜂起的原因，不是什麼日本製的「現代化」台灣和「前現代」的農業的中國社會的矛盾，而是戰後全中國人民呼喚和平建國，反對內戰的反獨裁新民主主義國民運動的一個組成部份。藤井應該也知道下列的編年：

一九四五年的八·一五日本戰敗。十月十日國共頒「雙十協定」同意力爭和平建國、民主化、高度地方自治、在野民主黨派與執政黨平等、合法。十二月一日，國黨鎮壓反內戰學生運動。一九四六年六月，國民黨發動全面內戰，引爆全國各地反內戰反獨裁示威。七月，反內戰民主詩人聞一多、記者李公樸分別遭到國民黨暗殺。十二月二十五日，駐北京美軍強姦北大女生沈崇引發全國性反美反蔣示威。一九四七年元月九日，沈案反美示威蔓延到台灣，兩方高教學生參加。二月二十八日，發生二月慘變。五月二十日，國府大學在南京、蘇州、上海等十六所大學鎮壓和逮捕反內戰、要求民主改革的學生近兩百，史稱「五·二〇」事變……

從這極概略的編年爲框架看二二八事變，其實不是藤井之輩的偏見中所謂「外來政權」對台灣威暴的台灣的反撥事件，而是台灣人民與大陸反獨裁、和平、民主、自治的全國民運動的共感與匯和。近兩年來新資料的發現和新研究的進展，越來越明晰地顯示了兩岸在一九四五年到一九四九年間進步的民主人士、群體和民衆間活潑的政治、思想和文化的互動，超過了島內和外國支持台獨派者的想像。

而其中最突出的實例，是一九四七年十一月到一九四九年四月的長達年許的，在《新生報》「橋」副刊上的有關重建台灣文學的論議。一九四七年，繼二二八事件的三月初血的鎮壓後的五月，發生了震動全國的「五二〇」鎮壓民主學生事件。六月，武漢大學五十個民主師生被捕。十一月，歐陽明發表在「橋」副刊上的〈台灣新文學的建設〉，拉開了在台灣集體議論重建殖民地後的台灣新文學爲中國新文學之組成部份的漫長論議。但在實際上早在一九四六年元月，上海著名編輯和散文家范泉，就發表了第一篇省外文論家發表的〈論台新文學〉於上海《新文學》，在台灣文壇上引起廣泛的波紋。數日後，台灣作家賴明弘發表〈重建祖國之日〉加以回應。資料顯示，早在四六年，台灣的報紙副刊就有不少省外進步作家和評論家熱心討論光復後台灣新文學的建設之道，並介紹三〇年代大陸左翼文學和抗日文學發展出來的進步文論，供作參考。而透過戰後初期大陸期刊報紙在台灣的流通、發行（公開或秘密的）；透過光復初期島內報刊的叢出，形成了兩岸間面向全國形勢和島內情勢的「公共領域」。從新發現的資料看，既使在一九四七年三月大屠後，不但沒有與中國割蓆分離的「台灣人共同體意識」，正相反，省內外進步的言論人莫不呼喚在二二八創痕後力爭在台省內外同胞的民族團結。

「台灣文學」和「奴才文學」的分際

正如泰瑞・伊格爾頓指出，人們對某文學的「價值判斷」，受到歷史和意識形態——即支配／被支配的社會權力關係的影響。則今日藤井和中島利郎、重水千惠們對「台灣文學」的「價值判斷」，也因此和上世紀二〇年代以降至三〇年代在殖民地台灣一寸寸建設起來的「台灣文學」概念，即台灣人文藝團體「台灣文藝作家協會」及其機關刊物《台灣文學》、文藝團體「台灣藝術研究會」（東京）及其和有關刊物《台灣》（Formosa）、文藝團體「台灣文藝聯盟」及其機關刊物《台灣文藝》、張文環主宰的《台灣文學》和楊逵主編的《台灣新文學》中表達的「台灣文學」、「台灣文藝」概念上就完全不一樣了。如果西川滿、濱田隼雄等上世紀四〇年代初，皇民文學的吹鼓手的「台灣文藝家協會」及其御用刊物《文藝台灣》，表現了當時的舊皇民化歷史時代日本殖民統治意識形態，那麼今日藤井們的「台灣文學論」，是當前一貫拒絕反省和承擔日本十五年侵華戰爭和五十年對台殖民蹂躪，堅持緊跟著帝國主義在東亞以新中國爲假想敵的新冷戰歷史和意識形態的產物。

而藤井們所誇飾的殖民地台灣的「教育普及」、「現代國語＝日語普及」、廣大的「理解日語」台灣人的現代公共領域之形成……經不住日據下台灣文學主題的批判。歸結而言，日帝下台灣文學作品的母題——意識形態，是日本警察（日本殖民統治的總象徵）的貪慾、腐化和殘暴；是殖民統治者和台灣半封建地主豪紳階級結合，漁肉人民；是殖民地下多重壓迫下台灣女性的噩運和悲鳴；是殖民地台灣知識份子的苦悶和反抗，是殖民地半封建社會下農村的破產和生活的貧困化……一九四五年日本在台殖民體制崩解，而既使在一九四七年二月事變的恐怖之後，在台灣．台灣文學的歷史屬性和民族認同上，表現在一九四七年十一月至一九四九年四月間的「重建台灣新文學」的長時間論議中，在台灣的省內外作家無不衆口一辭地強調「台灣．台灣文學是中國．中國文學的一部份」，連今日向反民族．分離主義轉的葉石濤都不能不承認在二二八事變前後，台灣知識份子都沒有民族分離意識的事實，則藤井們常說殖民地「現代化」、日本化的台灣和半封建國民黨惡政相遇合產生的民族「違和」感產生了「台灣民族主義」之論，只是他自己主觀的新的「皇奉會」意識形態罷了。

然而，一九四七—一九四九關於如何將日帝劫後的台灣新文學重建爲中國新文學無愧的一項的論議中，楊逵先生在《台灣文學問答》重要發言裡，特別在二二八事變後一年四個月（一九四八年六月）的台灣歷史狀況下，對「台灣文學」提出了重要的界說，表現了他對當時「台灣文學」概念的「價值判斷」與「社會意識形態」。

問題的提起，是針對當時台大教授錢歌川說，在「語文統一、思想感情又復相通」的國內，「談建設台灣新文學（或）某省新文學，實難樹立其目標」，「論題略有語病」而來。

楊逵針對錢歌川所說，在一般論上，同爲中國文學，無必要再依各省份特稱某省文學，表示同意。

但楊逵指出，在一九四八年當時，卻存在特別提出「台灣文學」之必要的「目標」（目的）。因爲一，除了淪爲日帝殖民地五十年，台灣自明清以來因地緣、政治的原因，長期與大陸產生半分斷狀態，以致產生「自然、政治、經濟、社會、教育、生活和環境」的改變，從而一定程度上也產生「思想感情上」的變異。二、特別是光復後二二八慘變，使「內外省」人間產生隔閡，「很可悲歎」。三、而稍有見識的人，都同意「台灣是中國的一省，台灣不能切離中國」，所以都在努力彌合內外省之間的鴻溝（「澎湖溝」）。四、但彌合民族間的隔閡的良機（光復當初台灣人民的熱情）已經失去，省內外的隔閡因國民黨治台當局的惡政而不斷在擴大。

爲今之計，楊逵認爲，凡欲致力於島內民族團結的人們都要拋開本本上和膚淺的台灣認識，要「深刻的瞭解台灣的歷史」、瞭解「台灣人的生活、習慣、感情而與台灣民衆站在一起」。而欲達到此目的的途徑之一，就是要提倡、建設（經深入台灣人民和他們的生活、理解他們的苦樂、以他們爲寫作對象，寫他們的命運和願望及苦惱的）「台灣文學」。在這個意義上，楊逵在認識「台灣文學爲中國文學的一部份」，基礎上，特別主張上述意義上的「台灣文學」建設之必要。楊逵並且具體舉出當時旅台省外作家歐坦生（丁樹南）發表在上海由范泉主編的《文藝春秋》上的小說《沈醉》爲他心目中「台灣文學」典範性作品（《沈醉》見台北人間出版社出版《鵝仔：歐坦生小說集》，二〇〇〇年）

因此，楊逵對「台灣文學」的價值判斷和意識形態，是一九四八年全國解放戰爭奔向勝利，新民主主義變革運動快速展開，中國人民和平、團結與進步勢頭大有發展的歷史條件下，堅持克服國民黨惡政造成的民族反感，增進進步人民的堅強團結，共創新中國的「意識形態」。而況楊逵又進一步嚴厲指斥如果有人要搞爲「台灣的託管派或是日本派、美國派」服務而「獨樹其幟」的文學，那是「奴才文學」，不得人心、「不得生存」！

早在二十五年前，楊逵先生就以無比敏銳的政治眼光，洞燭三十五後今日在台灣大搞「託管派」（台獨派）、日本派、美國派文學的島內與外國團伙的陰謀。對於日帝把台灣殖民化的加害——一八九五年至一九二〇年對台灣反抗日軍佔領的農民武裝的大屠殺；以一八九六年和一八九七年「六三法」和「三一法」獨斷下制定的「匪徒刑罰令」的總督府獨裁高壓恐怖政治；蔓延全島的警、憲之軍專政體制，對台灣本地資本的強權壓抑，從而將殖民地台灣經濟對日帝獨佔資本主義從屬化；教育的民族與階級歧視；糖業帝國主義對農村、農民的殘酷收奪，民族母語的剝奪和日語、日帝意識形態的強加，對台灣人民的制度性民族歧視，對被殖民人民的心靈和人格的創傷，在皇民化的法西斯洗腦下驅策台灣漢族和原住民族青年以「志願軍」、「高砂義勇隊」執行戰爭犯罪，大批送死……的罪惡歷史，藤井一派的學者視若無睹，不但沒有半點歷史責任的反省和自我批判，還喋喋不休地大談日語爲日帝下帶來了統一的現代「國語」政策，大談通過強權日語形成了現代的廣闊「讀書人口」。他把皇民化運動時期總督府情報（宣傳）機關的戰爭宣傳體制也算進去，誇大戰爭末期台灣在「理解日語」的台灣

向內戰・冷戰意識形態挑戰

——七〇年代文學論爭在台灣文藝思潮史上劃時代的意義

陳映真

整整二十年前（一九七七）的四月，銀正雄在『仙人掌』雜誌上發表了《墳地那裡來的鐘聲》，針對王拓的小說《墳地鐘聲》提出鄉土文學從「清新可人」、「純眞」和「悲天憫人」「變質」爲「赫然有仇恨、憤怒的皺紋」；有「變成表達仇恨、憎惡等意識的危險」，打響了從政治上、思想開攻擊鄉土文學的第一聲炮火。同一期的『仙人掌』也刊出朱西寧的《回歸何處？如何回歸？》，諷刺鄉土文學「流於地方主義，規模不大，難望其成氣候」。同月，王拓發表《是現實主義文學，不是鄉土文學》，五月，王拓（以李拙為筆名）又發表《二十世紀台灣文學的動向》，爲台灣鄉土文學發展歷程和性質做了一番整理。同月，葉石濤發表《台灣鄉土文學導論》，提出了他的日據台灣文學性質論。六月，陳映眞以《鄉土文學的盲點》，就教於葉石濤。七月，彭歌在《聯合報》副刊上發表的連續專欄『三三草』中，刊出要儆戒「赤色思想滲透」的雜文多篇。同月，陳映眞發表《文學來自社會・反映社會》，對戰後台灣當代文學的政治經濟學背景、性質和發展做了概括。八月十七日開始，彭歌一連三天發表了對王拓、尉天驄和陳映眞長篇公開點名的思想政治批判。八月二十日，余光中發表《狼來了！》控訴台灣有人提倡中共的「工農兵」文學，一時風聲鶴戾，對鄉土文學恐怖的鎭壓達到了高潮。

文壇的白色恐怖並沒有嚇到當時的文學界和文化界。八月，南亭（南方朔）發表《到處都是鐘聲》，登高望遠地爲鄉土文學的發展表態支持。九月，王拓公開發表《擁抱健康的大地》，十月，陳映眞發表《建立民族文學的風格》，對彭歌的攻擊提出駁辯，並要求立刻停止對鄉土文學誣陷和攻訐。此外，從八月到十月，文藝界如尉天驄、黃春明、齊益壽和其他許多人，都發表文章、參加座談發言，熱情、勇敢地支持了鄉土文學。但在同十月，一貫以「自由民主」派的面貌示人的台大留美教授張忠棟、孫伯東、董保中都紛紛對鄉土文學論扣政治帽子。

九月，胡秋原先生發表《談人性與鄉土之類》，公開駁斥官方打手白色恐怖各論，爲鄉土文學辯護。十月，徐復觀先生發表《評台北「鄉土文學」之爭》，批判文壇的偵探和密告者，至此恐怖的陰霾漸開。十一月、十二月，陳鼓應發表批判余光中詩作的長文。同月，胡秋原接受訪談，整理成《談民族主義與殖民經濟》，在理論上深化了鄉土文學派。十二月，王拓發表《「殖民地意識」還是「自主意願」》，就台灣社會經濟問題，向孫伯東提出駁論。

翌年元月，國民黨集黨政軍特，召開「國軍文藝大會」，會中對鄉土文學大肆撻伐之餘，受到胡秋原、徐復觀和鄭學稼等老一輩理論家、學者的勸阻，據說最後這樣地定了調：鄉土思想「基本上是好的」。但動機要純正，尤其切防爲中共所利用，云云。而一場劍拔弩張的肅殺之局，至此漸爲緩解，幸而沒有以逮捕、拷訊與監禁終局。

二十年後回顧，特別在八〇年代以降台灣文學批評和台灣文學論的豹變條件下，七〇年代的文學論爭——包括七二年以迄七四年的現代主義論爭——在台灣戰後文藝思想史上，顯示了劃期性的意義。這篇小論的目的，在整理七〇年代文學論爭留下來的文藝思潮的標高，並思考當年留下來的突破性文藝思潮對當前時代依舊生動犀利的啓發。

一、在戰後台灣公開樹立現實主義旗幟的重大意義

在帝國主義時代，在強國、大國凌掠弱國和小國的時代，第三世界各族人民反對帝國主義和封建主義的文學藝術，大多採取抵抗、批判的現實主義手法。半殖民地的中國文學如此，做爲中國半殖民地構造之一部份的日本殖民地台灣的文學，亦復如此。

但是，尤其在民族和階級鬥爭的形勢嚴峻的時候，往往就會發生堅持批判、抵抗和反映嚴厲現實

的現實主義路線，和聲稱主張文學藝術的純粹性、藝術性與非政治性的唯美主義之間的路線鬥爭。三十年代的大陸發生過圍繞著「文藝自由」問題的廣泛論爭。朝鮮的三〇年代，據說也發生過唯美文學和使命（工具）文學論之間的爭論。

一九三一年，台灣的抗日民族，民主運動遭到日帝當局全面鎮壓，台共和農組潰滅。從崩壞的戰線上四處奔竄流亡的黨人，湧向台灣左翼文學和文化戰線，艱苦奮鬥，發行刊物、成立組織，一面推展無產階級文學和文化思想運動，一方面伺機恢復組織生活。在這個歷史背景下，楊昌熾等人組成「風車詩社」，搞起現代主義。一九四三年，台灣時已納入日本侵略戰爭的戰時體制，一些詩人組成「銀鈴會」，搞起現實主義。

必須著重指出，「風車」和「銀鈴」，都不曾公開地與抵抗的批判的現實主義派發生理論鬥爭——像在大陸和朝鮮的三十年代發生者那樣。而且，確實有進步的文藝青年，曾在日本戰敗前夕直到光復一九四九年間，在「銀鈴」社活動，並且深受楊逵的影響參與了一九四七——一九四九年間《新生報》•〈橋〉副刊上關於重建台灣新文學的理論鬥爭，而雖然「銀鈴社」的一些詩人在五〇年代和紀弦的『現代詩』社合流，也是事實。

然而日據時代現實主義和唯美主義的鬥爭仍是激烈的。一九三九年，日本在台殖民地皇民派文學家西川滿組成「台灣文藝協會」，成員以日本籍文藝人士為主，發刊『文藝台灣』，提倡殖民地異國情調的「唯美主義」文學，消磨志氣，規避三〇年代末期台灣戰時體制中嚴苛的現實。一九四一年，隨著日本「南進」戰爭擴大，西川滿進一步露出法西斯蒂眞面目，要把台灣文學組織到日本侵略戰爭體制，發揚楊逵所說的「勤王」的任務。「台灣文藝協會」的機關刊物『文藝台灣』，並揭載皇民文學周金波、陳火泉的皇民文學作品。

但即使在法西斯氣焰逐日高漲的一九四一年，抵抗的現實主義作家仍然不憚於反抗。他們糾合並組織了以台灣籍作家爲主的「啓文社」，發刊『台灣文藝』，楊逵等人在一九四三年與西川滿等日本皇民派作家在一場「狗屎現實主義」論爭中交鋒，針鋒相對地捍衛了台灣文學的現實主義傳統，堅守民族主義立場、反映台灣人民在戰時體制的非理下呻吟苦悶的生活，在賴和謝世的日治末期，公開組織哀悼集會。『台灣文藝』成員楊逵、呂赫若和簡國賢在戰後仍然奔向實踐的火線，遭到投獄、逃亡、路死和刑殺的命運。

這樣一個在嚴酷的台灣民族，民主運動史中發展起來的台灣文學的現實主義道路，在一九五〇年到一九五三年慘烈的異端撲殺運動中徹底瓦解，一直要等到一九七二年保釣運動的左翼，才重新把這反對帝國主義、主張民族文學與民衆文學的現實主義文學論再次公開地，做爲一種文藝理論在台灣宣揚起來，意義自然重大。

此外，從文藝思潮的世界史看，七〇年代的台灣文學論爭，在並不自覺情況下，參與了從二十世紀初期以迄七〇年代的、世界範圍的、文學思潮的左右鬥爭，亦即現實主義和現代主義的鬥爭。

這場論爭的地理範圍，包括舊蘇聯、舊東歐、英國、美國、法國、德國和中南美洲等地。現代主義文學藝術受到各國各民族的文藝批評、文藝思想界左翼的批判，其文獻可謂汗牛充棟，在思想學術上有豐富的收獲。

以最粗略的概括，現代主義受到左翼的、現實主義一派的這些批評：

——現代主義文藝（以下簡稱「現代派」）把人的個性和社會對立起來。把個人的幸福同群衆的幸福對立起來。

——現代派脫離社會和生活，鑽進極端個人的世界，誇大官能和肉慾的重要性，極端強調「個性」和「自由」，以推翻一切既有道德、邏輯爲「前衛」與「革命」，卻沒有自己的新道德和人與人之間新關係的信念。

——現代派對人，尤其是對勤勞的民衆、對社會和歷史全然冷漠。他們把精神生活（文學藝術）與具體的生活在分工上分離開來，對立起來，把文藝和生活、歷史和社會完全割裂。

——現代主義的甄別，不在形式與技巧，而在於內容和世界觀。現代派的世界觀，表現爲認定人的本然的孤獨與本然的非社會性。人是一種被拋棄的存在。人除了他自身，再沒有任何與他發生連繫的其他現實。

——現代派相信生活毫無意義可言。生活不可理解。人不能改變世界，世界更改變不了人。

——現代派崇拜在現代資本主義大規模生產下精神衰弱的現代人依靠麻醉藥物擴大官能和肉慾的刺激，推崇音感、味覺、色感、肉慾之相互倒錯與混亂，摒棄客觀世界，宣傳唯能、唯心的「另一眞實」世界。

——現代派以病態和主觀的恐懼、焦慮、絕望和孤獨的世界，取代現實與生活。他們把這變態的、病態的認識和感受加以誇大和美化，對人性、人道主義、人類解放與發展的可能性加以公開的嘲笑和否定。

——現代派不相信任何生活的目標和理想。他們對生存極爲厭煩、深覺空虛。他們因而追求敗德與肉慾來鎮靜自己想像的痛苦……

批判現代主義的西歐左派文論主張對待現代主義，不採取全面、機械地否定，爭取以現代的形式和技巧表現進步的、人的內容，爭取現代派回到群衆，回到社會和歷史現實。

七〇年代台灣的文學論爭，首先從現代詩——即現代主義批判展開。二十年後回顧，七〇年代台灣的現代主義批判論，基本上也提出了和世界範圍內的討論議題「不謀而合」的批判觀點——指出台灣現代主義的逃避現實、沒有社會意義和歷史方向、個人主義、絕望、腐敗、敗德、虛無等等。當然，在立論的論證上不夠深刻。事實上，台灣的文學批評界基本上至今還沒有深入討論過現實主義和現代主義爭論這個宿題。但是，從台灣文藝思想史的視野看，七〇年代現代主義批判，在世界範圍的現實主義和現代主義大論爭背景下，自有十分重大的時代意義。

而其意義之重大，尤在論戰當時爭論雙方皆不自知的這個事實：即戰後的現代主義文藝思潮，是冷戰體制下美國據以對抗社會主義的、在全球領域推行的「文化冷戰」（culture cold war）」之意識形態工具之一！台灣的現代主義批判，竟是在極端反共／法西斯環境下對美國主流冷戰意識形態的公開的挑戰！

理・阿皮革納內西（Richard Appignanesi）指出：三〇年代以降，「社會主義的現實主義」成爲舊蘇東社會的主流文藝思潮。這個世界社會主義運動的文藝方針，又以強烈的敵愾心批判現代主義的「資產階級腐朽」性，於是彷彿是依「敵之所惡我好之」的原則，在戰後世界文化冷戰體系中，抽象主義、超現實主義，竟成了「自由・民主世界」的主流藝術意識形態。「美國以它自生自長的新興抽象藝術迎合了此一確認」，阿皮革納內西寫道，「戰後美國新興抽象美術界把一九一九年蘇聯康定斯基的「抽象表現主義」「半途掠奪而去，在國際上廣泛宣傳爲百分之百的美國貨，純粹形式的抽象藝術」，蓋因「如果共產主義政權官方禁止『形式主義』，那麼形式主義必定是自由企業（資本主義）民主制度的一個基本要素」。阿皮革納內西說，特別是在五〇年代美國麥卡西主義白色恐怖時期，「冷戰時代的戰略，要求一種『眞正美國』的認同，以截然有別於歐洲共產主義瘟疫」。現代抽象主義成了這「眞正的美國」認同標誌。它透過美國廣泛設立在其勢力範圍的第三世界社會中的「美國新聞處」一類的機關；透過人員交換、基金會、人員培訓、國際學術會議、留學政策、資助展覽出版和講座、特邀訪問、廣泛推銷。現代抽象主義於是很快成爲美國勢力範圍下第三世界的文化（文學）霸權論述，而現代主義也成爲這些社會的一代顯學，從而和各當地的反帝・反美・革命的現實主義文學藝術運動互相抗衡，讓青年離開祖國在（美國）新殖民主義和本國半封建精英支配下陰暗的現實，在美式現代主義、抽象主義病態的個人世界中消磨意志、逃避現實——從而鞏固美國制霸下的冷戰秩序。

由於不學和不敏，小論的作者一直要到九〇年初才知道了戰後現代主義和美國文化冷戰意識形態的聯結構造。回想目睹過的五〇年代台灣現代繪畫和文學興起的過程，我有了恍然大悟的理解。

從這意義上看，七〇年代台灣文學的論爭，自現代詩論戰以至鄉土文學論戰，竟是一場對美國戰後全球性文化冷戰意識形態的鬥爭，意義之深長，不言可喻。

在前文中說過，七〇年代的台灣文學論爭中現實主義問題的提起，意味著因五〇年代白色恐怖而被徹底鎮壓的現實主義文學復活。在殖民地／半殖民地／新殖民地條件下，現實主義和反現實主義（唯美主義、現代主義）的鬥爭，意味著保守的和進步的文藝哲學的爭論。這爭論表現爲這些古典的論述構造：

- 現實主義主張文藝的社會性，具有解放和改造的使命與功能。

□反現實主義力主文藝的「自由」、「純粹」和「自主」。

・現實主義重視人和生產人的社會與歷史間的聯繫。

□反現實主義文學把個人與社會、與群衆對立起來，除卻個人，沒有其他的現實。

・現實主義相信爲民衆、民族、祖國的改造和解放和實踐的價值。

□非現實主義不相信生活有任何意義，不相信任何改造和實踐的可能。

在七〇年代的台灣的具體條件下，上述「古典」的對立概念，在鄉土文學現實主義和官方的反現實主義的鬥爭中，相應地延伸而表現爲這些針鋒相對的爭論：

——鄉土文學派認爲文藝反映現實，呈現生活中存在的矛盾，爲社會和生活的改造做出貢獻。反對文學的個人主義、逃避主義和腐化墮落。

——反鄉土文學者認爲文藝應該「清新可喜」、「溫柔敦厚」，不應該成爲政治運動的工具，不應被「共匪」所利用，危害社會。

——鄉土文學主張反對帝國主義和「寡頭資本主義」，主張民族主義，爲社會的弱小者代言，擁抱土地和人民。

——反鄉土文學派主張反共高於反帝反資，指責鄉土文學有「工農兵」文學的危險性，應該警戒、打擊。

——鄉土文學一派堅持，在中國民族分裂的現實條件下，台灣文學刻劃和表現台灣的民衆、生活和社會，正是刻劃了當前台灣的中國人民、中國民族、中國的生活和社會。鄉土文學，是祖國分斷條件下當前主要的民族文學形式。反鄉土派對鄉土派文學的指控是沙文主義的、分裂的言論。

——反鄉土文學一派認爲鄉土文學只寫台灣地方性人物及其生活，有地方主義或分裂主義之嫌……

七〇年代鄉土文學論的現實主義論，便是這樣地結合了當時台灣的具體現實，和現代主義的、官方的反現實主義論進行了尖銳的鬥爭，從而繼承了日帝殖民時代反帝解放運動的文藝戰線所積累的、左翼的、批判的、抵抗的現實主義文論的傳統，而有文學思想史的重要性。

二、鄉土文學和左派民粹主義

近年以來，所謂「熱愛、認同咱這塊土地」、「咱台灣人民……」這些話語，已經成了台灣分離運動的咒語。「會不會說」台灣話，「認不認同」台灣「這塊土地」、「愛不愛」台灣和台灣人民，幾乎成了判別一個人的全部價值的標準，馴至這種「土地／人民」論，成了分離主義修辭的專利，彷佛世上只有講台獨的人提愛台灣「土地／人民」，而主張反帝、主張反資本主義、主張中國統一的人則一貫「不認同、不愛台灣土地和人民」。

但歷史的事實卻與此成見完全相反。

有一種「定見」，認爲七〇年代現代詩論爭和鄉土文學論戰，起源於當時一連串國際外交上的重大衝擊，島內要求改革和反省的呼聲紛至，導致中國民族意識和社會意識的高漲而來。但事實上，七〇年代初台灣遭逢外交變局引起危機，也引起「革新保台」，「聯蔣反共」，以維續和強化既有體制的保守思潮和行動，與前述同因政治外交變局而主張反帝反資，尋求兩岸終極的統一者，形成左右對立。歷史地看來，最早以高度熱情提出熱愛台灣的土地／人民的，恰恰是後者，而不是力言在危機下「革新保台」、「聯蔣反共」的右派知識份子和精英，後者連同今日以「本土論」爲言的文學的分離派，當時不是直接、間接地打擊鄉土派，就是明哲保身，龜縮逃避。

一九七二年十二月，在台大「民族主義座談會」上，陳鼓應和王曉波首先展開了對於美日帝國主義在台「經濟控制」、在台灣進行「武器、經濟和思想侵入」的論證。爲了抵抗強國對台灣的支配，他們力言大家「要有同胞愛」「照顧好漁礦農工的生活」，並且表示在國際性危機下，誓與「台灣命運共存」的決心。

而這種台灣「土地／人民」的思想聯繫和統一；對中國大陸／台灣的忠誠之統一和聯繫，遍見於一九七二年以降保釣運動左翼海內外的文章、宣言和論文。中國統一、反帝民族主義論和擁抱台灣「土地／人民」、熱愛中國和熱愛台灣，對他們而言，自始就是互相聯繫和互相統一的思想與感情。而正是這種反帝統一論和擁抱台灣人民／土地論的統一，和中國／台灣的聯繫性與統一性，貫穿一九七二

「日據時代的文學始終是和台灣的現實環境息息相關的。它屬於(中國)抗日民族革命運動不可割裂的一環。」

王拓

「(小說中)如果太過強調(台灣方言),便很容易使人陷入一偏狹的、分裂的地方主義觀念和感情裡。」

「台灣……在歷史雖然曾經有過被荷蘭人侵入殖民、和日本軍閥割據佔領的慘痛經驗,但是,她之與中國同文同種,並屬於中國的一部份,卻是不容爭辯的事實。……那麼,作為反映台灣各個不同時代的歷史與社會的(台灣)文學,也自屬於中國文學的一部份……」

「……『廿世紀在台灣發展起來的中國文學』……亦即在台灣發展起來的中國文學」

「(日據下)在台灣的中國文學的發展,可以說是與當時的社會運動與政治運動採取著一致的步調,並且也是與祖國的五四新文化運動所展開的反帝國主義侵略和反國內封建剝削的一切運動相一致的」

「台灣的中國作家在文學上所反映的中國特色,是以台灣這個現實環境下的人和事為主的。」

巫永福

「（台灣的）鄉土文學即中國文化之一環。……歸根結柢，中國詩要有中國特色才能被承認。」

「（在皇民化運動下）……在精神上，他們還是認為是台灣人，心繫祖國，不因皇民化而變成了日本人。不像現在，有些人唯恐不變成外國人，兩者的精神真是天淵之別」。

「如果清文學是中國文學……光復前的台灣文學也應是中國文學，不能因為台灣被日本人統治就不能算是中國文學的一環……如果光復前的台灣文學不被承是中國文學的一環，那麼清代文學也不能承認是中國文學，因為他是異族入主中國」

李魁賢

「當然台灣文學是屬於中國文學的一部份，因為有與其他各省不同的特質，故乃形成獨特存在的事實。」

「真正的人，是切實地踏在自己的土地上，付出真正的愛，和這塊健康的大地擁抱在一起」。

另外，至今日堅持反對台灣分離主義文學的作家和評論家更是強調兩岸文學的歷史聯繫性：

南亭（南方朔）

「五十年來台灣的新文學一直是六十年中國新文學的一部份。它的發展主流在不斷的自覺中，從未乖離過中國共同的民族經驗。它是與中國民族認同的」

「（七〇年代以來台灣文學的作品與理論）是中華民族本位的、理想主義的、充滿了批判精神的新寫實文學」

黃春明

「因為台灣是中國的一部份，我們用中國的文學語言來寫自己周遭環境的生活和問題，這是我們民族的文學，即台灣本地土生土長的文學，也是我們中國的文學，所以當然我們要愛護它」

「……台灣的問題，也就是中國的問題。台灣地區以中國的語言文字來寫自己的問題，有它的特殊背景。因為自從馬關條約後，台灣被割讓給日本，但是在文化上、政治意識上，它並沒有和中國割斷……」

陳映眞

「（當代台灣文學）使用了具有中國風格的文學形式，美好的中國語言，表現了世居台灣的中國同胞具體的社會生活」。

「……在台灣的中國新文學上，高高地舉起了中國的、民族主義的自立自強的鮮明旗幟」

「……台灣的生活，對於目前生活在台灣的中國人，在目前這個歷史時期，是最具有現實意義的中國生活……」

「中國新文學在台灣的發展，有一個過程。」

「由於深恐中國文學在（台灣）殖民條件下消萎；由於中國普通話和台灣話之間的差異；由於日治時代台灣和大陸的斷絕，當時傷時憂國之士，乃有主張以在台灣普遍使用的閩南話從事文學的創作，以保存中華文學於殖民地，而名之為『鄉土文學』」。

「……由於三十年來台灣史在中國近代史中有其特點，而台灣的中國新文學也有其特殊的精神面貌。但是，同樣不可忽視的，是台灣新文學在表現整個中國追求國家民族自由的精神歷程中，不可否認地是整個中國近代新文學的一部份。」

「鄉土文學，是現代條件下（台灣的）中國民族文學的重要形式」

「中國文學……從東北作家的『八月的鄉村』一直到台灣作家的『送報伕』，再一直到

『莎喲哪啦，再見』、『小林來台北』，在不同的歷史階段中，奉仕於中國反對帝國主義巨大民族主義運動的文學作品」

台灣的文學是中國文學的一個組成部份。台灣人者，「在台灣的中國人」也。台灣的社會和生活，就是「在台灣的中國社會與生活」。「台灣的問題，是中國的問題」。台灣作家是「台灣的中國作家」……眾口一辭，不避拗口，三複斯言，莫不是在說，雖然兩岸在內戰和冷戰構造下分斷，七〇年代當時台灣的作家和知識份子，絕大多數一仍深信台灣和中國的歷史的、文化的、認同上的以及事實上的聯繫性和統一性。和中國文學對立的、分離主義的「台灣文學」概念，在七〇年代幾乎是沒有的。以已經發表的文學爲憑據，則既便是葉石濤的《台灣鄉土文學導論》都還不能說是嚴格意義上分離主義的台灣文學論，也還披上「台灣文學是中國文學之一環」的外衣。而且從論爭的文獻上看，自現代主義詩論戰以迄政治上肅殺陰霾的鄉土文學論戰期間，今之台獨派文學界大老、作家、詩人、評論家和理論家，幾乎沒有一個人有站在分離論的台灣文學上出來發言的直接或間接的記錄。不少今日英姿風發地成爲台獨系文學英雄的大老、評論家、作家和詩人，倒是在七〇年代留下了和他們今日的主張完全相反的白紙黑字，已見上文所徵引。

對於努力要建設「台灣文學本土論」系譜的人來說，這個事實是很難加以說明的。難於說明而又必須說明，就不能強辭奪理。而強辭奪理，就難於不立論矛盾了。茲舉數隅：

一種說法是把文學的中國認同和文學內容上對台灣具體生活的關注對立起來。於是對於七○年代鄉土文學認同中國民族主義，在創作內容上表現台灣現實社會生活和鄉土人物的深切關懷，解釋成「（民族）意識上回歸中國，（文藝）創作上回歸台灣社會」。

這種解釋的第一個破綻，是鄉土文學和在七○年代的具體主張不對頭的。王拓說「台灣的中國作家」作品裡反映的「中國特色」，是以「台灣這個現實環境下的人和事爲主」。衆所周知，王拓是主張文學表現現實中的台灣生活和人民最力的作家，但同時也是最鮮明、最多次主張反對帝國主義對台灣經濟與政治的支配，公開指出台灣社會經濟的「殖民地」性——即台灣（新）殖民經濟論的作家。不僅此也，王拓甚至還有意識地反對過文學的「本土化」即台獨化。他說作品語言一旦太過強調台灣方言，便會「陷入一種偏狹的、分裂的地方主義觀念和感情裡」。此外，南亭（南方朔）也認爲，七○年代鄉土文學是「愛國主義的、反地域主義的新浪潮」。這樣的主張，和同中國認同對立起來的「本土」論，是統一的還是互相矛盾，不言自明。黃春明也說，用中國的語言文學「寫自己周遭環境的生活問題」就是「台灣地方土生土長的文學，也是我們中國的文學」。對黃春明而言，文學的中國認同和文學關懷與取材於台灣的「周遭環境」和「生活」，是相互聯繫與統一的，而不是相互對立和矛盾，就很明白了。他們都沒有從不同立場「回歸」民族、「回歸本土」的記錄。至於陳映眞類似的主張，茲不贅言。

在社會科學上，反對帝國主義、反對資本主義……和改革現實生活中的矛盾，關心民眾的生活與疾苦，在理論上和實際上都是密切相互連繫和相互統一，而絕非互相對立和矛盾的。台灣文化協會一九三一年的章程所示「行動綱領」，把「支持反帝同盟」、「打倒一切反動派」、「打倒台灣總督政治」這一類上位綱領，與類如「廢止日台人歧視待遇」、「減免自來水費」、「責由國家負擔青少年義務教育」具體關心生活、改革生活的綱領相提並論。一九三四年，中共號召「以革命戰爭打倒帝國主義和國民黨，把革命發展到全國去，把帝國主義趕出中國去」。而欲達到此目的，中共同時要求充份注意和重視「群眾切身利益」和「生活問題」——食衣住行、柴米油鹽、合作社、農村對外貿易，等等。這理由極爲淺顯：帝國主義的支配，使民族經濟停滯瓦解，經濟剩餘出血外流，政治上和民族上的歧視……都使民族的成員體——民眾的物質和精神生活遭到嚴重的苦害。資本主義對利潤不知饜足的貪慾，使社會的成員體——民眾遭到不公平的剝削和壓迫，帶來生活的破產。反對帝國主義和資本主義的文學藝術家，當然要形象地取材、描寫帝國主義下和資本主義下作家生活周遭民眾的被害和生活中日常性存在的民族與階級的矛盾，喚醒民眾、改造生活、改造社會和歷史。

因此，把台灣文學的中國認同、反帝反資的立場，同關心台灣社會、民眾的創作態度對立起來的命題，在知識上和邏輯上都無法成立。而在七〇年代台灣文學爭論中，鄉土派作家和批評家莫不熱烈高舉台灣土地／人民旗幟的事實，則從另一個側面說明了這個事實：

在七二年到七四年的現代主義詩論戰中，尉天驄批評現代人支借外國的情感寫詩，呼籲詩人深入台灣的工廠、鹽村、農村，體驗生活；高信疆批評現代派詩人「失去了根植的泥土，淡忘了此地的生活」……勞爲民主張文學家要爲大多數的社會民衆而寫作，表現人民的觀點、價值和願望。

在一九七七年展開的鄉土文學論爭中，鄉土派作家和批評家則進一步擴大了七二年提出的擁抱「土地／人民」的邏輯。對王拓而言，七〇年代初台灣遭逢的外交挫折，使人們產生關注帝國主義——從而反對殖民經濟、買辦經濟和島內資本主義經濟下「一群被犧牲、被卑視的」、「收入少、生活水準低、工作辛勞」的人們。因此，王拓主張鄉土文學植根於「現實社會的土地上」，反映現實，也「反映人」。他讚美日帝下台灣作家「頑強地、固執地堅守在他們生長的泥土上……眞誠地反映了他們所熟知的社會與生活現實」。他甚至充滿激情地說，「我們是兩腳深扎在這塊土地上的一群人，死了也還在這塊土地上，和這塊土地合而爲一」。他吶喊：「這是我們的家園！」「我們對這塊土地深情厚愛是堅定的、不可搖撼的」。陳映眞則認爲在台灣的文學和文化全面惡質西化、在外交危機中民族自信心崩壞，「脫產逃亡者如過江之鯽，在外來勢力恣意干涉的歷史時代」，「投眼於自己的土地和人民」，「爲民族的認同尋求軒昂自在的歸宿。」

熱愛和信賴人民群衆、歌頌土地和祖國，自認對勤勞人民有各種虧欠的知識份子，熱情洋溢地奔向農村、海濱等勞動現場，呼喊著「到人民中去！」（與七〇年代初台灣有大量青年上山下海，到廠礦訪問調查的運動頗為近似。）這是民粹主義的思想與實踐。民粹主義也主張藝術文學要有民族和民衆的特質，更要有啓蒙、教化和改造的功能。

七〇年代台灣鄉土文學爭論和運動，便帶有這強烈的進步的民粹主義的性質。然而，辯證地看待，人們容易發現，舊俄時代的民粹運動成爲一些人奔向科學性的社會主義運動的接待站。而在三十年代，一些頭腦發燒的民粹派紛紛投身到納粹・法西斯蒂陣營。同樣，七〇年代主要在民粹論的左翼推動的鄉土文學論戰中受到啓蒙的青年，形成了五〇年代異端撲殺恐怖後新生的民族統一派。而八〇年代的民粹論，包括對立於中國文學概念的「台灣文學」論，則淪爲右翼的台灣分離主義——反共、把台灣「民族」、「語言」、「文化」無限神聖化、高唱沒有階級分析的「台灣人」意識和「台灣命運共同體」論，以塑造並聖化「台灣國民國家」，以「中國人」爲台灣萬惡之源，傳佈對「中國豬」的憎惡——從而呈現出一種「擬似法西斯」（pseudo-fascist）性格。

或謂：七〇年代的文學論爭中總還有一位葉石濤，在歷史上頭一個公開提出「台灣意識」和「台灣立場」做爲評斷台灣鄉土文學的重要條件。但「就文論文」，葉石濤所提出的「台灣意識」和「台灣人的立場」論，受到他自己同時著重提出的若干「中國條件」所制約：

首先，葉石濤說，由於台灣歷史上的一些獨特的過程，「台灣本身建立了不同於中國大陸文化的濃厚的鄉土風格」。然而，這「台灣獨得鄉土風格，並非有別於漢民族文化的、足以獨樹一幟的文化。它乃是屬於漢民族文化的一支流。因而，台灣「濃厚、強烈的鄉土風格」，「仍然是跟漢民族文化割裂不開的」。也就是說，台灣的文化固然有其不同於大陸文化的、濃烈的「鄉土風格」，但在根本屬性上，台灣文化是中國文化密切不能分割的一部份。這樣的文化認識，當然是葉石濤「台灣意識」、「台灣立場」論的重要基礎和參照體系。

其次，葉石濤提出「台灣意識」這個辭時，是以這副題加以界定的：「帝國主義下在台中國人精神生活的焦點」。以「在台中國人」來指謂一般所說的「台灣人」，當然就不能是今日台獨人士所通用的、和中國、中國人對立意義上的「台灣人」，其理易明。而所稱「帝國主義下在台中國人精神生活的焦點」，正如葉石濤在文章中淸楚指陳，是在帝國主義下台灣「被殖民、受壓迫」的歷史經驗所形成的「反帝・反封建」，和「篳路藍縷以啓山林」與大自然鬥爭以開發台灣的，站在台灣民衆立場的精神。重要的問題是：葉石濤的「反帝・反封建論」，包不包括中國治台的歷史呢？就文論，答案是明白的否定。葉石濤所理解的歷史上「蹂躪」過台灣的「侵略者」，只有「荷蘭人和日本人」。「明鄭三代及滿淸二百多年」治台歷史淸楚地被葉石濤從外族侵台史中「除去」，十分明確。「明鄭三代」和「滿淸三百年」治台的矛盾，是同一民族內部的階級性——而不是民族性矛盾。看來葉氏認識歷史的高度，遠非今日台獨「本土論」者可望其項背。

而在當時他的這種歷史認識下提出的「台灣意識」和「台灣的立場」論，和今日成為「主流」論述的「台灣意識」、「台灣立場」論，相去何啻雲泥。

此外，這篇重要文章中以「祖國大陸」稱中國；以「反抗割讓，冀復歸祖國」的高度去認識割台前夕在台倉促成立的抗日臨時政權「台灣民主國」，等等，都顯示葉石濤在一九七七年的思想和史識，與今日許多標榜、徵引（斷章取義地）這篇文章者腦袋裡的東西，至少從白紙黑字的材料看來，是完全不一致的。

小論的作者在一九七七年發表《鄉土文學的盲點》就教於葉先生。近來有論者說我自己在文章中一方面「承認」台獨派的「台灣人意識」，並指責我以「用心良苦的、分離主義議論」構陷葉石濤。然而，文章具在，我以「有過這樣的立論：……」來轉述台獨派的「文化民族主義」論，引述之後，我指這種議論是「用心良苦的、分離主義的議論」。這一段文字以海外的、日文材料為對象，我不但未曾「承認」其議論，而且給予「用心良苦的分離主義議論」的評價。二十年後批評《鄉土文學的盲點》的人，如果不是讀書略欠細密，就是有意歪曲了。

在七〇年代的現代主義詩論爭和鄉土文學論爭中，文學和民族的中國歸屬；反帝、反資論和熱切擁抱台灣土地和人民，走向人民的左翼民粹主義，在理論和創作實踐上是互相緊密聯繫、互相統一的。因此把台灣七〇年代「文學意識」分成「本土論」、「民族主義論」和「改革論」，在知識上，邏輯上也難於成立了。

三、對內戰意識形態和冷戰意識形態的重大挑戰

一九四七年以後，國共內戰形勢急轉直下。一九四九年末，代表中國舊社會地主、買辦、官僚資產階級的國民黨國家在一場人民革命中崩潰，退守台澎。一九五〇年六月韓戰爆發，美國武裝干涉中國內戰，派遣第七艦隊封斷海峽，佔據台灣爲圍堵新生中國的美國軍事基地。美帝國主義對國府政策轉爲以其霸權支持國府在國際社會的「合法性」，悍然抹殺人民共和國的存在，強使國府在國際上「代表」全中國。爲達此目的，美國支持國府透過白色恐怖的組織性暴力，炮製國民黨「國家政權」，以爲實現美國在遠東冷戰戰略利益的代理人。

國府假藉美國給予的「國際合法性」，取得了國民黨軍事流亡集團原所沒有的「島內統治合法性」，恣意施行長期的反共，國家安全體制下絕對獨裁統治。於是在美國強權干涉下，國共內戰凍結。在兩岸分立長期化的條件下，台灣被納入西太平洋反共冷戰體制。而相應於國共內戰——兩岸分裂的構造與國際冷戰構造之重疊，形成了內戰／分裂意識形態和國際冷戰意識形態的疊合架構，透過國府反共，國家安全體制嚴密的獨裁，特務體系，密密實實地支配和控制台灣的政治、思想、知識、文化和文學等方面的生活。

內戰／民族對立／東西冷戰意識形態體系，在政治上將中共、中國大陸連同社會主義圈整個加以惡魔化，透過教育宣傳製造對中國、中國人的憎惡和醜詆。在文化上，把左翼的、社會主義的思想、知識、文學、藝術、哲學和社會科學，說成危險而有毒害性與欺騙性的異端，加以社會的、文化的與政治的迫害。在政治外交上，世界首先分成以美國爲首的「自由世界」或「民主世界」和以蘇聯爲首的共產國家集團或「極權世界」。前者代表政治上的「自由」、「民主」，經濟上的繁榮富足，社會上的安祥和樂。而「自由世界」「公認」的盟主美國，有超強的武力、科技先進，「對別國無任何領土野心」，卻爲了防堵「邪惡的共產主義」，在全世界駐紮美國正義之師，有時爲了嚇阻「共產帝國主義」的擴張，保護自由企業體制和民主價值，無私的美國總是一馬當先，四處出兵干預義無反顧。至於共產主義和共產圈，那是集邪惡、獨裁、對別國懷有永不飽足的領土野心的惡棍，它派遣「赤色第五縱隊」以各種僞裝潛伏在各國，伺機顚覆自由體制，惡毒而又危險。官僚主義和經濟上的不自由，使共產國家的人民生活在無法改善的貧困。因此，美國是全世界自由、民主、與和平的帶路人。在台灣、美國和日本是最重要的「反共盟友」，只有「共產第五縱隊」才會醜詆和攻擊美國和日本。共產黨常常僞裝愛國、愛人民，其實皆包藏禍心。青年「往往因爲愛國（愛人民）太過熱切而有了偏差」，容易受陰險的「共匪」所利用，云云。

前文說過，從台灣新文學在二〇年代殖民地台灣呱呱墮地以迄一九五〇年，台灣新文學指導思想一直是批判的、抵抗現實主義。戰後一九五〇年到五二年的異端撲殺運動，徹底消滅了這個在台灣的民族解放運動歷史中累積起來的偉大現實主義傳統。自此，代表美國冷戰意識形態的現代主義文藝思潮和創作，從五〇年與「反共抗俄文學」孿生後以迄七〇年，支配了台灣的文藝界，成爲台灣文藝界的霸權和主流。

一九六〇年代末，美國干涉印支半島的戰爭師老無功，美國資本主義經過戰後二十年全面、快速發展，開始因種種複雜原因，使世界資本主義體系遭遇慢性的不景氣。一九六六年大陸文化大革命「造反有理」、「反帝反修」的精神，因緣際會，在北美、在法國和東京，激發了新的激進思潮，美國的帝國主義、對外軍事擴張主義和美國的建製（establishment）受到廣泛的懷疑和批判。青年學生要求重新認識中國、越南和古巴的革命，要求徹底改造以美國資產階級價值爲準蠅的美國高等教育，要求解除對進步思想和學術的禁錮，開放言論自由……。

一九六〇年代末，來自台灣和香港在北美的留學生，或自發、或受美國進步思潮的影響，開始隱秘而興奮地尋找中國三〇年代文學，尋找有關中國革命的本質和過程的知識，尋找四九年成立後新中國的實體……在這過程中，他們體驗了思想、價值、哲學、知識的革命化、進步化的巨大蛻變。一九七二年，保釣愛國運動以北美和台北爲大小中心爆發。運動前在北美各地自然形成的左派讀書小圈和獨自探索的個人，逐漸匯集而形成運動的左翼，並在運動過程中與運動的右翼（例如「反共愛國聯盟」）發生左右鬥爭。

對馬克思主義、對中國革命歷史的探索，帶來世界觀、人生觀的徹底（radical）改變。這意味著對人、對生活、對歷史、對社會——當然連帶地對文學藝術看法的改變。沒有這個思想、價值上全面的改造，就不能很好的理解從一九七二年的現代詩批判和一九七七年鄉土文學論爭。在北美、香港展開的思想的改造與進步，透過保釣運動和影印設備的進步，流入台灣，對七〇年代初一代台灣知識份子衝破二十年內戰和冷戰思維的進步，起到了巨大的影響。舉手邊現有的資料看，香港保釣左翼著名刊物《抖擻》上羅隆邁寫的《談談台灣的文學》，就對王拓在三年後的一九七七年四月發表的《是「現實主義文學」不是「鄉土文學」》中有關美國和西方意識形態對台灣知識份子的影響等各論，有直接影響。

於是在一九五〇年到五三年的恐怖政治和長期反共戒嚴體制中遭到徹底破滅的台灣的民族解放運動的哲學、社會科學和文藝審美思想體系，竟然在七〇年代保釣左翼重新尋訪中國、連帶地尋訪台灣的民族解放運動系譜的運動中，重新復甦，在內戰・冷戰意識形態疊合構造支配了台灣二十年的七〇年代，在兩次文學論戰中直接向這內戰／冷戰意識形態體系挑戰的鬥爭——並且在森冷的反共國家安全體制耽耽虎視之下，取得了鬥爭的勝利！

領導了七〇年代兩個論爭中的左翼取得勝利的、突破了內戰／冷戰意識形態支配的枷鎖者，至少有下列的幾個方面——

■美・日帝國主義論的提起

在戰後的亞洲和遼闊的第三世界，反對美國和日本新帝國主義的運動，是美國勢力範圍下第三世界各國各族人民各該國扈從美國的反共法西斯的鬥爭必不可少的組成部份。因爲各國人民看清了這事實：他們頂在頭上的、（半）封建的反共獨裁政府，是美國所豢養的、爲美國戰略利益和美國資本的利益服務的代理人。於是，在戰後的二十年間，反對美國在各地的軍事基地，反對美國各地經濟和文化的侵略，反對美國干涉各國內政，反對美國在各地支持腐敗、反動、反民族「法西斯壓迫性國家政權」（fascist repressive states）的鬥爭，風起雲湧。「美國佬滾回去」的呼聲，響徹雲霄。

但是在台灣，除了一九四七年元月一場集結了三萬青年學生抗議北京大學沈崇事件的反美示威，幾十年來，幾乎沒有過任何反美性質的社會政治運動。特別在五〇年開始連續三年的白色恐怖之後，反美、反日立刻就會被扣上「匪嫌」的帽子，遭受企圖破壞反共「邦誼」，「爲匪統戰」的致命指控。（一九五七年五月「劉自然事件」引爆的台北市反美群眾運動事件，雖出於民族主義情感，但畢竟是單一、偶發、孤立事件）。但除了國民黨嚴厲的不准反美（日）的政策而外，五〇年以降台灣的資產階級民主化運動，基本上不但不反美，而且一貫以美國勢力爲奧援、爲依靠。台灣革命家謝雪紅早在一九四九年表達了打倒國民黨統治和驅逐美帝主義在台灣的侵略勢力的決心。但是只反國民黨獨裁，在極端反共意識上不反美反日的台灣戰後民主運動的局限性，也強化了以美（日）為友、為師，進而媚美親日的思想。

正是在這樣一個長期反共保守，親美媚日的背景下，七二年保釣運動的左翼，斗膽地揭起了聲討美日帝國主義論的反旗！

前文說過，一九七二年十二月，台灣大學的民族主義座談會上，陳鼓應和王曉波率先展開了反對美日帝國主義的論述。陳鼓應說外國人藉著工業合作，在台灣役用人力和物力，實際上是對台灣的「經濟侵略」。台灣應當倡言民族主義最首要的理由，便在於台灣「被強國侵略，被經濟控制」。王曉波倡言抵抗帝國主義的「武器、經濟和思想的輸入」，力言「對外抵抗侵略、對內鏟除外國的『第五縱隊』」。這看似泛泛的一般之論，在五〇年後二十年極端反共親美（日）的思想環境中發言，可謂石破天驚。在海外，保釣左翼對台灣政治經濟的性質，普遍認定國府統治下的台灣「外有新殖民主義（經濟滲透，從而政治控制）的榨取，內有為外來殖民主義者效勞的買辦政治的壓迫」。到了一九七七年鄉土文學論戰時，鄉土派的作家、評論家進一步發展了美日對台灣的（新）殖民地支配論、台灣社會性質為殖民經濟論，並以素樸的歷史唯物主義，根據台灣社會經濟對外隸屬，來說明台灣知識、文化、文學和思想等上部構造的西化——即對歐美之隸從。

葉石濤迭次明白地以「反帝・反封建」來規定台灣鄉土文學的傳統精神。南方朔認為七〇年代台灣文學在理論上和創作上，「不論省籍，一致強調」「以發揚民族尊嚴對抗帝國主義……」。

王拓認爲美日兩強間將中國領土釣魚台私相授受，使人們「認清了帝國主義」「侵略者的眞面貌」，「看清了美國與日本相勾結侵略中國的醜惡面孔」，從而認識到在「日本、美國的經濟殖民主義下，以廉價勞力和低廉農產品」換得台灣經濟成長，卻造成社會不公，工人、農民和弱小者的貧困化。王拓認爲：先進國以先進的資本、技術，配合後進國的政策，以跨國公司的形式，以「經濟合作」之名，來「控制落後國家的經濟」這就是殖民經濟。雖然缺少政治經濟學理論的縱深，王拓在那白色的一九七七年，公然規定台灣經濟的「新殖民地」／「經濟的殖民地」論；公然規定美日帝國主義爲「新帝國主義」，當然有一定的歷史意義。

陳映眞指出一九五〇年美國對台灣經濟和財政援助，有鮮明的帝國主義的冷戰戰略意義，造成台灣經濟對美國和日本的緊密依附構造。在《建立民族文學的風格》中，陳映眞認爲當代的世界，是一個「大約有五分之三的人口還生活在長期、慢性的貧困、飢餓、無知和疾病」的環境，是一個「跨國性產業和銀行集團支配缺乏生產資本和技術的弱小民族和國家，從而斫傷了這些民族的心靈，污染了這些民族的自然環境，掠奪了這些民族的物質資源」的世界，用以說明在古典的帝國世界史之後，接踵而來的是冷戰下「新帝國主義」世界史的展開。

當然，這些論證，從今日眼光看來，還缺少更深刻的政治經濟學的縱深，但從文學思潮史看來，無疑是意義重大的。

■素樸的歷史唯物主義方法之應用

歷史唯物主義相信「每一時代的社會經濟結構形成現實基礎，每一個歷史時期中由法律施設和政治施設以及宗教的、哲學的、和其他的觀點所構成的全部上層建築，歸根結柢，都應由這個基礎來說明」。所稱「社會經濟結構所形成的基礎」，一般略稱「經濟基礎」，涵蓋比較複雜的內容，指的是同物質生產力之一定發展階段相應的、在這個發展階段中佔領導地位的諸生產關係的總和。例如，一個資本主義社會的「經濟基礎」，就包括私有財產制度；生產過程中資本家與勞動者之間剝奪與被剝奪的關係，和資本主義的分配關係與消費關係等資本主義的社會經濟體。而在這「經濟基礎」之上，形成政治、法律、道德、藝術（文學）、哲學、宗教等意識形態系統。經濟基礎的性質決定相應上層建築的性質與內容；經濟基礎的變化，牽動上層建築的變化。

七〇年代台灣文學爭論中，尤其是在鄉土文學論爭中，很多作者都以台灣社會經濟的變化來說明作爲上層建築的文學的變化。

尉天驄在《民族文學與民族形式》一文中，說明《紅樓夢》和《儒林外史》的出現，是同乾隆中葉之後中國封建社會瀕臨崩壞，有了批判封建豪門和封建士大夫階級的思潮有關。而「只有當第一次世界大戰之後，中國的民族資本主義初有基礎，『五四』新文化運動才能開展起來」。

王拓說他「一向主張文學研究應該把它放在當時的歷史與社會的客觀條件上加以思考」。於是，在討論七〇年代鄉土文學思潮之前，他對七〇年到七二年的台灣社會作一番分析。指出一九七〇到七二年間台灣資本主義的高速成長，是以工資和農產品價格之低下換來，也就是對台灣工農的殘酷剝削所取得的。社會不公，引起社會意識的發揚。青年學生發動了社會服務和社會調查，探求民謨的運動。這時，人們才發現二十年來的現代主義文學是如何長期脫離了生活，脫離了人民群眾，而歷史上一貫描寫生活、干預生活的鄉土文學，至此才有客觀的社會條件，受到廣泛的愛讀。

陳映眞的論文題目：《文學來自社會反映社會》就提示了上層建築的文學與經濟基礎的社會之間的關聯。他從歐洲封建社會向資本主義社會移行的歷程，說明同一時期中歐洲文學、藝術、政治、宗教思潮的推移，來說明「文學與社會」的關係。接著，他以極爲概括的方式，說明戰後台灣社會的發展歷程及其社會形態的性質，得出戰後台灣資本主義的依附性發展的結論。繼之，他以台灣戰後資本主義的依附性發展，來說明台灣在醫學、教育、音樂、學術思潮各領域的極端西化，得出這結論：「文化上、精神上對西方的附庸化、殖民地化——這就是我們三十年來精神生活突出的特點」。「我們的附庸性文化，只是社會經濟的附庸化的一個反映而已」。

再繼之，他進一步從台灣文化的附庸化來解釋台灣現代主義文學西方化的性質。七〇年代初台灣資本主義的進一步開展，使社會矛盾浮現。而保釣愛國運動點燃了戰後世代最眞切的愛國主義和民族主義思想，從而引發了對現代主義詩的批判，和「具有反對西方和東方經濟帝國主義和文化帝國主義意義」的鄉土文學論。

今日讀之，這種的文論，畢竟是歷史唯物論的簡化、機械化甚至庸俗化表現。但在兩岸分裂，台灣左翼文學理論的歷史積累薄弱、在現實上進步的文學理論受到全面禁斷、五〇年代以後台灣本地原有的、雖然積累薄弱的進步文論完全潰滅條件下，七〇年代文論中歷史唯物主義的文學評論的再登場，在台灣文學思想史上，當有重大意義了。

■民族文學論和民衆文學的提起

歷史唯物主義主張，做爲上層建築的社會意識形態之一的藝術文學，爲經濟基礎服務。而在一個階級社會，不同階級有不同的藝術文學，各自反映不同的社會內容。佔社會多數的、被收奪、被壓迫，從而極思改變生活和歷史的階級——在資本主義社會，他們是直接生產者階級——的藝術文學，一般地要反映社會變革發展的要求，揭發和控訴社會和生活的醜惡陰暗，同時激勵人民群衆爲變革生活而崛起，歌頌勤勞人民的勤勞、勇敢和高尚的品德，呼喚對更合理、美好社會的憧憬。這樣的藝術和文學，在文學目的、文學寫什麼、寫誰等諸問題上，便自然有明確的答案。在怎麼寫的問題上，也就自然採取人民群衆所喜聞樂見、所容易理解的形式、語言、思想感情來表現。這就是「文學的民衆性」。

一九五〇年以降，台灣現代主義文學拒絕社會和民衆，專事刻劃個人最內面的、渾沌的心理世界，並且，作爲反共冷戰意識形態的重要形式，現代主義視民衆文學爲共黨的「工農兵文學」。

王拓指出七○年代鄉土文學思潮，爲了反對台灣的「寡頭資本」，對於「社會上比較低收入的人賦予更多的同情與支持」，因此刻劃「一群被忽視的人，他們收入少、生活水準低、工作辛勞」的人物。他認爲鄉土文學絕不僅只描寫農村、工人和農人。它同時也「刻劃民族企業家、小商人、自由職業者、公務員、教員以及在工商社會裡爲生活而掙扎各種各樣的人」。

台灣魯凱族的生活和困境，吸引著黃春明深情的關注，並且要「站在山胞他們立場上」去寫。

陳映眞則認爲，鄉土文學所描寫的、散居在「廣泛農村、漁村、學校、市鎭和工廠，勤勞地生活、殷勤地工作」的人們，表現了他們「中國民衆偉大的容貌」，也表現了「巨大而莊嚴的形象」。

嚴格意義的民衆文學論，必須建立在「民衆」的定義上。這就涉及社會性質理論了。社會性質論中有分析一個社會的階級構成的部份，從社會生產關係中分析一個社會的剝削者和不同程度的被剝削者、統治者和其他位序的被統治者。於是以廣泛直接生產者，因其被掠奪的痛苦最大，最富於社會變革和進步的願望，而被介定的「民衆」（或「人民」）。

七○年代的民衆文學論，因爲台灣社會性質論付之闕如，故而也沒有爲「民衆」加以定義理論支柱。但七○年代的鄉土文學論，卻不約而同地在創作實踐上選擇了社會上被壓迫、被剝削奪的農民、農村無產者、工人、小職員等社會低層弱小者做爲描寫敘述的對象。當然，這些社會低層的人物，不用說都是沒有被意識化過的「自在的階級」，還不是經過意識化、覺醒到自己階級在創造歷史的使命的「自爲的階級」。然而，在那連作家都鮮有意識化者的時代，這種要求，又豈只是奢望而已？

前文說過，在現實生活中承受最大的不公與苦痛，對改變生活和歷史意志最堅定，對公正美好的社會嚮往最熱情的，民衆的文學藝術，自然要反映社會和歷史向前進步的要求，因此對現實生活中不正義、不合理的方面要求予以揭露和批評，要求鼓舞勇於改革的熱情，要求歌唱勤勞人民奮勉勇敢、光明高尚的節操。在表達形式上，要求用廣泛民衆所喜聞樂言的語言、感情、思想和藝術文學形式。廣泛民衆是民族主要成員體。因此他們所喜愛的文藝語言、思想、感情和表現形式，也是一個民族文藝和風格與特點。民族有不同歷史、文化和傳統。不同民族的文學藝術也就有不同的民族特色、民族形式和民族風格。因此，文學有民衆性，同時也有民族性。正如文學民衆性聯繫著民族性，民衆文學也緊密聯繫著民族文學。

其次，在古典的和新的帝國主義時代，在殖民地、半殖民地和新殖民地社會，文學藝術要求揭發和打擊帝國主義在政治、經濟、文化各方面的壓迫、操縱和掠奪、支配；要求高舉民族和祖國固有的光榮與尊嚴，要求勇於抵抗和批判外來勢力，要求打擊與殖民者勾結合作的精英階段，要求歌頌敢於向新舊殖民主義者鬥爭者的勇敢和光輝的形象。這就要在文藝理論上和創作實踐上自覺地主張民族文學。

由於民衆文學和民族文學在本質上的聯繫性，七〇年代台灣文學論爭，幾乎自始就主要地聚焦在民衆文學和民族文學論。

顏元叔在主張「社會寫實的文學」的同時，呼籲一種「民族文學」。他說民族文學要「發掘民族意識，傳遞民族意識」。但近來因「外國文化之侵襲」，「外國人的觀點和看法」左右了我們的觀點與看法。他主張以民族文學表達民族意識，要求中國文「負起塑造」中國民族意識之大責任。

趙光溪試爲民族文學下一個界定。他認爲，「民族文學……描述當前的或歷史的民族際遇」，及其中「強大民族對弱小民族的欺侮……弱小民族對強大民族的反抗」。民族文學要「暴露反民族主義者的醜態，排除一切阻礙民族進展的思想，一方面要喚醒民族情感和意識，促進民族向上的意志……。」

南亭（南方朔）認爲七〇年代以來的台灣文學理論與創作，都一致強調以民族尊嚴的發揚對抗帝國主義。

陳映眞讚揚戰後台灣當代現實主義文學「使用了具有中國風格的文學形式、美好的中國語言」，「用自己民族語言和形式」「生動活潑地描寫了台灣」，從而「在台灣的中國新文學上，高高地舉起了中國的、民族主義的……旗幟」。

這些論說一方面顯示了在兩岸分裂現實背景下台灣文學強烈的「中國指向性」，但在另一方面，由於社會科學的弱質，對於在內戰・冷戰雙重結構下民族的處境、美帝國主義干涉下民族分離架構的本質、以及克服這分離架構的展望，都沒有條件做縱深的理論展開。然而，在白色的七○年代，公開以美國、西方爲經濟、文化和政治的帝國主義，在幾十年美國強大的政治、經濟和文化支配下，公然倡言反對帝國主義，抵制帝國主義，從而主張文學藝術之中國民族形式、語言、風格與特色之復歸，其戰後台灣文學思潮史上的重要性，十分明白。

■在台灣文學論中提出台灣社會形態論

所謂「社會形態」，一作「社會構成體」（social formation），是一個社會之與生產力發展的一定發展階段相應的經濟基礎與上層建築的統一體。馬克思又認爲，社會構成體非但是具體的而且是歷史的，都有萌芽、生長、成熟、衰敗並且向著更進步的社會構成體移行發展的運動。

社會構成體性質理論，對於新舊殖民地社會，有兩個定準。一個是政治經濟上的獨立性程度。另一個是社會經濟結構在「五階段」中的定位。一九三○年代中國社會史論戰結束後，一般地認爲，當時中國社會是「半殖民地」（政治經濟上獨立性程度）。「半封建」（社會經濟結構界於封建社會與資本製社會之間而又比較偏於封建社會的這麼一個發展階段）的社會。這樣的分析，就規定了要克服「半殖民地・半封建社會」，使中國社會向前進步，就得對外反對帝國主義，對內反對封建主義。在中國，因爲特殊的條件，規定了以「新民主主義」而不是舊民主主義革命去克服中國社會的「半殖民地・半封建」性。毛澤東的這個新民主主義革命論，在實踐中打倒了國民黨，驅逐了帝國主義，迎來了新民主主義革命的勝利。

因此，左翼文學的方針路線——寫什麼，寫誰，爲什麼和爲誰寫、爲誰服務，以及怎麼寫，都取決於社會構成體論的結論。葉石濤常常說台灣日據時期新文學的指導思想是「反帝・反封建」，便是相應於日治下台灣社會的「殖民地・半封建」的結論性來的。

歷史地看來，台灣的民族・民主鬥爭的歷史中，有關台灣社會構成體論的理論積累比較薄弱。一九二八年台共第一個綱領中，雖然沒有對台灣社會結構給予具體稱謂，但在實際分析上已認爲台灣社會中「高度的資本集中及……非資本主義經濟」，即所謂「封建的殘留物」並存，而置於「日本國家權力——台灣總督府的高壓」統治之下。這就是對於一個「殖民地・半封建社會」的描寫了。

台共的綱領，把二〇年代末台灣社會構成分爲八個階段。而打倒日帝統治而求從日本殖民地枷鎖中獲得獨立的革命的性質，是「推翻日本帝國主義」的、「台灣資產階級性質」的獨立革命。但由於台灣資產階級在日帝壓迫下不得發展，力量薄弱，沒有能力領導這個「台灣資產階級的革命」，終須要以台灣工人爲核心，團結貧農，形成「嚴密的聯帶」，領導其他「有革命性且有自由主義傾向的工商階級」，進行「資產階級性質」的革命。這簡直是「新民主主義革命論」的台灣版了。

台共成立後，不久陷入分派鬥爭之中。一九三一年，台共「改革同盟」以新綱領另立新的中央。

新綱領對台灣社會構成體的分析，大抵上也做出當時的台灣社會是「殖民地・半封建社會」的結論。受到當時中國革命「左」傾路線的深刻影響，在階級分析上，分成六個階段，並且否認「民族資產階級」的存在，對資產階級的妥協性與民族改良主義深具戒心，對反對民族改良主義和社會民主主義有緊迫感。另一方面，對於當時共產國際所宣傳的「資本主義第三期」——即其爛熟的末期的來到顯示熱情的信心，相信「革命的高潮將在無可避免的情勢下來臨」。

由於篇幅的關係，對三〇年代陳逢源與許乃昌間所進行的台灣資本主義論爭，和遠在大陸的李友邦對日據下台灣社會的分析，皆略而不論。歷史地看來，日據下台灣左翼運動留下了台共兩個綱領中的台灣社會性質理論。一九四六到一九五三年中共台灣省工作委員會的實踐，留下了四七年到四九年新現實主義文學論爭中駱駝英的台灣文學性質與發展的方針論。而一九七〇年代保釣，也留下了極爲粗疏，但意義重大的台灣社會經濟論，即台灣殖民地經濟論。

爲了對彭歌的點名批判提出駁論，王拓在《擁抱健康的大地》一文中，對他的台灣「殖民經濟」論提出比較詳細的看法。

王拓首先強調台灣從一九五〇年代到一九七〇年初，「二十年內順利完成了五期經濟計劃」，使「台灣工商業有長久的進步和繁榮」。這是在說明台灣戰後資本主義的發達，使台灣成爲現代資本主義社會。

但王拓認爲，台灣資本主義的發展，付出兩樣代價。一是工農階級的貧困化，二是在貿易上、工業上對外國資本依附。工農貧困化，繫於低米價政策，以維持低工資，俾發展勞力密集工業化。在壓抑農業發展工業政策下，工農成爲被犧牲的階級。其次，日本貿易商社獨佔台灣對外貿易渠道，又在美日台三邊貿易中對台大量出超，說明台灣經濟的對外依附性嚴重。這是新殖民主義的壓迫。於是說台灣經濟是買辦經濟。

這種說法當然在理論發展上過於粗疏。雖然可能當時王拓尚無「依附性經濟發展」的理論認識，但既說台灣經濟又依附外國，又有所發展，倒也碰上了「依附發展」論的最通俗的輪廓。但也僅止乎此。王拓當時還沒能提出跨國公司在貿易、技術轉移上廣泛的支配，以致使台灣經濟高度依存資本與技術進口，結果削弱了台灣本地資本的積累，致台灣工業難於升級，更難於達成經濟自主化。王拓自然也無力提及世界體系中不平等的國際權力關係，以及島內畸型、不公正、不合理而又無從加以改造的社會構造，是台灣經濟無從擺脫外力控制的重要原因。

王拓，連帶是當時提出台灣殖民經濟論的評論家們，對台灣經濟的新殖民地性不曾、也無從掌握理論知識的事實，孫柏東之流的體制派經濟學家很容易避重就輕地搶白一番。但無論如何，既使是粗枝大葉，指出台灣社會經濟的依附性（或依附下的經濟發展）、提出了外國經濟對台灣經濟的支配這個結論，在七○年初，是有重要意義的，同時留給今後的台灣社會科學者繼續充實台灣經濟性質論以廣大空間。

四、倒退與發展——代結論

小論的作者以爲，七〇年代台灣的鄉土文學論戰，在台灣戰後文藝思潮史上有至少三方面劃期性的意義。

首先是現實主義創作道路的提起。現實主義文學論，在殖民地／半殖民地社會文學史中，一向是左翼文學和其他偏向鬥爭的旗幟。在截至二十世紀七〇年代，世界範圍的現實主義和現代主義文學的著名論爭中，也是世界範圍內的左右對峙。此外，在戰後世界冷戰結構下，現代主義成爲以美國爲首的「自由世界」對抗舊蘇東世界「社會主義現實主義」文藝的意識形態武器，也成爲反對在廣泛美國勢力範圍下第三世界反帝的、本地革命現實主義的先鋒。在這三層意義上，七〇年代台灣批判現代主義，高舉現實主義文學的道路，在那冷戰猶殷的時代，有重要意義。

其次，七〇年代台灣的兩次文學論爭在多方面直接衝破了中國內戰和國際冷戰雙重意識形態的壓制，做了突破性的挑戰。台灣新殖民地經濟論；美日帝國主義論；民族文學和民衆文學論的提起，以素樸的歷史唯物主義做爲認識和評論台灣文化和文學發展史的方法等，都是向七〇年代內戰／冷戰思想的禁區之大膽的衝刺。

第三，雖然實質成績還比較粗疏，但歷史地看待，七〇年代的文學論中提出了台灣社會經濟性質的爭論。社會構造體性質的爭論，是標誌一個社會的左翼之社會科學、和科學地自我認識能力的重要指標。馬克思主義的文論，也基本上離不開社會構成體論。台灣是不是「殖民地經濟」的爭論之重要性，不在爭論雙方在知識上的貢獻，而在問題提起本身的歷史意義——以及它爲今後的台灣社會科學界和文學評論界留下來廣闊的探索空間。

在七〇年代的文學論爭中，人們看見兩個政治上方向相似、性格不同的轉化。先是平素表現爲自由主義、開明、現代、前進的某一些現代主義者和自由派言論人、大學教授，在爭論——比較劇烈的階級鬥爭在文化上的表現——中露出反共法西斯的本來面目。在王昇主宰的反共國家安全體制下，彭歌一改向來的慈眉善目，從一九七七年七月開始在他的報紙末欄上給鄉土文學扣帽子，八月，展開全面總攻，對王拓、尉天聰、陳映眞展開凌厲的公開點名批判，爲政治迫害製造輿論。同八月，一貫以留美學人兼大詩人面貌出現的余光中不但公開呼喊「狼來了！」，而且私下寫密告材料給王昇，指控陳映眞的文藝評論思想來自「青年馬克思」主義，手段之卑下，令人齒冷。在現代主義詩論爭中，以軍中政治作戰爲專業的洛夫，公開寫文章控訴和批評現代主義詩的文學是「意圖詭密」，其「價値判斷建立在唯物論社會主義」。他指責批判現代主義詩的唐文標是「赤色先鋒隊」，企圖在台灣社會灑播「普羅文學毒粉」。

在二戰前後，不少現代主義詩人、藝術家投入歐洲極端反共的納粹營壘，是衆所周知的。台灣的現代主義，在階級鬥爭激烈的時刻，毫不猶豫地露出了反共法西斯的猙獰面目。爲了反共，寫密告信，幫國民黨法西斯蒂打棍子，絲毫不見手軟。他們這醜惡歷史，是什麼洗潔劑也清洗不掉的。

經過一九七九年高雄美麗島事件後，在歷史上與台灣殖民地時代的反帝民族解放運動沒有人的、組織的、歷史的以及意識形態連繫的台灣戰後新興資產階級民主化運動，在「反蔣（反獨裁）不反美（新老帝國主義）」、「民主反共」、「爲反共而民主」的宿疾上，到了七〇年代台灣在國際合法性全面崩潰，造成資產階級島內支配合法理的高度焦慮條件下，台灣資產階級民主運動逐漸走向反蔣而民族分裂的途程。政治上的統獨爭議，反映到台灣文學、文化的領域，就表現爲八〇年代中後台灣文學分離論、即所謂「本土文學」論、和中國文學對立的「台灣文學」論，而有長足的發展。從八〇年代中後開始，葉石濤、王拓、巫永福、宋澤萊、李魁賢和不少原台灣文學中國性質論者，在沒有做任何負責任的轉露表白條件下，轉換了自己的思想和政治方向，從他們原來的原則立場，全面倒退。

依靠帝國主義的奧援偏安台灣的國民黨，在其支配台灣的意識形態中就孕育著民族分裂固定化、永久化的分離主義的胎兒。國民黨「勝共統一」、「政治反攻統一」云云，僅僅只是塑造其對台統治合法性的欺罔。戰後數十年極端反共宣傳，在台灣成了普遍歧視、憎惡、卑視中國的思想感情。而且在與大陸內戰／冷戰對峙形態下，組織到美、日、台三角貿易中，並在獨裁下資本快速積累而「繁榮」

條件下，台灣社會發展了脫中國、脫亞洲和向美日的思想感情。一九八七年，在沒有革命、政變，沒有對歷史和社會的構造性變革的條件下，台灣資產階級由上而下地接續和接受了一九五〇年以降舊國民黨的權力。隨著時日，台灣朝野資產階級共同繼承了國民黨尸骸所遺留下來的遺腹兒，即反共、親美親日、反中國、兩岸分斷的固定化的政治和政策。

七〇年代達到高潮的、反內戰・反冷戰意識形態的突破，不旋踵到了八〇年代遭逢了全面性的挫折和轉折。這是中國的反帝民族解放的「本土論」創造了它的異己物——反中國的本土論而異化，抑或內戰・冷戰意識形態（肯定）與反內戰・反冷戰意識形態（否定）的對立鬥爭過程中，由於一些不利的條件（左翼傳統的潰絕，進步理論・思想積累的弱質，等等），使否定的否定中挫，無法否定超克肯定，完成新肯定（否定的否定）的建設——這雖是有待深化討論的課題，但小論的作者以爲，台灣左翼傳統的弱質，和戰後台灣左翼在知識、理論——從而在實踐上的貧困和極端艱難之處境，是造成八〇年代以降大反動和大倒退的主要原因。

七〇年代台灣文學論爭，在彈指間竟過去了二十年。環顧今日，新的外來的理論——後現代論、結構・解構論、後殖民論、女性主義論、同性戀……依舊是台灣文化、文藝和思想的主流和霸權論述。相對於七〇年代強烈的中國指向，八〇年代興起全面反中國、分離主義的文化、政治和文學論述。「台灣民族主義」代替了中國民族主義。反帝反殖民論被對憎惡和歧視所取代。民衆和階級理論，被不講階級分析的「台灣人」國民意識所取代。

歷史給予台灣形形色色的民族分離主義，以將近二十年的發展時間。但看來七〇年代論爭所欲解決的問題，卻不但及有得到解決，反而迎來了全面反動、全面倒退和全面保守的局面。

現在，擺在深切關懷歷史和生活的人們面前的，就有這些急迫地等待解答的問題——

・對現實主義和現代主義問題的，結合了台灣文藝歷史的具體現實的探索；

・對自西方高教校園傾瀉而來的貨色——後現代主義、後殖民地主義、女性主義和同性戀論述的、全面的、結合了台灣具體議題的總檢點；

・展開台灣社會構造體性質的討論，以深入解決帝國主義、台灣新殖民經濟、八七年以後台灣「國家政權」性質和台灣社會變革理論等諸問題；

・從台灣政治史和台灣社會史論的展開，對台灣統獨問題進行理論探討。

果而如此，這將是台灣的社會科學的一次躍進，從而也是對鄉土文學二十年的最有意義的獻禮。

憤怒的火車

——記台鐵工會反民營化抗爭始末

汪立峽

那一天，八千人在總統府前高喊罷工

「九一一是歷史的一刻，更關係台鐵的存亡，你的出席絕對是關鍵少數」，今年九月十日下午，台鐵工會向上萬名會員緊急發出了以上的手機簡訊。第二天九月十一日就是工會預定召開全體會員大會的日子，地點在總統府前的廣場——凱達格蘭大道。

手機簡訊的內容明顯意味著事態曖昧，情況緊迫。事實也是如此，十日當天夜裏至十一日凌晨，台鐵工會同台鐵當局和扁政府爲召開會員大會和火車停駛的事，進入最後對決時刻。雙方在台鐵大樓（即台北火車站）內，都設有應變中心，台鐵工會的應變中心還請了魏千峰、謝政達、姚念林等幾位

義務幫忙的律師在場坐鎮，以便處理妨礙工會動員的突發事件。行政院也設有應變中心，秘書長劉世芳徹夜坐鎮指揮。總統府當夜更是如臨大敵，電話不斷，據說陳水扁本人至凌晨三點獲悉清晨頭班列車會順利開出，才放心就寢。

台鐵工會方面，原本期望不僅開得成大會，最好也能造成火車停駛的效果，「狠狠一棍打在當局的腳跟上！」。他們把決戰點放在南港和樹林兩個調車場，前者掌控西部縱貫線南下列車，後者掌控東部運輸線北上列車，只要這兩個調車場停擺，就可以使全島當天絕大部分列車停駛。

十一日凌晨時分，工會的應變中心得知南港和樹林兩個調車場的會員（主要是火車司機）基本上已經突破資方和警方的封鎖，成功撤出。花蓮站和台東站的會員已經連夜搭上租用的巴士出發往台北集合。接著，高雄站方面也通報南部的會員已登車北上參加大會。一切似乎都很順利，就等清晨時分的列車開不出去，造成震撼效應。

但是，沒多久，約在十一日凌晨二時至三時間，氣急敗壞的鐵路局長黃德治跑進工會的應變中心，威嚇說如不把人放回來（指兩個調車場的火車司機），「就要官司打不完」。他的意思很明白，就是準備對工會和個別會員控告刑事和民事賠償訴訟。這一招果然管用，可說擊中了勞工的弱點，撤出的火車司機又回到了調車場，清晨的頭班列車準點開出，依次各班也都有樣學樣一一上路。壞消息傳回工會應變中心，從理事長張文正以下的工會領導層及幕僚群，士氣為之一挫，大家開始憂心這個變局會不會影響當天下午會員大會的出席人數。如果最後動員人數不到法定的全體會員的半數7,134人，那麼不僅大會開不成，以春節罷工對政府施壓的構想也將泡湯。

他們的擔心不是沒有道理，直到當天（十一日）中午十二時，趕到集合地點（中正紀念堂）報到的會員才僅六千人左右，此刻離下午二時開會只有二個小時。工會領導層見狀，一度甚爲氣餒，以爲將要前功盡棄。所幸，逼近二時許，報到會員自各方趕到，合計登記領票人數有7,829人，實際到會人數在八千人以上（工會概算統計8,009人）。

大會在一片吶喊罷工聲中，進行無記名投票，開票結果：7,812票贊成罷工，比法定票數多出678票。九票反對，八票廢票。

火車，像一條通體透亮的長龍，在夜色中穿行，由遠至近

十九世紀末葉的八〇年代，台灣建省後第一任巡撫劉銘傳在台灣推動現代化建設，開礦、電信、鋪設鐵路……。於是台灣有了自己的第一條鐵路——基隆到新竹。

一百多年過去了，台灣鐵路歷經清代、日據時代，再重回祖國懷抱。在台灣，可以說沒有幾個人在成長過程中沒有接觸過台鐵和台汽（原公路局），它們是公用事業，無遠弗屆的服務早已是大家的共同記憶。而今，台汽已成歷史，台鐵呢？正在爲不甘心步上台汽的後塵而戰鬥。

上個世紀的八〇年代初，台灣當局和一幫篤信自由市場論的經濟學者開始鼓吹「自由化」、「民營化」、「國際化」，他們聲稱這是「世界潮流」，許多公營事業在這個政策下逐個的被「民營化」了。

一九九六年十一月間，民營化的矛頭終於指向了台鐵，當局研擬了一個《台灣鐵路管理局及台灣鐵路貨運搬運公司移轉民營可行性研究》，次年七月結案。一九九七年底成立「台鐵民營化執委會」，正式推動台鐵改制。經交通部核定的台鐵改制時程爲二〇〇四年六月完成「公司化」，二〇〇七年六月完成「民營化」，後來又將「公司化」時程提前到今年底。時間的緊迫感，是促使台鐵工會從今年二月起逐漸採取強硬行動的重要原因。其實官方早就成竹在胸，根據二〇〇〇年三月的「台鐵改制公司過渡民營化草案」記載：「先改制爲公營公司再移轉民營化之理由：漸進式改革可減少員工抗爭阻力，較易移轉民營。」可惜官方的如意算盤打錯了，台鐵工會從去年開始就組建了「民營化對策小組」，由楊偉中負責，準備針對「公司化」問題展開抗爭行動。工會從日本國鐵的改制經驗中也學到了教訓，當時日本首相中曾根康弘聲稱：「日本國鐵改革的核心目標是瓦解進步工會！」，在台鐵工會看來，陳水扁恐怕也有類似的想法，只是不明說而已。中曾根康弘的說詞無異表明了「公司化」也好，「民營化」也好，都是同代表鐵路工人利益的「進步工會」相對立的，所以必須首先鏟除工會的力量。

台鐵工會爲了維護全體會員的利益，體認到自身存在的意義和價值，決定展開一場生死存亡的艱苦鬥爭。工會擬定的戰略包括二個步驟：首先，選定九一一中秋節國定假日，全體會員休假參加會員大會，藉此癱瘓鐵路運輸，威懾當局；其次，在會員大會通過春節罷工決議，以合法罷工權施壓於當局，期能撤銷公司化和民營化計劃。

隨後，工會在長達半年多的時間裏，通過內部刊物的宣傳，巡迴全島各地分會組訓，以及不時召集各分會幹部商議對策，等等，提升會員對於反民營化的認識，尤其是提高反民營化不僅是爲自己謀福也是爲公衆謀利的覺悟。

在此之前，台灣的反民營化運動從未眞正挑戰過居支配地位的那種「民營＝效率＝利潤＝進步」意識形態。例如，從國民黨政權到民進黨政權，從政府官員到自由派經濟學者都動輒指責台鐵這類公營事業「冗員太多」。然而，根據什麼價值觀決定誰是「冗員」，誰不是「冗員」呢？價值觀不同，「冗員」的定義也不同，公營和私營肯定對「冗員」會有截然不同的評鑑尺度。何況，若同外國相比，台鐵 14,000 名職工也不算多，荷蘭人口只有台灣的三分之二，但其國營鐵路擁有二萬多名職工，就是一例。

民營化的迷思：一個美麗的錯誤

「民營化」一詞，由來已久，它是英文「privatization」一詞的有心誤譯，目的在於掩飾它的眞實內涵，減低反感和阻力。「Privatization」正確的漢譯應是「私有化」，意即「交給私人資本來擁有和經營」，若譯成「民營化」，那就容易讓人誤以爲是「交由人民來經營」，似乎大家都有份兒，意思完全顚倒，可以說是一種不道德的譯法。

「公司化」又如何？現行公司法開宗明義第一條就指明：「公司，謂以營利爲目的之社團法人」，既以「營利」爲目的，不難想見台鐵作爲公用事業的「公共服務」性質就要被犧牲。說穿了，「公司化」就是以私人公司的「利潤掛帥」精神來改造公營事業，從職工和消費者身上收刮超額利潤，而針對職工進行裁員、減薪、增加勞動量和勞動強度，則是減低成本，增加利潤最快、最便捷的不二法門。「公司化」，說到底，就是把「公共服務」變成「生意」，徹底消滅公用事業的公有性、公用性、服務性、安全性，改爲賺錢牟利的營利機器，以便於順利移轉「民營」（私有化）。

台鐵工會今天所反對的正是這種定義和內涵的「公司化」和「民營化」，很淸楚的一點是，台鐵全體職工（除了各級主管官僚）不僅是在爲自己的工作權和生存權而奮戰，也是在爲維護全民資產和全民福祉而鬥爭，當台鐵職工和廣大民衆都能體認到這個層次，那麼扁政府所面對將不再是它以往所熟悉的那種社會力量了。

只要我們對台灣的公營事業多一點瞭解，就不難發現台鐵和台電這類公用事業具有特別突出的「公有」和「公用」意義。台灣的公營事業原來共有四大類：1.生產事業（中鋼、中船、菸酒……）2.金融事業（台銀、三商銀、合作金庫、北市銀……）3.公共服務（公立醫院、公立學校、社會服務……）4.公用事業（鐵路、電力、電信、郵政、自來水、捷運……）。除了列舉的這些事業，其餘的有許多今日已被「民營化」掉了。可以看得出來，過去在憲法規定的「節制私人資本，發達國家資本」的原則下，政府的確扶植了不少公營事業，但是好景不長，當這些事業在發揮了它們的功能和作出一定貢獻之後，卻遭逢「自由化」、「民營化」（私有獨佔資本化）的大潮，紛紛被視為「不具競爭力」的累贅，著手將它們一個個的打發掉。公營事業勞工這時更被官方的經濟官僚和學界及媒體的右派打手屈辱為坐領高薪的「貴族工人」和事少人多的「冗員」，不遺餘力的為裁員、減薪製造輿論，誤導民眾，再以「民氣可用」加速鼓吹民營化。

「民營化」是從國民黨執政到民進黨執政，前後一貫的政策，民進黨不過變本加厲，在上世紀九〇年代甚囂塵上的「全球化」聲浪下，搞得格外起勁而已。今天，作為在野的國民黨和親民黨，即所謂泛藍陣營，若真有心為諸如台鐵這樣的公用事業講話，或者，真有意爭取公營事業勞工的選票，那就必須同自己過去的路線和主張劃清界限，在反不反民營化這個大問題上表明態度，絕不能打馬虎眼。

其實，包括台鐵職工在內的所有公營事業勞工，並不反對改革公營事業，例如，將「官營」性質改革爲眞正的「公營」性質，革除不善經營的官僚習氣，善用重用奉公無私的經營管理長才等等。特別是公用事業更須如此。他們反對的是錯誤的改革，反對的是不該私有化或不必私有化的事業也被私有化。民進黨動不動就將反對者打成「反改革」，時間一久，是唬不了任何人的。

反民營化（私有化）就是反全球化，反新自由主義

當台鐵工會九一一在總統府前和平的召開會員大會的那一天，波蘭的工人正在街頭示威並和警察大打出手；在墨西哥的坎昆市，反全球化和反 WTO 的各國示威群衆也在和警察打成一堆，來自韓國的農運領袖當場自殺身亡，抗議 WTO 和全球化「剝削農民和消滅農業」。

台鐵工人可能並沒有意識到自己的抗爭行動和反全球化及反新自由主義有關，這當然同台灣社會普遍缺乏對全球化的正確認識分不開。在台灣一般閱聽大衆受到遍及各個領域的新自由主義支持者的「教誨」，總以爲私有化才具競爭力，公有化欠缺競爭力，因此當高級官僚、右派學者和民進黨高幹紛紛指責台鐵工會「罔顧乘客權益」的時候，許多人也不經心的跟著附和，認爲台鐵工人是自私自利的「貴族勞工」，民進黨甚至有人刻意誤導民衆，指稱台鐵工會的反民營化是「破壞經濟發展」。

民進黨所擁護的「經濟發展」是什麼模式的呢？這只要從「總統府官員」在台鐵工會九一一大會

後對外所發表的談話就一清二楚了：「至於工會反對民營化，政府不可能答應，因爲面臨全球化競爭，無人能自外於世界趨勢，政府仍將持續推動民營化。」「全球化」三個字被說得如此義正辭嚴，放諸國際皆不可冒犯，還眞是少見。

「全球化」到底是啥玩意？明白地說就是資本主義全球化，就是市場自由競爭全球化，就是跨國資本和金融資本全球化，它絕對不是一個中性詞。「全球化」這個概念的指導思想是新自由主義，這個思想的核心信念是：自由、私有、競爭。新自由主義強調市場萬能，崇尚「自由競爭」，鼓吹私有制至上，奉行私有化和自由化以及推動削減社會福利的政策等等，不遺餘力。明白這一點，就會對台灣當局自上世紀八〇年代初以來所高唱的自由化、民營化、國際化，以及對此「三化」所作的反來復去的說明，絲毫不感到奇怪。對於當局推動勞動法令「鬆綁」、高學費政策、「小而美的政府」、多元入學與多元學習教改、醫療體系商品化、使用者付費……，也就恍然大悟。幾乎一切有形無形的東西皆可被商品化，而其目的只有一個：拼命創造商機、拼命提高利潤，讓資本主義制度得以繼續苟延殘喘下去。

再如，將公營事業民營化（私有化），甚至要將鐵路、電力、電信、郵政、自來水等等公用事業有朝一日也私有化，全都不過是新自由主義思維下的產物。

新自由主義其實既不「新」也不「高尚」，它不過是過氣的反社會主義經濟學家海耶克和米爾斯等人所主張的自由主義經濟學說，在不同的而且有利於這種思想的歷史條件下，鹹魚翻身，復辟回朝罷了。

有良知的知識份子面對新自由主義浪潮所帶來的諸如大量失業、貧富差距拉大、社會價值觀扭曲，等等惡果，是應該有所反省和質疑的。台鐵工會九一一大會後，趙少康在他的專欄中寫道：「我以前強烈主張公營事業民營化，現在有些改變，台灣幾個打頭陣民營化的公司，都三轉兩轉賤賣到財團口袋裡了。」反觀另一位知名自由派卜大中，就有點讓人不解了，他在九月十日發表宏論《台鐵罷工三敗俱傷》，首先，九一一大會是要表決罷工，還不算眞的罷工，卜大中在標題上一口咬定別人罷工，「影響乘客權益」，有失厚道；其次，所謂「三敗俱傷」，其文並無一言道及引起爭端的民營化問題，反而是以裁判員的口氣將政府和工會各打了五十大板，最後丟下一句話：「台鐵工會此次正當性不足，應該見好就收」，看來這大概才是卜大中全文的「要旨」。

政府總動員：無所不用其極的壓制手腕

執政黨及其政府在處理這次台鐵工會的行動中的表現是令人吃驚的，上至總統府、行政院、國安局、執政黨，下至交通部、銓敘部、國防部、勞委會、警政署、調查局、鐵路局，全體總動員，如同戰爭狀態，對台鐵工會及其會員無所不用其極的打壓、恐嚇、收買、分化、抹黑，所做所爲遠遠超過國民黨執政時代，只差沒把人抓起來關進黑牢而已。難怪有一位台鐵工會的中堅幹部感慨的說：「民進黨政府的思維和作風，像一個幫派而不像是一個國家的政府」。

然而，在這種前所未有的壓力下，台鐵工會的會員仍然自全島各地匯集了八千多人到台北開會，僅此一點而言，就是難能可貴的成就，值得大書特書。台鐵工會理事長張文正在九一一當天宣佈開票結果時表示：「在整個政府傾全力打壓下，台鐵工會會員仍勇敢面對政府和社會表達意見，成為台灣歷來第一個取得合法罷工權的全國性工會，這不僅是為台鐵勞工，也是為台灣勞工跨出了重要的一步！」他的感言是中肯的，辛酸的。

回頭看看這一陣子台鐵工會的遭遇，就更能突顯扁政府的拙劣技倆和工會的艱難處境。

八月底那幾天，扁政府各方原是很樂觀的，因為他們相信和台鐵工會達成了某種「共識」，即所謂「八二九共識」：「會照開，車照跑」。當時，由台鐵局長黃德治出面對外聲稱：「中秋節只要有不到二千名的員工上班，車子就可順利上路，而台鐵員工有一萬四千多人，因此勞資雙方各自行動，互不影響」。如果眞有這麼一個「共識」存在，那麼事態的確會朝黃局長所說的方向發展，而且事實上工會也承認資方只要能說服或強制二千名員工在九一一那天不休假，火車就能順利開出，當然這二千人中必須包括約三百名火車司機才行。鐵路局的火車司機總數約 1,400 人，曾於一九八八年五月一日為了駕駛艙未裝空調及工作獎金問題，發動過一次罷駛行動。火車司機另在工會之外組建了一個次級團體「火車司機聯誼會」，由於他們也是工會會員，所以通常「聯誼會」會聽從工會的領導，但他們在「停駛」問題上的關鍵角色，又常成爲官方和資方亟力分化和收買的對象。

然而，那個「共識」其實只是官方的片面之詞，事實情況是八月二十九日那天，台鐵工會與代表政府一方的交通部、勞委會、鐵路局進行新一回合的協商，由於政府對台鐵工會所提出的五大訴求（主要二項是：1.撤銷民營化方案，2.對台鐵因公用事業所造成的虧損給予補貼，並墊償前所累積的全部債務），仍然未作明確回應，只在口頭上含糊其詞的給予「承諾」，因而遭到工會的再次拒絕，協商實際上破裂。連同這次協商，自今年二月間工會發動臥軌抗議政府圖利殷琪高鐵的事件以來，台鐵工會與官方的協商，大大小小加起來不下三十五次，不可謂不是眞心誠意謀求化解衝突之道，但沒有一次成功。

台鐵工會內部當時十分憂心政府是在一面藉「協商」刻意拖延時間，一面不遺餘力的在幹部和會員之中搞分化、動搖和收買。交通部長林陵三受命親自出馬，疲於奔命的環島對台鐵員工施壓，首要目標在扼阻會員出席九一一的大會，要不然也要設法湊足二千名員工好讓九一一當天火車不致停駛。儘管員工當他的面唯唯諾諾，但他內心似乎沒個底。有一次，他在屏東車站探問一位火車司機：「九一一你會休假嗎？」，司機回答：「我聽工會的」，林陵三聞言，不太高興的再問：「這和工會有什麼關係？」該司機沈默以對。又一次，在高雄車站，不少台鐵員工才跟前來安撫的林陵三握完手，回頭就嘀咕：「握手就能平息問題嗎？我們還是會跟工會走。」

或許對湊足「保證車照開」的二千人沒多少把握，官方在九月最初的幾天發動了不擇手段的對策。台鐵工會方面這時所承受的壓力與危機越來越緊迫，工會同樣對散處各地的分會和廣大會員的動向沒多少把握。工會內部這時對於九一一集會問題也有分歧，這種分歧被媒體簡單的劃分爲主戰派和主和派，事實上並沒那麼清楚和嚴重。工會那時主要的難題在於沒有外援，也沒有主動尋求外援，爲什麼會這樣？最大的可能是工會一把手張文正有某些政治上的顧慮。張文正畢業於輔大哲學系，是各工會領導層中少有的擁有高學歷的人，此前擔任台鐵工會的主任秘書，六年前繼全國總工會理事長林惠官之後出任台鐵工會理事長，主任秘書一職則交由立場向稱堅定的陳漢卿接替。在工會內部一般相信張文正的政治立場傾向親民黨，而張爲了避免政府和民進黨藉題生事，乃採取迴避一切外援的方針。不過，張文正的部份幕僚認爲此時此刻仍有必要尋求工運界和社運界的聲援，以拉抬工會的聲勢和鞏固會員的向心。

工運界和知識界伸出援手

九月二日，勞動人權協會在沒有台鐵工會的要求下，主動發起部份工運和社運組織，在台北火車站大門前揭開了對台鐵工會聲援的序幕。勞權會同時發佈了二份聲明：《勞權會及社運界支持台鐵工會九一一行動聲明書》，《爲台鐵工會和台鐵勞工申辯》，前者針對官方、知識界、工運界及台鐵勞工分別作了批判、質疑、呼吁和打氣，後者則是針對台鐵乘客和社會大衆就所謂「乘客權益」和「社會大衆行的權利」進行解釋和教育，要求群衆「不要上政府的當，誤把消費者和勞動者對立起來」，同時把台鐵員工反對民營化的原因和理由對群衆作了必要的說明。

勞權會發動的聲援行動除了一家大報刊出一張照片之外，並沒有得到媒體的關注，倒是那二份聲明在網路上公開並廣爲流傳的結果，引發了工運界和知識界不少的回響和行動。

九月五日，全國總工會在理事長林惠官領軍下，到台北火車站公開聲援台鐵工會（工會設在火車站大廈內）。

九月六日，中部的大學生組織「新社會學生鬥陣」，在台中火車站聲援台鐵勞工並向在場進行「宣撫」活動的交通部長林陵三強烈抗議。

九月九日，「中華民國鐵道文化協會」會長許乃懿在《聯合報》發表《除了落井下石，政府爲台鐵做了什麼？》，公開批評政府對台鐵的民營化政策；同日，台大法律系教授顏厥安在《中國時報》發表《在那遙遠的地方，有一條鐵路》，公開批駁台鐵員工「冗員」太多的偏頗說詞，指出：「如果要以成本效益的眼光衡量，哪個人遲早不會成爲冗員呢？」，並且鼓勵台鐵勞工踴躍參加九一一的會員大會，「學著享受這難得的，不受官資規訓、誡命的無勞動自由日」，「唯有透過團結，才有機會擺脫生產要素的物化」。

九月十日，《聯合報・民意論壇》發表了二篇來自海外聲援台鐵工會的文章，一是旅居法國的羅惠珍寫的《火車不開，真有那麼恐怖嗎？》，介紹了一九九五年十一月法國全國運輸業工會長達一個月大罷工的情形；另一是留學英國的康世昊寫的《別炒作乘客權益，迴避資本家利益》，強烈譴責台灣媒體「看不透民營化的神話光環，反而炒作乘客權益以迴避檢視私人資本萬能，利潤優於一切的資本家邏輯。」

這一段時間，台鐵工會也發出了一張由四位大學教授署名的傳單，他（她）們是張晉芬（中研院）、瞿宛文（中研院）、趙剛（東海大學）、馮建三（政大）。他（她）們的意見主要集中在猛烈批判政府強行推動台鐵民營化政策的失當上。

反動的政府，落後的民眾，錯亂的媒體

在台鐵工會九一一會員大會召開之前，據報載，民進黨高層「進入高度警戒狀態」，黨中央並為此發出一份《台鐵問題重點》的政策性說帖，提供給黨籍立委和黨幹部作為對外辯論和說明之用，說帖指稱，政府與台鐵工會幾經協商，原已達成協議，但工會內部「不理性力量抬頭」，才導致局勢難以控制，並且指張文正「向來與親民黨友好」，是反扁色彩明顯的人。

民進黨副秘書長李應元也跳出來放話指台鐵工會「受政治人物煽動」，轉變態度，一意孤行，破壞「八二九共識」，堅持九一一召開會員大會，「違反社會大衆的利益」。

勞委會的官員甚至公然對媒體指稱：「台鐵勞資協商破局，是因爲九月初有工運團體介入運作使然。」勞委會大概是在說勞權會九月二日的聲援活動吧？

九月三日，台鐵工會揭發官方打算徵召已經不具火車司機資格的「指導工務員」在九一一當天應急上陣開車，工會批評此舉「根本是拿旅客的生命開玩笑」。官方並未否認這些指控，可見他們對現任火車司機的掌控已經失去信心。

九月四日，台鐵工會揭露鐵路局試圖以重金利誘火車司機，對司機員承諾九一一上班就發給每人一萬元獎金。鐵路局長黃德治在被媒體詢問時矢口否認，但台鐵工會理事長張文正指出他的訊息來自台鐵管理階層，局方的策略是採單線游說，由單位主管與個別司機晤談，計劃以這種利誘的技倆爭取到必要的三百名司機在九一一上班。

此事後來在九月十一日凌晨時分得到證實，交通部和鐵路局那幾天夜裏不但強制扣留當班的火車司機集中住在宿舍，同時預先發給九一一中秋節的加班費。

九月八日，民進黨立委江昭儀、李鎭楠、侯水盛三人召開記者會，指稱「台鐵員工擁有穩定高收入，卻不知提升自己競爭力」，要求交通部開除那些「反改革的台鐵員工」。台鐵工會事後反駁指出：

台鐵是公營事業，員工具有公務員身份，但所領薪水並不比一般公教人員高。所有公教人員其實都是受雇於政府的勞工，勞工拿高薪不僅不是罪惡，而且私營企業的勞工也應該爭取高薪。再說，現在連「擁有穩定高收入」的「貴族工人」都缺乏安全感，起來造反了，難道政府不該反省是否必須改弦易轍？

工會指出，台鐵員工爲公用事業奉獻多年，辛勤勞苦，外人難以明瞭，台鐵所背負的巨額債務基本上是公用事業本身的性質使然，與競爭力扯不上多少關係。民進黨立委所說的「競爭力」不過是「民營化」（私有化）換一個說法而已，民營化的競爭力實質是建立在製造失業、剝削員工、犧牲弱勢公衆福祉的基礎上，而這正是台鐵工會今天所極力反對的政策走向。台鐵員工不僅是在維護自己的工作權、生存權，也是在爲社會弱勢大衆維護公用事業不被私有化的權益。

九月十日，親民黨立委劉文雄召開記者會，揭發交通部以五百萬元聘請公關公司研擬反制台鐵工會之道，包括：操作媒體、假意協商故意拖延、動員立委與學者幫腔、組織婦女群衆抗議……等等。除了八日民進黨立委的記者會，十日當天的確有一群大約三十人左右的婦女以「中秋團圓聯盟」的名義，出現在台北火車站前，向台鐵工會抗議。台鐵工會指稱，這場活動就是交通部委託公關公司演出的戲碼之一，目的在醜化工會的行動。

這些戲碼當然在客觀上具有「操作」媒體的作用，但是媒體不被操作也難，因爲它們出於市場競爭、報導責任、政治顧慮種種原因，很難爲自己找到不報導的退路。不過，在對待九月二日勞權會那場聲援台鐵工會的活動上，不知何故，幾乎所有媒體都當作沒發生那件事？

緊張、曲折、詭譎的一夜

九月四日曾發生一件內幕性的新聞，行政院派出一位高層幕僚於當晚和台鐵工會幹部接觸，這是行政院首次越過交通部主動與工會接頭。這位高層幕僚承諾在未經工會同意前，將不推動台鐵的公司化和民營化。但工會認爲該位幕僚並不能夠代表行政院的態度，「相關承諾必須由行政院秘書長層級以上的官員背書並見諸文字，才能算數」，台鐵工會負責九一一會員大會總策劃的常務理事葉日陽這麼描述。但是，行政院方面如石沉大海，再無回音。一次可能化解問題的機會，就怎麼過去了。

等民進黨立委要求開革工會幹部和積極會員的記者會見諸媒體以後，情勢陡然一變，工會內部的歧見一夕之間煙消雲散。因爲工會幹部和會員普遍認爲政府在玩邊談邊打的拖延戰術，毫無誠意可言。九月八日，台鐵工會召開臨時理監事聯席會議，決定關閉同政府的任何協商大門，並以三十八票對一票的壓倒性多數決議如期舉行九一一會員大會，「火車司機聯誼會」也確認配合工會行動。至此，工會信心滿滿，張文正甚至公開宣稱，到目前爲止已連署參加九一一大會的 12,000 名會員「一個都沒少」。當時投反對票的那唯一一人是台鐵工會彰化分會的常務理事（同時也是總會的理事）陳信國，據工會內部人員表示此人投反對票一點不意外，因爲大家都知道他是民進黨的。

九月十日晚至十一日淸晨是雙方的最後決戰時刻。十日夜十點鐘過後，工會獲知南港調車場和樹林調車場兩個一級戰區已經由警方分別部署了七十餘名警力，高雄火車站有二百多名警察進駐，台中火車站部署了三百多名警力。實際上，政府動用的警力不只此數，行政院發言人林佳龍曾說二個月前政府已做最壞打算，並已協調內政部、國防部支援二千多名軍隊和警察以備急用。專程來台聲援台鐵工會的國際運輸勞工聯盟（ITF）亞太區副秘書長賽門忍不住對媒體表示：「緬甸軍政府以軍警鎭壓罷工，不令人意外，若台灣政府也如此，就令人錯愕了。」並指出：「先前香港的國泰航空機師罷工也不是直接以罷工名義爲之，而是用請假的方式舉行的，並未見香港政府動用警力威嚇。」

在樹林調車場，有記者問一位工會會員：「參加這次行動會不會有壓力？」該名會員回說：「警察那麼多，怎麼沒壓力！」另一名會員則說：「不必問我有沒有壓力，該去問阿扁總統明年選舉要連任有沒有壓力！」調車場內氣氛愈來愈凝重。突然幾位火車司機的手機先後響起，傳來工會的簡訊：「花蓮弟兄全員到齊」，一位老司機以渾厚的嗓音說道：「好！」現場氣氛刹時轉爲激昂。

直到十一日凌晨二點，據某報記者探知府院高層對於淸晨能否準時開出列車，沒人敢百分之百打包票。嘉義火車站有位在台鐵服務廿多年的林姓老員工面對記者的探問，有點無奈的表示：「火車開不開連局長都不知道」。可能正是這個原因，導致黃德治局長在凌晨二時許氣呼呼地衝進台鐵工會應變中心放狠話。

寫到這裏，不得不順便提一件事，《中時晚報》記者羅文明九月十一日寫了一篇名爲《三方合演的一齣戲》專欄，認定台鐵當局、台鐵工會和火車司機聯誼會三方早有「會照開，車照跑」的共識，所有過程都不過是「照著劇本」演出的一場戲而已。果眞如此，爲什麼黃德治半夜三更會張惶失措的到工會去要人？爲什麼府院高層到九一一凌晨時分還不敢放心？爲什麼工會幹部會因九一一早晨頭班車開出而喪氣？難道這些也都是在演戲？羅文明自以爲抓到了「內幕」，其實不過是太自以爲是罷了！

最艱苦的鬥爭現在才開始

據法律學者黃瑞明統計，在台灣，雖然勞資爭議事件多如過江之鯽，以罷工收場的總計卻不過三十六件而已，其中合法者僅十一件，非法者則有二十五件。除了一九八八年解嚴後的第一個工潮高峰期之外，每年的罷工都是個位數或甚至掛零。自從統聯客運司機在一九九八年十一月進行爲期不過五天的罷駛事件落幕之後，這五年來就不曾發生過一件罷工！

台鐵工會九一一「八千人大會」通過的明年春節罷工案，應該說是爲低迷已久的台灣工運送來了一陣春風。

暫且不提春節的罷工問題，僅就九一一會員大會而言，就有四個第一堪可傲人：

第一個在台鐵一百多年的歷史上，以及台鐵工會五十多年的歷史上，召開的會員大會。
第一個在街頭（而且是在總統府前）召開的工會會員大會。
第一個在政府全力扼阻下成功召開的數千人工會會員大會。
第一個爲全國性勞工組織取得罷工權的會員大會。

這一場反民營化鬥爭實質上不僅是台鐵工會對台鐵當局，而且是台鐵工會對整個政府，可以說這也是一個「第一」。

台鐵工會這一役暴露了扁政府許多站不住腳的「民營化」說詞：

交通部和經建會說，台鐵虧損太多，沒有競爭力。

實際上台鐵之所以「虧損」，完全和其公用事業本質及政府的不公對待有關。例如，鐵路的基礎設施維護費由台鐵自行負擔，一年費用約四十二億元，而公路建設及養護費卻由政府編列預算開支。台鐵還須配合政府的政策性需要進行投資，如多年前鐵路電氣化及近年鐵路地下化等，這些投資並無助於台鐵增加收入，反而由於舉債興建，背負沉重利息。台鐵是純粹自負盈虧的事業單位，政府並未像對待公教人員那樣爲台鐵員工（儘管也具有公務員身份）提列退撫基金，目前台鐵負擔的退撫金支出每年約五十億元。爲了保障大衆行的權益，台鐵必須照顧偏遠鄉鎮民衆行的需要，目前台鐵全線共二一六個車站，排名前六十個車站（全是大站）之客運收入佔全線客運收入的九〇％以上，所有支線及大部份小站均入不敷出，甚且不足以支應人事費用，純係服務而已。另外，和台北市捷運（也是公營）不同，台鐵要自行吸收老殘軍警等優待票的差額，年約七億元。

政府誤導民衆最缺德的一種說詞就是公營事業「冗員」太多，好像每個人都是吃閒飯的。事實如何？以台鐵爲例，在政府宣導「小而美」的思維指導下，事業單位厲行「人力精簡」政策，自一九八一年至今台鐵已經「精簡」掉四○％，而且遇缺不補，造成基層人手嚴重不足，瀕臨威脅行車安全的警界線。過去大約平均一人維修一輛火車，現在一人要負責四．五輛。負責路線設施維修（如鐵軌、枕木等）的道班人員，從前一組十二人，現在有些組僅剩二人。勞動強度暴增，實質工資相對減少，且爲不確定的交通安全事故埋下了火種。一旦台鐵民營化（私有化），完全以利潤至上，後果可想而知。

民進黨立委說台鐵員工只領高薪不賺錢。關於這一點，最好讓數字說話。從一九九一年到二○○一年，台鐵營業收入成長了四一％，同時間員工人數卻減少了二四％，兩相加減，台鐵員工平均每人每年的營業額成長了八六％。由此可以說明台鐵的「虧損」不是來自於所謂「冗員太多」，「績效不彰」等等不負責的污名化，而是前述的公用事業的本質和政府的不當政策使然。

所有這些歷歷在目的事實，原本應該是台鐵當局據以向政府決策者抗拒民營化政策的法寶，可今天這些當家的官僚卻丟下員工，站到了台鐵工會的對立面，將保衛台鐵公用事業存亡的重責大任推給了台鐵工會及全體員工來肩扛。如果台鐵眞需要什麼改革的話，那麼首先就得「革」掉這批臨陣叛逃的官僚，徹底改「官營」爲眞正的「公營」，則台鐵是幸，全民是幸！

英國鐵路民營化後的重大事故

時間	重大事故	死傷人數	事故原因
一九九七年九月	旅客列車與貨車在倫敦的南霍爾車站對撞	七死一百五十人受傷	因人力不足導致人爲疏失。
一九九九年十月	倫敦兩火車相撞	三十一死五百多人受傷	爲了節省成本，鐵路網和機車車輛沒加裝歐洲標準體系的鐵路控制系統，且使用一九九七年撞車事件中的壞車。
二〇〇〇年十月	倫敦哈特菲德的火車發生出軌意外	四人死、十九人受重傷、八十多人輕傷	鐵軌出現裂縫，而負責維修的鐵路公司承認，在意外之前已經知道全國鐵路有 1,850 條同樣的裂縫。
二〇〇一年二月	英格蘭北部發生特大的火車相撞事故	十三人死七十人受傷	氣候不佳及人力不足。
二〇〇二年五月	火車在倫敦北部發生出軌意外	造成七死七十多人受傷	鐵路公司因成本考量忽略鐵軌維修。（雖然維修記錄早在出事九天前已經發現問題） 備註： 死亡名單中包括台灣中視記者林家欣和 TVBS 記者巫佳靜，而香港鳳凰衛視主播劉海若則一直在生死邊緣掙扎，最後幸運的活了下來。

其他國家鐵路經營情況一覽表

國別	經營類別	民營化引發的問題或改革原則
日本	不完全的民營化	1. 公司在考量利潤下，廢除成本效益低的路線，造成人民行的不便引發鐵路事業「公共性」問題的討論。 2. 三島的三家公司因經營環境較差，政府設「安定基金」予以補貼，爲迄今仍成虧損，不得不調整運價。 3. 民營化後對安全的管制，不若國鐵時代嚴格，有關行車安全的確保，相當令人擔憂。
英國	完全民營化	公司在以利潤爲經營導向之情況下，降低服務品質及營運設施維修標準，肇事率大幅提高，目前已有一家公司（Railtrack）被法院判決收歸國營。
瑞典	國營	1. 政府負責鐵路基礎設施的建設維修，鐵路業者支付使用費。 2. 虧損路線由政府補貼。
德國	試圖民營化	預定自一九九四～二〇〇二年達成民營化，但迄今尚未完成，已遇阻力。
法國	國營	在國營體制下，將鐵路基礎設施的建設維修責任和經營權責任予以明確劃分。

二〇〇三年九月

淺釋「《台灣文化的前途》座談會」

曾健民

本文是台灣光復初期最重要的一次文化座談會記錄；它是光復後直到二二八事件之前，短短的一年中，第一次也是最後一次全由本省文化人參加（包括作家、美術家、戲劇家、學者、左翼文化人）的文化座談會。它比較完整且生動地記錄了當時幾位有代表性的文化人，對台灣脫離殖民統治復歸祖國後的新歷史時期的文化看法；對客觀地瞭解台灣光復初期的文化思想狀況，是不可缺的史料。雖然有許多人引用過該文，但都是隻字片語，難免有以偏概全之嫌，爲避免臆想揑造，特別完譯全文，作爲引用討論的依據。

該文化座談會有下列幾點歷史意義：

一、該文記錄了台灣文化人在短短一年間，歷經日本戰敗、台灣脫離日本殖民統治並復歸祖國的時代大變動、歷史大變革後，面對新的時代的文化思想。在該座談會的同時期創刊的台灣文化協進會機關刊物《台灣文化》上，有由當時的台北市長游彌堅所寫的代發刊詞〈文協的使命〉，該文也如此說道：「客觀的條件一經改變，內在的情況也要隨之改造，一切需要重新認識。新世界構成新觀念，同時也要用新觀念來構成新世界」。這段話恰好說明了該座會的時代意義。

二、該文也是台灣文化人，在經歷了大約一年復歸祖國的民族激情後，開始冷靜檢討對現實的文化處境的記錄。在面對戰後經濟蕭條，國民政府極權、官僚、顢頇、腐化的另一面現實；同時文化層面上也面對了嚴然存在的省籍文化隔閡，以及陳儀政府對言論、文化的非民主作風，更重要的是，在面臨十月二十五日報章雜誌將全面禁止日文的前夕，台灣文化人產生了普遍的苦悶、不安，在這樣的特殊背景下，該座談會共同檢討了文化現況，也尋找台灣文化的前途。前引的〈文協的使命〉文中，也如此說道：「對新世界的認識還沒有清楚以前，新觀念也就是無從構成，一切都在動盪中，一切都在變化的過程中，這就是台灣文化界的苦悶和沈默的原因，同時沈默也就是苦悶的象徵。苦悶都是新生的力量」。

三、從該座談會的內容，我們可以概括出當時這些台灣文化人對台灣文化前途的看法，它包括有：批判過去日本帝國主義的文化，同時保留過去日本文化的正面要素；努力朝向良性的中國化轉化，但批評落伍的、不好的中國化；強調要世界化，但更重要的，一致主張要走人民大眾的民主主義文化路線。這也就是〈文協的使命〉文中說的：

「不過這苦悶卻含蓄著無限的生長力，革命性。就是在醞釀著，新的台灣，新的中國，乃至新的世界的新文化的酵母」

二〇〇三、十一、二十

談台灣文化的前途

曾健民　譯

原載《新新》第七期，一九四六・十・十七

時間：民國三十五（一九四六）年九月十二日下午九點

會場：台北市山水亭

主辦：新新月報社

出席者：

蘇新：主席

王白淵：新生報翻譯主任

黃得時：國立台灣大學教授、作家

張冬芳：國立台灣大學專修班教授
李石樵：西畫畫家
王井泉：人人劇團顧問、人民導報社發行人
劉春木：大明報記者、作家
林博秋：劇作家
張美惠：國立台灣大學研究室
新新月報社代表：鄭企劃部長〔世播〕
記者：王、葉、陳等

鄭世播（新新月報社）：今晚，各位先生應敝社的邀請，在百忙中不顧溽暑參加本座談會，不勝感謝！敝社是去年〔一九四五〕十月間，在新竹，由一群年輕人發起，爲提高台灣文化而創立的。但敝社同仁都能力不足，唯有本著熱情向前邁進。這次遷移來台北，承蒙大家的愛顧，謹此致謝。今後，如果我們力有未逮之處，尚請各位先生多多指導與鞭策，期盼在大家的協助下，爲台灣文化界盡棉薄之力。接著，我們請蘇新先生擔任本座談會的主席，請各位先生就台灣文化界的過去、現在到未來種種，盡情發表高見。

一、台灣文化原有的實態

蘇新（主席）：首先，台灣文化應該朝什麼方向前進呢？為了解開這個命題，我認為，首先應要掌握台灣文化的實體，通過對台灣文化原有的實態和現在的實體的認識，來掌握將來的台灣文化的面貌。

關於台灣文化原有的實態問題……這一點，先煩請王白淵先生和張冬芳先生，還有台灣文化界的大老（笑聲）黃得時先生發表高見。談到台灣文化，並不是只指文學。例如李石樵先生的美術，當然也是文化的一個範疇。我想先從王白淵先生的《福爾摩沙》時代開始吧！

王白淵：說到文化，歸根究底，是人與動物的差異之處。文化的有無，也就是人與動物的區別所在。動物是絕無文化這種東西的。如果從語源說起，文化的原義是希臘語的「技術」，亦即是用手創造出來的東西，這就是文化的出發點吧！人或單純地用手創造東西，或用手完成頭腦中所思考的東西，這些就是文化的起源。從這層意義來看，文化具有普遍性和民族性。當我們說到「漢民族文化」的時候，就意味著漢民族文化不但為其他民族所能理解，同時也具有漢民族的特性。二者缺一，就不成其為文化了。

過去，在日本統治下的台灣文化史，可以說就是漢民族文化與日本文化的抗爭史。這鬥爭時期的第一個階段，也就是白話文學勃興的時期。白話文運動是一種完完全全的漢民族文化對日本文化的抗爭，是具有啓蒙意義的民族主義。這一種文化運動，到了一定的時期，便伴隨著台灣社會的某種分化作用，而作爲一種特殊的領域去發展。從此，白話文學運動就已經進入了退潮期。可說是以日本語文進行反帝國主義的文化。這種文化的性質雖然也是民族主義的，但又比民族主義更開闊，而具有社會主義性質的東西。

談到《福爾摩沙》，因爲它比台灣原來的民族主義更前進了一步，是在「民族運動必須經由階級問題去解決」這樣的理論指導下出發的，所以創刊時當時就難免遭受到日本政府的壓迫。《福爾摩沙》的同人，都是被視爲日本帝國主義的敵人而遭受到壓迫的。遭受到這樣的壓迫，便不得不在表面上做出妥協。後來雜誌便轉向台灣新文學……，然而雖然在表面上妥協了，但在內容、精神上依然與我們原來的並無二致。

二、文化人的睡眠狀態

黃得時：有人認爲現在的文化運動比較不活躍。它根本的原因在那裡？要怎麼做才能給今後的文化運動一些刺激？使它更爲活躍一點呢？關於這問題，期望能聽各位的檢討意見。

蘇新：是的，關於台灣文化原有的樣態及其實體的討論就此暫時打住，現在請各位就光復後的台灣文化到底處於怎樣的狀態，發表一點高見。爲解決台灣文化人的睡眠狀態，我們應該怎麼做？又，這種睡眠狀態的原因何在？我的看法是：因爲文化這種東西它是普遍存在的，只要看看作爲這普遍性的表現的文化機關——雜誌、報紙，就知道最近開始文化有一點動起來了。但是，爲什麼以前就動不起來呢？雖然有各種各樣的原因，但我以爲：

第一個原因是，社會本身還未穩定下來，因此，文化人也沒有從容地去思考如何建設台灣文化的餘裕了。由於社會本身處於不穩定的狀態，要言之，即政治、經濟上的施政太不上軌道，甚至可說是失敗的，因此，說實在的，文化作爲一個問題，怎麼樣也不可能進步。因爲生活不安定，文化本身也就沒有安定的道理了。

另外一點，就是歷史性的相剋問題。

文化人到現在爲止一直都使用日文，以前也的確曾使用過國文（語）或白話文來表達，但最近十幾年，國文（語）或白話文被壓抑禁止，長期間完全不曾使用。同時，當時的文化幾乎用日文表達，報紙、雜誌也一樣。光復後，首先碰到的就是應該用什麼語言來表達的問題。這不用說，當然是非用國語不可。但是對一直用日文寫的作家來說，馬上用國文（語）來寫作就很困難了。像黃得時先生這樣的人是沒問題的，但對其他的人大體說是很難的。這一點，台灣文化協進會也曾把它當做一個重要問題來討論過，但的確是一個相當困難的問題。當前台灣文化界的睡眠狀態的原因，大概就是這些吧！

王白淵：光復後，台灣的一般民衆競爭功利，想做官發財，有朝政界發展的，也有試圖達到經濟野心的，一般社會風氣表現出功利主義，只想取得現實的什麼權力或地位。不過，現在卻從對政治的失望，而產生了對四周環境冷靜批評的能力，同時也對於文化問題有所覺醒。因此文化人開始有些起色，只不過他們正爲著剛才說的表達形式的問題苦鬥中。

還有，在政府接收過程中，原來的各種團體都被重編了，過去的文學家團體和文化團體也尙未重建，美術團體則好不容易剛剛重建了。

另外一點就是出版費太貴，無法像以前那樣，簡單地就可以出版同人雜誌，或自費出版。這是很大的原因。

再來就是言論自由的問題，這就像大家所知道的那樣，不用多說。

張冬芳：我也認爲台灣文化界衰微的原因，一個是經濟的原因，另外就是用語不方便的原因。

劉春木：關於使用言語的困難這一點，我以爲大家應該更大膽地去嘗試。不要因爲我們對國文〔語〕沒有充分的信心便憚於使用，因爲這樣，所以外省人才嗤笑台灣沒有文化。日本的專業作家不就是比形式上的修飾更重視作品的內容嗎？

張冬芳：國內的學生在考試時，試題把主要在破除封建思想的魯迅的文章給學生看，學生對其內容並沒有什麼共鳴，反而只批評那文章修辭的巧劣。在國內確是有這種只注重形式和文章修辭的弊病。

王白淵：台灣的文化人，在光復後，曾抱持過相當大的期望，但現在卻愕然驚呆到講不出話來的狀態呢！

張冬芳：在日人（據）時代，漢詩曾那麼樣興盛，現在卻連漢詩也看不到了，這也眞是奇異的現象。是因爲曾經期望太高，從而對現實的失望也大吧。我想這是因爲在日人（據）時代原本就是對時代是絕望的，所以自然就趨向於懷古情趣，寫漢詩的人就多。

蘇新：在日人（據）時代，他（日本）是我們的敵人，這一點是很淸楚的。但是，今天的情況卻不一樣，總有那種我們懷念的親兄弟來了的親切的感覺，所以他們再怎麼不好，也是骨肉血緣，所以沒有辦法從目前台灣的現狀來直接下定論，明白地確定我們的敵對者是誰。就是因爲這樣，我們的苦悶和苦惱才大。

張冬芳：在日本（據）時代因爲壓迫很大，從對現實的失望，大家紛紛走向懷古情趣，文學也描寫了懷古情趣的東西。但是現在不能再像日本（據）時代搞懷古趣味了。要捕捉現實，一定要用深入現實的方法去做。

蘇新：抓住現實，忠實地去描寫，雖然可以說像照相一樣簡單；但是，現實的情況卻是不允許眞眞實實地忠實地去表達現實的。這一點 才是今日最大的苦惱之處。

王白淵：台灣的現狀，毋寧是存在著像帝俄作家契珂夫或戈果里（GOGOL）的時代情況。

蘇新：就像剛才所說，不准許我們原原本本地表達現實。這樣一來，人們不就自然地想拿什麼東西來嘲諷，或者朝象徵的方向去發展了嗎？

以上，我想我們已經大概了解了現狀是怎麼一回事了。再來，讓我們來探討台灣文化應走的方向吧！

三、台灣文化應有的方向

黃得時：關於台灣光復後的台灣文化運動，可從兩方面去考察。

首先，過去的台灣文化受到日本式文化的影響很大，同時也可以說已達到世界性水準。其次，台灣文化的現狀與中國漢民族文化比較起來，仍然有許多地方還未中國化。

今後，在世界化與中國化兩方面，如何使其齊頭並進呢？已經達到世界水準的部份，今後要進一步加以擴充和推進。與中國文化比較，若尚有不合適的地方，就有必要加速進行有正面意義的中國化。比較上來說，外省來的人並不十分理解台灣文化早在過去就達到世界水準。同時，對於尚未中國化的部份，今後我們應努力使它符合中國文化。還有一點，將台灣文化進行有正面意義的中國化這一點，實際上存在不少困難。例如，在出版問題和語言問題上，只要看一看台灣的現實環境，就會體會到台灣要接受中國文化可能相當困難。舉個簡單的例子，在大陸發行的雜誌，一旦來到台灣，一本就要賣一百元以上。而且有些雜誌在台灣還無法看到，要理解眞正的中國，仍然困難重重，結果台灣文化的中國化，只有靠文化人的努力，眞是任重道遠。

關於語言的問題，個人的淺見是樂觀的。雖然台灣青年在過去對國文和中國語言沒什麼研究，但只要身上流著有漢民族的血，在學習中文方面畢竟比學別的東西更自然地產生興趣，進步也快。

張冬芳：不管是用什麼形式，我們中國人所創造的文化不是都可以說是中國文化嗎？

黃得時：雖然精神上是中國的，但是外在形式上不一定是中國的東西，這應該不能說是中國文化吧！日本帝國主義文化，並不一定全都達到世界水準，但也不可說過去的台灣文化在今天全都可以不要了。

張冬芳：外省人說我們沒有文化，大概就是這個意思吧！

王白淵：我個人是把民族性少而普遍性大的文化放在高位，並且認爲民族性濃厚但普遍性稀薄的是低級文化。不能說只有用中文表達的才是中國文化，否則就不是中國文化，這是說不通的。例如，在歷史發展階段上的文藝復興，其人類意識是共通的，表現這人類意義的文化也是共通的。這已不是民族文化的範疇，而是世界文化了。

黃得時：光復後在台灣有一種傾向，就是一直主張民族文化，卻因而忘了還要達到世界文化的水平之事。台灣在過去曾經有世界性的普遍文化，不應該將它等閒視之。不能說在藝術上有成就的作品，只因其使用日文表達就變成不好的作品。

王白淵：日本帝國主義下的文化與今日國民黨治下的文化，有他的共通點，那就是排他文化。譬如，林語堂先生用英文寫的東西是屬於那一種文化呢？因爲是英文寫的，他們就把它看作非中國文化。無疑的，它是世界文化，沒有必要以非中國文化而去排斥它。含有人類共通的國際內容，同時又有民族特有的表達方式，是最理想的文化。

張冬芳：現在從中國引進本省的只是一些無價值的東西，只有一些奇怪趣味的東西流進台灣來，大陸上眞正的好雜誌好像進不來。

蘇新：大家已談了很多了，現在把大家的高見總結起來，就是：現在的台灣跟以前也沒有什麼大差異，客觀環境依然沈悶，內心所想的不能明明白白地說出來，同時也不允許眞眞實實地去描寫。關於將來應有的方向，就像黃得時先生所說的，我們一些已經達國際水準的東西要保存，而且也要朝向具有正面意義的中國文化去轉型。

王白淵：雖然是在日本統治之下，過去台灣在文化上總還算接近國際水準，這是好的一面。中國還沒有一部歌德全集、但丁全集和莎士比亞全集，相反地，我們大多啃過世界的古典作品，這是台灣文化的優越處。

蘇新：台灣原有的文化和新文化（中國文化）之間的相剋，是由來於社會發展階段上的不同。閒話少說，接下來希望大家就今後台灣文化應前進的道路這個問題，說個淸楚。

四、台灣文化應該前進的道路

王白淵：現在只可說朝民主主義文化的方向推進吧！因爲「文化方向」這句話是一個政治先決的問題。

蘇新：對於這個問題，我又要用我常常提到的辯證法來說一說，我以爲政治與文化是辯證地互相影響的。爲了爭取政治民主化，要看怎樣作文化工作，實際上可產生非常大的影響力。

現在，我們的文化工作最起碼要朝民主化的方向去努力，因爲這樣，便能夠提高民衆在民主主義方面的意識。

今後文化的前進道路，抽象地說就是朝民主主義路線前進，但所謂文化的民主主義路線，明白地說，就是必須要使文化成爲民衆的東西，不管是國際性的或民族性的，如果大衆無法了解，就一點用處也沒有，我想這一點是最重要的。

五、關於今後的美術

王白淵：美術方面也要從沙龍美術走出來，這是世界性的風潮，不知李石樵先生高見如何？

李石樵：只有畫家理解而別人不懂的美術是脫離民衆的，這種藝術就不能說是民主主義文化。如果說今後的政治是民衆的政治的話，那麼美術、文化也一定得是民衆的東西。因此，繪畫的取材也應沿著這路線去思考，拋棄只重外表好看的作品。我們需要有主題、有主張、有意識型態的作品，這樣就可以開創出我國的藝術方向。我想全世界美術的方向也大致如此。如果依我們向來的作法，反而會完全脫離世界潮流。

蘇新：就是說自慰式的作品，將來再也不寫了。

張冬芳：像日本私小說式的文學，將來請不要再搞了。

劉春木：但是成問題的是：雖然想讓民衆了解，但民衆的理解力卻無法達到那程度的時候，要怎麼辦呢？我們是不是要降低指導層的水平？

王白淵：不！我想在這種情形下，也必要將民衆的水平提高。

六、文章的難懂

蘇新：若有這種情形，我想把文章寫得通俗易懂也是一個辦法。不能說因爲通俗易懂，文章就沒什麼價值。就像有些詩，使用難懂的語言，不翻辭典查字首就無法了解，那就不是有價值的東西了。

張冬芳：這一點，新生報的「新地」就是難懂的東西。

劉春木：文章難懂的情形是中國的弊病。但是，一些只寫難懂文章的作者自己也不知道這弊病，這些惡弊是非破除不可的。今後的文章運動，對努力破除難懂的用字這一方面，是很必要的。

王白淵：正是這樣！這個問題終究也與政治運動相關連。因爲沒有考慮到民衆生活，所以更加無法破除難懂文字的問題，反而助長其勢。

張冬芳：這不單單是台灣的問題，而且是全國性的問題。將來世界性的潮流——民主化——絕對是主要的支配力量，我想這是一定要重視的。

劉春木：現在已經不容搞繁文縟節了！

黃得時：從光復後台灣的現況來看，我認爲文字的浪費是一個缺點。美辭麗句，雖非常華麗但實際上沒什麼效用。雖稱中國是一個文字國，實際上不但不是文字之國，因爲不知道文字的用法，結果是一個「辭費之國」。現在台灣各報紙的副刊，除了有茶餘飯後抽一根煙的價值外，什麼也沒有。沒有一篇文章能喚起人心的，甚至連抽一根煙也不值得，只有一些冗長散慢、沒價值的東西，一點也不曾表達台灣民衆的疾苦。對那些副刊，並不是台灣人不投稿，而是如果文章不合他們的意的話，他們就把它扔了！

王白淵：對這一點，一些從重慶回來的台灣人，不知台灣人的輕重、痛苦，這也是很糟糕的。

蘇新：中國人常說「文字亡國」，就是指這個吧！

黃得時：這是因爲在我國，到大學一、二年級還有作文課的關係吧！

李石樵：國畫的問題也一樣。往昔國畫曾是很好的藝術。但經過漫長歷史卻一點也沒有進步的跡象，就像泡茶一樣，一壺茶葉泡上十幾次，到頭來茶的味道一點也沒了。中國的書法也一樣，只重視文字的外形。爲了新中國的文化，眞的是非換茶葉不可了（笑聲）。

黃得時：字體方面也是一樣，中國人看別人的字，就先評斷那字是否合什麼流什麼派，不合某流派某派的就是自作自孽，自我流的字體一定受到輕視。結果，甲寫的字和乙寫的字一點也沒什麼不同，在字體上也應該重視個性的價値。

（此時，王井泉先生加入座談，因此話題就轉入戲劇的問題。）

七、台灣的新劇

黃得時：戰前的新劇，不知在光復後有什麼變化？

王井泉：以時間順序來說的話，台灣的新劇運動，是在民國十一年（一九二二），因當時文化協會的宣傳目的而創始的。民國十三年（一九二四），深感研究會的必要性，因而在台北出現了四個團體。當時，新劇的主要目的是協助改良生活中的惡習。即使只有這樣，也相當受到日本官憲的注意，所有的演出都要在日本當局的監督下。當時的署長是一個叫山田的人，他是個特立獨行的傢伙。文化協會只怕這個人，因爲你要搞什麼他都說「好！」讓人覺得怕怕的。如果你向他提出演出的申請，他會馬上回答說：「好！去幹呀！」而且還命令行政主管說：「多給他們方便！」從那時起我們組織了星光研究會，到了民國十八年（一九二九）爲止共演出了六次，最後終於分裂而成了「民烽」。原來的星光是以戲劇來改良惡俗的，但沒有理論是不行的，所以民烽就在民主意識比較強的宜蘭誕生了。因此就把研究的重心放在理論方面，內容有戲劇論、戲劇應用、戲劇史，以及文學概論等。同時爲補強對台灣話的不足，還請了連震東之父連雅堂先生來教我們台灣話。從那兒才第一次知道台灣話裡混有荷蘭及原住民的語言。之後，因爲有人反對，認爲研究會理論太多，故發生意見不一致，有很多人退出，而致無法公演。次年，即民國十九年（一九三〇），在不再召募的情形下，以演技爲本位，少用理論，經過三個月充份研究之後，在「永樂座」初演，費用由大家分攤。當時的演出的舞台道具現在還保存著。民國三十二年（一九四三）再次開始活動，上演張文環的「閹鷄」。當時正是大倡皇民化的時期，三宅是當時的署長，因爲演出被那傢伙制止，我還向當時的山川高等警察主任理論說：「在《台灣文學》公開刊出的作品，爲什麼就不能上演呢？」

但是，現在也有時會被禁止演出的情形，這跟以前並沒兩樣，只要看看「壁」和「羅漢赴會」的問題就知道了。外省人說台灣沒有新劇，所以文化水準很低，但是從過去到現在，依紀錄，很明顯的，台灣是有新劇的。現在我正主持人人演劇研究會，最近預定舉行一場發表會，請大家拭目以待。

八、在戲劇的語言問題

蘇新：對你們來說，劇本所使用的語言的問題，現在情況如何？這不只限於戲劇，而與廣泛的語言問題有關。從一九四六年十月二十四日開始，報紙、雜誌就不能再使用日文了。關於這一點，大家有什麼意見？

王井泉：今後劇本的製作問題，主要在閩南語發音要怎樣表達的問題。我們想要用福建話來演出，同時又認為不懂國語是不行的。因此如何將兩者聯繫起來就成了問題。我們一般都先用日文寫劇本，然後把它翻譯成國文（語），接受官方審查。劇本用台灣白話寫都行，總之先把劇本寫起來，然後請會國語的翻譯，以它為本子去練台詞。這樣做對將來用國語演出的時候也有幫助，我們現在就是這麼做的。

張冬芳：台灣戲劇界有時也有用國內劇本的時候，現在開始熟習的話，將來就方便了，而且也方便讓我們優秀的劇本在國內流通。

黃得時：關於語言問題，台灣方言不一定要全部保存，使用台灣方言時，也必要漸漸順利地向國語接近。譬如將閩南語的「代誌」改成「事情」，漸漸地使台語接近國語，這種作法就很好。台灣人使用的閩南語比廈門人說的閩南語有更多台灣特有的方言，今後我們必要慢慢減少特有的方言而採用國語。但是，在戲劇上有些時候若不使用方言就無法充分表達那種感覺，因此在這情況下使用方言還是有其必要。

王白淵：戲劇的台詞最好依演出者原有的語言去寫，而劇情就可用國文寫。因此有必要改成把台詞與劇情兩方面分開來寫，在台語中若有無法用普通文字表達的特有方言，就用注音符號去表達也可以。台灣方言也可依語言的適當與否在國語中加以採用，這也可使國語更形豐富。

蘇新：過去的本省作家是用日文寫作的，因此，今後用不熟練的中文寫作時，便會碰到意思表達了，但辭藻不好的現象，表現不出特有的風味。雖然不是說因爲我們是中國人，就不可以用日文寫東西，但作爲一個台灣作家，在面向中國民衆發表的東西，就不能用國文（語）來寫了。從這層意義來說，就很難反對報紙紙雜誌廢止日文的政策了。游彌堅市長也曾舉張飛與關公的例子說過：張飛因爲自己慣用的矛太長，所以就對使用關公的大刀不習慣。但是若大膽地讓他拿起大刀來，因爲他本來就是武術高手，對大刀也會很快熟練起來的。也就是說，即使我們轉換成不熟習的中文，但因爲原本就有創作的頭腦，就像把長矛換成大刀一樣，應該馬上就會熟練的。

王井泉：終究思想是沒變的。只是在表達方法上從前我們是日文，現在改成國語罷了！

黃得時：台灣青年起先也曾經大膽投入，嘗試全心全意去學國文（語），現在也有必要以當時的熱情與決心去學習。但最近有人看到國內的情況，再也不想全心全意學國文國語了。

王井泉：譬如在第三女高就把重心放在國文課上，規定學生一天要寫多少字，讓學生去寫，作文課老師也很認眞，學生有不對的地方一個字一個字加以訂正，因此學生的國文確實進步了。但我們社會人沒有幫我們訂正，如果寫錯的話又怎麼辦？總難免會擔心。如果努力三個月就會寫簡單白話書信的學生，因爲有馬上訂正錯誤的老師在旁，所以可以大膽地去寫。但是我們社會人因爲怕被嘲笑，所以無法大膽去做。稍不留心使用了日本式含義的字句，就可能產生相當的隔閡。譬如「志願」這詞，在中國是「承認」的意思。

九、文化機關的強化

蘇新：那麼，接著我們要談一談文化機關的整備強化的問題，請大家就今後報紙雜誌的方向和培育文化團體的問題說一說。看看省內的報紙雜誌，任何一家都有它的靠山。《新生報》是行政長官公署的機關報；《中華日報》屬於中宣部；《自強報》是第七十軍的報紙。民間報紙只有《人民導報》、《民報》、《大明報》，這三家大概是民間的。雜誌方面，除了《新新》之外幾乎都屬機關誌，純粹的民間報紙雜誌很少，我們一定要從現況中理解到這些。

張冬芳：因此，民間報紙雜誌之間一定要緊密連繫，而且重要的是，在可能範圍內採取一致的步調。

劉春木：省內各報紙雜誌的論調到底合不合乎台灣的實情，還是很有疑問的。

蘇新：《大明報》或《民報》等，實際上是眞的想爲人民做事，但外部壓力來的時候就不得不歪曲一下，終究無法暢所欲爲。

張冬芳：關於強化文化機關的事，當局並不積極助成其事。譬如延平學院的校舍，以前想要設立家政女學校的，卻被空軍接收了，還有將來預定的校舍，也被警察大隊所阻擾，大都是這種樣子。

蘇新：民間一定要有大團結的機會，現在台灣文化協進會創立了，希望大家能以這個機構爲中心，毫不猶豫地向前邁進。特別是，爲了領導該協進會的方向，在各文化領域設置了獨立的分部，例如文學、美術等各自組織分會。若這些分會以文化協進會的一部分去進行活動，由於是人民團體，才會達到期望文化目標。文化協進會的選舉方式，照規定，在設立省級團體之前必需先設立縣級團體。但事實上這次卻不是這樣做，而且還用指名方式的作法，就是不民主的，就是非民主團體。爲破除這種非民主作法，對於現在這種由上而下的組織方式，今後要改爲由下而上，就是先選舉縣市代表，再選舉省級代表。我想下次一定要這麼做。在日本，已成立了民主主義文化聯盟，由二十二個團體組成，在台灣，因爲先造了外殼，今後一定要組成各種細部組織，這也是一種建立組織的方法，從綜合到各別的方法……。因爲文化是綜合性的東西，彼此有相互關係，只有文學是民主主義的，而戲劇卻是封建的，這樣是不行的。爲了使本省的文化活動能步入同一道路，該會（文化協進會）是有意義的。

王白淵：現在所謂的人民團體其實是政府的外圍團體，只可能有與政府的政策採同一步調的團體。

黃得時：像「壁」這樣的新劇，台灣文化協進會的戲劇部能不能做得到呢？

（接著，參加者對《新新》雜誌發表了參考意見和希望，最後鄭世璠先生做了致謝詞。）

鄭（世璠）（**新新**）：在百忙中，直到這麼晚，各位先生不只對新生台灣，而且對全國文化運動界，發表了很有貢獻的意見，沒有比這種收獲更大了。而且很高興在蘇新先生的主持下，該討論的問題都討論了。

到現在爲止，《新新》像一艘沒指南針的小船，只憑一股熱情划行到今日。今晚獲得了很好的指針，往後，我們會體會各位先生的高見，以俗中有雅的心情去做。最後，若台灣的命運必得跟隨世界潮流而朝向民主主義的方向的話，在啓蒙的意義上也一定要重視思想指導吧！關於這點，在領導台灣青年、台灣文化界的意義上，敬請各位加倍賜予思想上的指導和協助。今晚辛苦大家了！

一九九五年譯完稿

二〇〇三年十一月十九日修訂

反對「不准反美反戰」和「只准聊以反戰不准反美」！

——此次反對美帝侵伊運動的反思

陳映真

今年三月，美國撇開聯合國安理會的異議，公開踐踏國際法，不顧全世界各族各國人民的反對，悍然打響了侵攻伊拉克的戰爭。戰爭爆發的前夕開始，全球各地千萬計的人民反對美國侵略戰爭的示威行動和輿論鵲起，透過媒體傳播到台灣來。台灣精英知識界，以李遠哲爲首，發表了反戰聲明。在「勞權會」、「反帝學生組織」、「夏潮聯合會」等的發起下，台灣青年學生和一些社運團體組織起來，發動了幾次到台北市美國在台協會的反美反戰示威，人數一次比一次多，到三月二十二日達到了高潮。一九五〇年以後從來沒有反美意識與行動的台灣青年學生，這回才第一次張開了眼睛，以驚訝和憤怒的眼光注視著他們不曾認識過的美國——蠻橫傲慢的帝國主義美國。

主流政治的台獨派眼看反美反帝的星火在燒，大爲驚慌，開始在網路上寫文章滅火，流露出捍衛美國主子，爲美國侵略罪行辯護，高呼不准反美反戰，給反美反戰的人戴上親共「反台」（獨）的帽子，奇談怪論傾囊而出，生動曝露了「台獨」之右派的、法西斯的、親美和反民族的反動本質。現在，我們大略整理了「台獨」派親美、反反戰論和「策略」性不反美論的幾條，逐一辯其謬誤。

■「適當、適量地使用暴力是正確的」。美國打伊拉克，使伊拉克人流血死亡，但卻得以從海珊的暴政下「解放」，獲得「民主」和「自由」。「相信」伊拉克「解放」後，伊拉克人民會過得更好，成爲中東世界中「民主」的樣板，就如美國打敗日本，卻締造了戰後「民主」的新日本。

□所謂「適當」、「適量」的暴力論，意思是「善良的暴力」。這是標準的美國強盜邏輯和修辭。美國把南美黑人、巴勒斯坦人對英美支持的白人恐怖統治和以色列法西斯擴張的、絕望的自殺性抵抗稱爲「恐怖主義」，但是對其所全力支持的反共法西斯獨裁政權，如解放前的南非、當下的以色列法西斯和韓國朴正熙、全斗煥、盧泰愚政權、台灣蔣氏戒嚴體制、以及七〇年代瓜地馬拉、阿根廷、伊朗親美軍事政權等由國家機器發動、有組織的非法逮捕、拷訊、投獄、暗殺、槍決、集體濫殺（動輒百、千、萬人）說成是「維護民主體制」所必要的「善良的暴力」（benign violence）。

而在現實上，美國在世界各地操作的「善良的暴力」，其血腥、其人權蹂躪之慘烈，受害規模之衆，遠非巴勒斯坦、法帝宰制下阿爾及利亞、南非的小規模（諾・卓姆斯基稱爲相對於美國操持下國家暴力的「大盤恐怖主義」﹝Whole Sale Terrorism﹞，弱小民族絕望的自殺攻擊是「零售的恐怖主義」﹝Retail Terrorism﹞）絕望性自殺性抵抗所可批擬。然而所謂「適當」、「適量」的暴力之不道德、血腥與恐怖，今日卻被「台獨」派用來美化美帝國主義侵略伊拉克暴行的「修辭學」！

其次，美國對外侵略、搞政變、佔領，干涉內政、任意組成親美傀儡政權，果眞就帶來「民主」、「自由」的好日子嗎？光是二次大戰後，美國以武力侵略、干涉他國內政，推翻外國合法政府，恣意更換改組他國政權，至此次明言打倒海珊出兵伊拉克，至少有十二次以上。而這些美國支配下的政權，莫不是嚴重蹂躪人權的獨裁法西斯政權，對美債臺高築，經濟破產……此外，美國在戰後亞非拉世界「援助」、「結盟」、支持了無數反共軍事獨裁政權，荼毒其人民，造成廣泛傷天害理的人權蹂躪事件。一九五〇～一九八七的台灣白色恐怖統治只是其中一小例而已。

一九四五年，美軍軍事干預分裂東西德、南北韓，在南韓長期支持獨裁政權。韓戰爆發後，美軍當局在日本施行「軟性」的白色恐怖，將日本左翼從各政府、學校、機關、團體中加以「追放」（驅逐去職）。在韓國，美國支持獨裁政權以「國家保安法」和反共條例施行軍事法西斯統治，製造濟洲島慘案（一九四八）、麗水良民屠殺（一九五一）、光州大屠殺（一九八〇）。台灣的故事就不必說了。五〇年代台灣白色恐怖，是在美國默許下槍斃了四、五千人，投獄萬餘人。從六〇年代到八〇年代，美國以中情局的滲透、顚覆、暗殺、武裝侵略、政治干預、經濟支配和禁運，干涉別國內政，篡奪各地民選的政府，製造對美國言聽計從的扈從國家（Client States）先後炮製了二十多個第三世界親美獨裁軍事政權，到處嚴重蹂躪人權，摧毀民主……而一直到今天，在這歷歷罪證之前，美國仍大言不慚地宣傳它是民主、自由、人權等「普世價值」的傳播者和捍衛者。而相信這僞善的宣傳者，在台灣，不問是「綠」是「藍」，大有人在，至今還在以「適當」、「適量」的暴力論爲美國侵略和戰爭罪行塗脂抹粉！

■有人竟說：「對野蠻人要用野蠻的方法」！

□這也是幾百年來西方殖民主義罄竹難書的強盜邏輯之一。西班牙人、美國人都曾以傳染病菌（例如天花）數十萬百萬計消滅殖民地抵抗的土著民（如印地安人）。正是「文明」的西方，最先發明實踐了最早的生化戰，使用了非人道「大量殺傷武器」，在北美、中南美進行滅族性濫殺，而其邏輯恰恰是「對野蠻的人要用野蠻的方法」論。連布希都不好意思說的這種大膽無恥的飾辭，台灣竟有人忙著來爲它的主子洗刷侵略戰爭的罪愆。

而所有的自以爲「文明開化」的大國在戰爭中所爲的人道主義犯罪，莫不以此「對野蠻人可以使用野蠻的方法」這個邏輯爲藉口和動力。南京大屠殺、七三一部隊暴行、慰安婦體制，莫不是「文明」日本對「野蠻」的「支那人」正當的暴行。美國三K黨對黑人的暴行，德國奧薛維許集中營的暴行，以色列對巴勒斯坦民族解放運動的血腥鎮壓，舊南非白人統治階級對黑人的種族隔離殘酷體制，各親美軍事法西斯政權對左翼工農、教士、學生、教授、共產黨人、社會主義者、社運人士的殘酷白色恐怖鎮壓，皆莫不如此！而不能忽視，今日少數台獨原教主義極端份子對外省人，對左翼民族統一派也在孕育著納粹式的仇恨，公開稱大陸中國爲「支那共匪」，發散著納粹法西斯的濃重腐臭味道。

■海珊是個「野蠻」的人，他的政權是獨裁、「殺人無數」的「野蠻」政權，伊拉克民族「封閉、落後」，當然「野蠻」，所以「不配擁有現代化大規模殺傷性武器」，可得而誅之，爲伊拉克再造民主、文明的政治與生活，所以美國侵略伊拉克堪稱「替天行道」，不能反戰，更不准反美！

□一般說來，海珊獨裁，排除異己，生活「奢華腐敗」，是包括許多反美反戰的輿論都同意的。但也要考慮到美英間諜、殺手十幾二十年來公言要取其項上首級，推翻其政權。而海珊畢竟不是毛主席，有可以信賴的億萬擁戴他的人民群衆以爲干城；畢竟擺脫不掉傳統回教統治政治的極限……

但是也不要忘記，八〇年代，美國和海珊的伊拉克有鎮壓蘇聯及中東左派革命在中東發展的長期同盟。一九八四年，美國爲煽動伊朗和伊拉克自相殘殺，鼓動「兩伊戰爭」，伊拉克就對伊朗使用生化武器，美國視若無睹。但從一九八五年到一九八九年，雷根和老布希總統卻仍然批准包括了炭疽菌在內的幾種生化殺傷菌和化學材料給海珊。一九九四年美國國會文件證明，在明知海珊於一九八六年曾使用以美國生化材料製成的生化武器殺害伊拉克北境的庫德族的基礎上，大批對海珊的伊拉克輸出劇毒性生化武器材料菌種和化學物質！事實說明，今天被美國及其世界各地僕從指控坐擁大量殺傷性武器和生化武器的海珊曾是美帝國主義的親密盟友，在美國生化科技支持下坐大的反共獨裁者，而一旦其羽翼豐滿，不聽指揮，美國就能厚顏無恥地以海珊「獨裁」、「野蠻」地「擁有大量生化武器」爲藉口侵略和屠殺伊拉克。

另外，美軍在打下伊拉克後，公稱其政治任務是「教育伊拉克人民不再愛海珊」（to learn not to love Husein），這不是很耐人尋味嗎？

當然，說到文明，奧圖曼大帝國土耳其世界阿拉伯文明的中心地巴格達古文明的璀璨，是美國只有兩百多年歷史的蠻子所遠不能比擬。此次美軍對巴格達古文明博物館的劫掠和放任伊拉克莠民破壞偷竊，使一切中國人回憶到八國聯軍侵略對中國古文物的劫難。人們哪，是誰，是什麼叫「文明」與「野蠻」？這問題召喚我們深沈的思考。

「野蠻者可以施之以野蠻」論者舉了實例，說孫中山倒滿的暴力，警察鎮壓匪徒的暴力，美國在二戰末期出兵參戰反法西斯戰爭的暴力的正當性。這當然可以進一步分析。

對待「暴力」，要辯證地看，也要唯物地看。則「暴力」從歷史唯物論上看，自然有革命的暴力（巴黎公社、孫中山反滿）和反革命的暴力（美中情局推翻阿燕德政權、親美獨裁政權對國內進步勢力的鎮壓）；有正義的暴力（抗日戰爭）有不正義的暴力（法西斯在全世界的侵略）……

警察是國家機關（State Apparatus）強制性暴力機制之一，其目的在維護階級統治的秩序。當打擊各階級公認的不法，警察的威暴可以代表正義。但在白色恐怖中，偵警特務迫害政治異己，踐踏人權，便代表統治階級的反革命暴力了。美國直等到第二次世界帝國主義戰爭末期才參加了反法西斯戰爭，之前則大賣軍火發財。但美國武裝介入反法西斯世界戰爭是有功的，但在戰爭中坐大的美國，卻在戰後冷戰體制中依恃其強大武力形成世界性新帝國主義而全面反動化。到了今天，它公開宣言「預防性、先制性攻擊」，如果回憶納粹德國的擴張、日本襲擊珍珠港事件也莫不是由「先制攻擊」出兵侵略開端，一個比納粹德國和法西斯日本更強大、邪惡的帝國美國的登場，就不能不引起人民深刻的警戒！

■美國是台灣的盟國，是台灣安全所繫，要反對美國發動的侵伊戰爭很令人「爲難」，對美國「不好意思」。要反戰，應該反中共對台灣的軍事威脅。可以反戰，不宜反美！

□韓戰後，美國以強權抹煞新中國，不予外交承認，強使國際社會以「中華民國」代表全中國，並令其安坐聯合國常任理事國，直到一九七二年台灣才被逐出聯合國。一九七九年，美國承認中共，再也不承認台灣是一個「主權國家」，在「台灣關係法」下，台灣充其量只是美國保護地區。在WTO中，台灣也只是一個與香港一樣的「關稅區」。一九七九年前，台灣還勉強可以說是美國的一個虛擬化的「同盟國」，而今「國」已不「國」，連美國都公開說台灣不是一個主權獨立的國家，台灣的一些人還硬要貼上去說自己是美國的「同盟國」，叱止別人不准反對「盟國」美國和它所發動的侵略戰爭，妾婦之情，令人難堪。

現在有很多人不承認自己是中國人，一面又強調「中華民國自一九一二年就是一個主權獨立的國家」，這等於台獨不能不承認台灣「主權」上屬「中華民國」，她絕不曾也不是自來獨立於中國的、獨立建過國的「國家」。否則，一八九五年割台時日本依據什麼以清王朝為對象訂馬關條約割台？一九四三年中美英（以及後來參加的蘇聯）又何所據而發表以「三國之宗旨在剝奪日本自一九一四年第一次大戰開始以後在太平洋所奪得或佔領之一切島嶼；在使日本所竊取於中國之領土，例如滿洲、台灣、澎湖列島等，歸還中國」為重要內容之「開羅宣言」及其後的「波茨坦宣言」？依據這兩個宣言，一九四五年公開以中華民國為對象在四川成都與台北受降書中，中國自日帝手中收回了台灣和東三省，正式將東北和台灣收回中國主權版圖。

韓戰爆發後，美國為佔用台灣為其遠東冷戰前沿基地，炮製了強盜式的「台灣地位未定」論，從而與蔣氏政權訂立「協防」條約，派兵進駐台灣，並以大艦隊封斷海峽，公然非法佔領台灣，干涉中國內政，造成民族分裂的形勢。但從現實上，「中華民國」從此在經濟、政治、外交、軍事和文化上徹底從屬於美國的政策與利益，成為美國的附屬政權，從此而後，每下逾況，既使「台灣人」李登輝執政，一直到「政權輪替」後的今天，台灣就從來不是一個「主權獨立」的國家，而只是一個美國的跟班小子。七〇年代，日美等國先後撤銷對台灣外交承認，台灣在國際上因堅持其所沒有的身份，力主獨立於中國之外而在國際號主會中喪失身份的合法性。

然而，有人一直堅持，既使爲強權玩弄於先，又復摒棄於後，仍然要爲強權的鷹犬，甘爲別人的戰略利益分裂中國，卻在這個分裂對峙的結構上任人施加軍購的訛詐，耗竭公帑，置島內民生困疲於不顧，唾面自乾，緊跟早已不認自己身份的老主子，不但背負沈重的軍購負擔，這回還要出來背負主子背德的侵略責任。妾婦的悲涼，竟一至於此！

至於大陸東南沿岸的「四百枚」飛彈，瞄準的主要是國外必欲分裂中國、霸佔台灣的「新保守派」、「鷹派」帝國主義和少數它們的僕從。如果台灣有人一定要貼上一向分割別人的民族與領土，遂其分割統治的帝國主義者（中東、非洲悲慘的現狀就是帝國主義爲分割爭奪殖民地的歷史結果），就要不怕成爲包括台灣人民在內的中國反帝衛國戰爭的陪葬人，絲毫怪不得別人。把這次反美反戰的邏輯硬套上「中共威脅」，誰都可以看清擁美攻伊從而擁美反華才是他們的眞心。

■有「政論家」阮銘說，這次國際媒體對美國攻伊戰爭的報導，鉅細不遺，使人能「零差距」目擊這場戰爭，使攻伊戰成爲「透明的戰爭」，使反戰論說不攻自破。

□阮銘是原中共中央黨校高幹，六四前夕去美，從此墮落爲先靠美國、後靠台灣的津貼度日的反共反華「政論家」，販賣反共擁美反華言論爲主。這個轉向變節的共產黨員，根本不懂美國大眾傳播產業在文化和心理冷戰中起到的重大作用。吸取了六〇年美國媒體在越戰中炫耀美國大量屠殺越共和越南人民的報導引發了美國和全世界的反戰風潮的經驗教訓，十二年前海灣戰爭的報導，就開始受到中情局、軍方和新聞管理當局的嚴格限制，開戰中禁止記者現場採訪，待戰事結束，美國連夜以推土機將三分之二伊拉克軍民屍體「清理」後，才讓記者進入現場。這次侵伊報導也基本如此，看到不少電腦製作的畫面，和少數一些伊拉克莠民「歡天喜地」向美軍「歡迎」、拉倒海珊銅像的畫面，人數基本上也不滿百。美軍搶劫伊拉克歷史博物館、民衆婦孺在佔領軍不予理睬下的疾病、傷亡、和人道危機、放任暴民搶劫以示伊人之「野蠻」的畫面卻絕不見於CNN傳媒畫面……都說明所謂「零差距目擊」、「透明戰爭報導」云云，都不過是爲美國侵伊美化與正當化的奴才之論。

■作爲統一戰線「策略」的「反戰不反美」論的檢討。

□網路上對這次美國侵伊戰爭的言論中，最醒目的、最叫人嘖嘖稱奇的，莫過於「反戰不反美」論，其理由也有若干不同。

台獨派有兩說，一說老美保障台灣安全，是台灣的「盟國」不可以反，不准反，只能依「和平爲普世價値」之義反一點兒戰，爲伊拉克戰火中的「兒童」（父母百姓，衛國保種的伊拉克民衆士兵就該死了）「祈福」……另一種說辭更反動，既不准反美也不許反戰。不准反美反戰，因爲美國是老大哥、主子，而攻伊是爲了「解放」伊拉克……這些暴言，前此都經過我們揭發批判了。

另外有一種「反戰不反美」論者，據說是有「策略」思考的。這些人是高校校園比較進步，比較常涉入社運的老師。他們大約以爲台灣民衆心目中美國太「美」了，不容易有反美認識，一旦喊出反美口號，群衆不來；有一些人考慮到五〇年代以降一貫反美的是左翼統派，提反美口號，就怕被群衆戴上「統派」帽子，而「統派」據說是台灣社運的「票房毒藥」。有個當過官的「社運領袖」當面指責一個最早發動反美攻伊的組織：「中國打台灣時你們反不反？」，不准統派鬧反美鬥爭的傲慢氣勢和架子，叫人稱奇。

他們心裡想的是「聯合一切可以聯合的力量（左統派絕對除外），打倒共同的敵人」。這叫統一戰線。統一戰線應該目標明確，原則正確。先說目標。一九三七年日本打響侵華戰爭，中共不久就推出抗日民族統一戰線。以抗擊日帝侵略爲目標，拉起全民抗日各黨派、個人、團體的共同戰線。如果有人在當時因爲顧忌國民黨內有親日派，顧忌國民黨必欲「先安內（剿共）後攘外（抗日）」，不敢喊抗日，呼籲結成「反戰統一戰線」，中國抗日會是什麼一個結果？再舉一例。一九四五年底展開的新民主主義運動，是以反內戰、民主化、和平建國爲目標而團結一切和平建國的力量組成反對內戰、和平建國的共同戰線。這個共同戰線雖然沒有提及打倒、推翻國民黨，卻達到了團結一切非共民主黨派人士、學生……的戰線，打擊國民黨堅持內戰、堅持獨裁的政策，取得勝利。

共同戰線要目標明確和正確，也要求有堅定正確的領導，否則戰線就會淪爲群衆的尾巴。戰線的領導既要求從群衆中來，當群衆的學生。也要求在群衆和形勢要求上做好群衆的先生，教育群衆牢牢抓住正確的鬥爭方向。不能因爲低估群衆在攻伊戰爭中對美帝的疑慮和反感，放棄教育群衆認識和反對美帝的方針，放棄了五十年來台灣民衆從來不知反美這個現狀的顚覆之機會。在反美又反戰問題上要旗幟鮮明，寸步不讓，認識淸醒，在團結實踐上又要講活潑靈活。堅持原則卻不因而導致團結的破裂；堅持自由靈活甚至妥協卻不以犧牲、模糊原則爲交易。這是唯物辯證法。

現在反思，那些咄咄逼人的「策略性反戰不反美」的精英，到底因犧牲或出賣原則而果眞「擴大」了多大的戰線？他們爲了爭取到一個獨派台灣美術史「學者」精英簽名反戰，不惜以放棄反美、不惜悍然排拒左派統派；他們爲這次台灣反美侵伊運動付出了大量的勞動；而爲之沾沾自喜。這是目無民衆的、機會主義和唯精英主義。而歸根結底，這是島內左派怎樣看島內的結構矛盾；階級矛盾大於民族矛盾還是其相反；這個重大問題上的矛盾在此次反美反戰這個具體問題上的反映。

而關於這個問題的爭鋒，已經迫切地擺上島內左派的議事日程表上了。

雪原上的眼睛

楊渡

1．克魯泡特金

飛機在新西伯利亞雪原降落的時候，清晨的天空帶有一種透明似的藍白色微光。彷彿是天空深淺不一的藍色層次，因了雪地上的反光，而融合成一種飄浮的光影，讓世界有如浸在淡藍色的水底。

整整一個冬季的積雪，有一兩層樓高，讓機場的建築物顯得相對低矮，彷彿隨時會被下一場大雪所淹沒。機場主建築的燈光，微弱得像幾盞會隨時熄滅的燭火，在無邊的雪地裡，昏昏黃黃，閃閃爍爍。

不見一個人影，只有起降跑道像深陷的溝渠，幾輛機場的加油車在緩慢移動。沉靜，無聲，透明的北國。

西伯利亞，被冰雪所封鎖的大地，只有雪狼在枯枝樹林中窺視的野地，流放者埋骨的最後家鄉……。

西伯利亞，西伯利亞……。記憶中有太多故事從這裡開始，卻想不起來是哪一本書，哪一個人，哪一段音樂，或哪一部電影，哪一個場景。沈吟中，千百種記憶與文字交纏，許久許久，我終於看見一本書，一個人。

那是七〇年代末。書是紅色的封面，素樸的紙張只有粗粗的紋理，上面楷體黑色字，很壓抑的寫著「我底自傳」，克魯泡特金著，巴克譯，帕米爾書店印行。

後來我才知道，譯者「巴克」就是作家巴金。只因爲戒嚴年代的台灣，無政府主義的克魯泡特金和巴金都一樣敏感。當年巴金因爲景仰無政府主義者巴枯寧和克魯泡特金，而取此筆名。戒嚴年代，爲了避免敏感，出版社依照「巴金」的邏輯，改取第一個字，自動改名爲「巴克」。

我是因爲少年時代家道中落，母親因票據法而入獄數月，那一段時間裡，我不知未來的生活在那裡，更不知道貧困的家庭要如何在這個社會生存下去，而暗暗懷著烏托邦的夢想：貧民收容所、孤兒院、貧民醫院、互助的社會生產組織……。靠了這烏托邦夢想，我終於渡過青澀的少年時代，走過家道中落的深深悲哀。

然而大學時代，我竟在克魯泡特金的書中，看到同樣色澤的夢境：貧民收容所、貧民醫院、互助的生產合作社、沒有政府和壓迫的社會、推翻政府的革命行動、爲理想而獻身的刺客事蹟……。

我深受感動，而開啓了另一種夢境：到雪地的北國去，看看人民的生活吧！

然而最動人的不是理論，而是他的自傳。優美的文筆下，呈現出一幅幅俄國社會的風貌。尤其是青年克魯泡特金從「侍從學校」畢業時，毅然決然選擇奔赴西伯利亞。在受職幾天後，新任的軍官齊集宮殿裡參賀沙皇。亞歷山大二世問他：「你不害怕走那麼遠嗎？」

「不，我願意工作。在西伯利亞可以做許多工作來實施現今正在開始的大改革。」青年軍官說。自此，他在西伯利亞渡過五年的歲月，認識了社會最上層和最下層的人，農民和罪犯，走了五萬多英里的道路，體認難言的孤獨。

「幾磅麵包、幾兩茶葉放在皮袋裡，一個茶鍋、一把斧頭掛在馬鞍旁，一張絨毯放在馬鞍下，（到了晚間便砍下杉枝鋪在地上做床，再把那張絨毯放在上面，然後拾些樹枝樹葉生起火來，）這時候雖置身在大樹叢生或積雪滿處之不識的群山，一個人，也會有不可思議的獨立之感。」

然而，文學的抒情描寫不是他寫自傳的目的。他寫作的唯一理想，是召喚革命，無政府主義革命……。

克魯泡特金最不可思議的地方是：他有冷靜的政治經濟分析，全面而深入的社會觀察，社會理論的訓練，最後卻是要到達一個不可能實現的烏托邦世界——沒有政府與壓迫的世界……。

我不能不折服於他理論分析的雄辯，但更多是爲了那背後的人道主義襟懷，有一種動人的力量。

那是文學，不是政治。

雪落在新西伯利亞的機場上。我不知道爲什麼飛機會在這裡停留，這已超出航行的預定行程。然而我卻更分明看見那個「侍從學校」剛剛畢業的青年軍官，戴著西伯利亞農民般的皮帽，在雪地上，堆起樹枝，生起微弱的火，喝一口剛剛燒開的茶。荒涼的西伯利亞，豐饒而深密的森林，淡藍色的天光下，他思想著俄羅斯的未來，醞釀著烏托邦的夢，以及激烈的革命行動……。

那是一八六二年左右的事，距今一百四十多年了。

然而，新西伯利亞、克魯泡特金、雪原上的微光，竟如召魂的鈴鐺般，喚起我的俄國文學記憶。那些巨人般的身影逐一浮現：托爾斯泰、屠格涅夫、杜斯妥也夫斯基、契訶夫、果戈里、蕭霍洛夫、高爾基、巴斯特納克、葉塞寧、馬雅可夫斯基、柴可夫斯基、蕭斯塔高維奇、列賓、拉赫曼尼諾夫等等，還有現代導演大師史丹尼斯拉夫斯基、蒙太奇大師愛森斯坦……。

如今在安靜雪原中細細回味，有如把以往閱讀過的俄羅斯文學藝術星圖，放在大時空中作一次觀想，才突然發出驚嘆：「啊！這是一片繁星燦爛的天空！」

然而現在的時勢，已遮蔽了我們的目光。美蘇冷戰，舊蘇聯的解體，東歐國家的轉變，讓原有的深層文化，都消失在淺薄的政治和經濟語言之下。除了史達林、戈巴契夫、俄羅斯聯邦、社會主義解體、莫斯科黑道、武器限制……，我們已忘了它有過那麼偉大、深邃、渾厚的人文心靈。

如今在西伯利亞的晨光中，我再度看見那個青年軍官克魯泡特金。他的靈魂彷彿還在雪原中踽踽獨行。不僅是他，一個個巨大的幽靈都在雪原中徘徊，他們的眼睛凝望著這個空洞的、沒有船歌、沒有魂魄的時代。

那是雪原中的眼睛，是十九世紀被沉埋的心靈，也是無法遺忘的理想主義者的微光。

2・契訶夫叔叔

飛機抵達莫斯科第二國際機場時，爲了排遣旅途的寂寞，我曾和自己玩一個遊戲：設想如果讓作家來當導遊，我最希望的是那一個？

托爾斯泰？太嚴肅了，可能天天吃素，夜夜陪他懺悔。

屠格涅夫？太貴族了。只能在莊園裡打獵，上高級餐廳，讓人侍候。

杜斯陀也夫斯基？不錯，但除了上賭場，其它地方他不怎麼感興趣。

高爾基可能最好玩。他可以帶你到河邊跟船夫喝酒，到草原上和牧民一起唱歌，跟韃靼族的姑娘跳舞。但他後來被高高「供」起來，形同「文化教父」，地位崇高，卻已失去流浪的自由。

普希金？那傢伙太英俊，太風流。很可能讓姑娘圍著，那裡都去不了。

想來想去，還是契訶夫最好。他的樣子，像一個好脾氣的叔叔，又像鄰居的大哥哥，坐在大大的書桌前，文文靜靜，說著笑話。彷彿你可以住在他家，再出發去自助旅行。你可以到處頑皮闖禍，犯下千百種愚蠢的錯，他都會用諒解的眼光看著你。他會微笑說：「人啊！總是有點好笑……。」你在什麼地方被欺負了，他也會拍拍肩膀：「沒關係，這世界總是這樣，不一定事事順心……。」一如他寫過一部劇本「凡尼亞舅舅」，他適合叫「契訶夫叔叔」。一個不是高高在上，而是讓人想親近的作家。

然而，在莫斯科機場被阻擋兩、三個小時的遭遇，卻讓我徹底改觀。

是的，沒有到過俄羅斯，你絕對不能體會，唯有契訶夫，才是俄羅斯靈魂的眞正解剖者。杜斯陀也夫斯基是以墮落爲試煉，看人性能承擔到什麼程度。那感覺如同把人沉入水底，去試煉人的極限，在極限中，從人性看見神性。

但契訶夫是溫柔的。他用細細長長的針灸，輕輕刺入心底，使人只是酸麻，不感覺到痛；他用薄薄的刀片，解開最複雜的靈魂瓣膜，讓化膿的地方流出污血，再細細縫合；他顯示人內在的複雜和脆弱，卻又懷抱單純如孩子的信念……。他只刻畫人間和世俗的卑微，卻在卑微中，看見神性。

到達莫斯科的早晨，我彷彿看見「契訶夫叔叔」。他坐在機場入境邊防前，幽暗暗的走道邊，一條長長的板凳上，手支著臉頰，單眼鏡片閃著透徹的光，瘦弱疲倦的臉上，掛一抹溫煦的笑，彷彿在說：「哪，你看，這就是我們的俄羅斯……。」

3・邊防上的女兵

灰暗的莫斯科第二機場由軍方把關，光線昏暗，設備陳舊，模樣像極了一九八九年的北京首都機場。不用懷疑，當年一定是北京抄襲莫斯科。連驗關的緩慢都很像。明明排著人，但驗關的軍人就是端著眼睛，慢慢審視你。那種方式和美國海關不同。美國是深怕人家偷渡打工，看外國人如看小偷；而這裡卻讓每一個人看起來都很可疑，彷彿自己臉上寫著「特務」二字。

幾個穿軍服的年輕士兵來回巡邏，面孔嚴肅，眼光冰冷，沒有一絲笑容。

輪廓鮮明的俄羅斯年輕女軍官有一頭金髮，身材強壯，胸部碩大而堅挺，坐在窗口用大眼睛瞪著你。排在我前面的是香港電視台女記者，只被她一瞪，就把護照給沒收了，示意她閃一邊去等。

我們是莫斯科市政府爲推動觀光而邀請的客人，持的是受邀的簽證。我以爲這可能是一團人要統一處理，等待市政府的接待單位，正在猶豫間，女軍官要我上前交護照。出乎意料，沒有留難，我走出了邊防。台北駐莫斯科代表處的人在出口等待。

「來了這裡，一切步調要放慢，他們就是這樣。有時候，我們還在裡面等了三個小時。」他們先為我打「預防針」。

不料我站在行李處等待採訪團員出來時，那女軍官走過來，碩大的胸部在我面前停下，「passport?」她操著冰冷的俄羅斯英文說。

「啊？怎麼啦？」我問，一邊在口袋裡翻找護照。剛剛下飛機的時候看見機場上大雪深積，趕緊跟人借了一件大衣套上，身上有十來個口袋，此時卻不知護照是放在那一個口袋了。

她大眼冷冷盯著我。這愈發使我慌起來，反而有一種自己做賊的感覺，幾乎要冒出冷汗，東翻西找，才在西裝側面的口袋裡找著。

「SORRY！」我卑微而笑，遞上去。

她翻看一眼，沒回答，和我本人核對無誤，沒收了護照，示意我跟她走。我被帶回了邊防裡面。幾個港台記者都圍過來，驚道：「呀？！你不是給放了，怎麼又給帶進來？」口吻有如一群老囚犯在看一個給放了的犯人，又被抓回來了。

「啊？我也不知道。裡面出了什麼事？」我問。

「不知道啊，都給扣下了。」

人人相顧愕然。沒有人知道原因。派一個會俄文的人去問，還特別提示說「我們是莫斯科市政府邀請的」，但也只得到一個白眼，和一個問號：「邀請函呢？」。

大家一陣慌亂。負責連繫的人想半天，卻怎麼也想不起當時由俄羅斯駐香港代表所給的邀請函，到底放在什麼地方。

「你快找呀！」香港一個記者急起來了。

「奇怪，當時是弗拉基米爾先生口頭邀請我們，再去他們香港代表處辦簽證，人數都講好了，那還需要邀請函？好像，從來就沒有邀請函……。」

「你別管什麼『基米爾』還是『夫斯基』了，先找著了再說。」

「沒有哇！我記得當時就口頭通知呀！」人一急，果然連記憶都在發抖。

「你們不要站在這裡，去旁邊等！」軍官指著邊防前的一條線，怒斥著。

我四下張望，才發現被扣在機場的不止是這個港台訪問團的二十個成員，還有來參加莫斯科商展的台商六、七人。他們也莫名其妙，不知爲什麼被扣在這裡。

「伊娘咧！您爸是要來這裡花錢的，還不讓我入境！那就回家好了。」台商在一起抽菸，開始罵娘。

但男女軍官一概不苟言笑，拒絕回答任何詢問。他們愈冷淡，我們愈慌亂。面對不可知的情勢，我們還眞不知道會被送去什麼地方。我們只能低了頭去詢問，只差口中沒有喊一聲「大人」而已。然而邊防的俄羅斯大兵，倒是很習慣了，從眼皮下看人。

不知道爲什麼，我突然想起契訶夫的小說，描寫一個下層小公務員，因爲不小心在劇場打了一個噴嚏，噴在前排上級長官的頭上，竟怕得都不知道怎麼活下去了。那時我還哈哈大笑，如今才知道這是非常眞實的。我們都是那個小公務員，人性就是這樣的卑微，被壓迫得都習慣了。

我彷彿看見「契訶夫叔叔」在微笑。他似乎早已知道人一定會這樣，單眼鏡片閃著慈悲的光，說：「哪，我不是早就跟你說過了，在俄羅斯啊，你第一個要學會字叫『大人』！」

4．神秘的軍官

如果你看過電影「小偷」，就會了解我在機場所見的軍官的模樣。

原本台灣記者團還隔著邊防關卡，向外面的代表處人員求援，但那個大胸脯女兵冷然回眸，大眼睛射出怒光，按下了所有邊防關卡上的鐵捲門，一陣「嘩嘩」聲響，我們眞的被「隔離」了。

邊防旁邊一間小小的辦公室裡，幾個軍人閒閒散散的抽菸進出，當作我們不存在。用北京話講，叫「晾著」。

不知多久，有一軍人走出來，手拿一疊紅色護照，邊翻邊看，用俄式的口音叫道：「騙陳煙」。

沒人知道他在說什麼，相顧愕然。

我上前一看，上面寫著「潘傳安」。我以爲是台商，便問他們：「有叫潘傳安的嗎？」

「沒有啊！」他們說。那軍官四下張望，轉頭看另一個角落，這時我才發覺遠遠的走道盡頭，有一群蹲在地上的人，他們長得像中國南方的年輕工人，或者剛剛進城當工人的農民，茫然的走過來。

「有潘傳安嗎？」我幫著問。

一個三十來歲的青年走過來，澀澀的說：「是我。」

那俄國軍官繼續用一陣俄式發音，唸過六、七個中國名字，並且逐一核對護照照片與本人，問道：「你們是從馬拉瓜納過來的？」

「啊，是的。」潘傳安說。

那軍官最後手一揮，示意要他們一起走。六、七個南方中國的工農群眾非常認命，如同羔羊一般，走上階梯，被帶往原來入境的方向。

「啊!他們是要遣返嗎？」有人終於恍然大悟：「難道我們也要被遣返？」許多人冒出一身冷汗。千里萬里坐了十幾個小時的飛機，就是這種結果？

此時只見一個身穿黑色西裝褲、頭髮梳得油亮，長得如「小偷」的主角，英俊而冷漠，從出境的二樓樓梯走下來。他步伐緩慢，看都不看我們一眼，只用眼角餘光略掃一下，即走入辦公室裡。

過了一會兒，只見那男人再度走出來，自顧自的走上樓去了。

這是唯一一個「局外」來的人。沒有人知道他是誰。但看他能如此自信橫行，自由進出，旁若無人，那氣勢就保證是個高幹。看來像是有人請示他，才下來解決問題的。

隨後，一個軍人終於出來了。他手上拿著一疊護照，有綠的、藍的、紅的，分別來自台、港、大陸，逐一叫名字。然後有人問：「怎麼啦？可以過關了。」

他沒有回答，只是把護照發下去，用手比一比邊防的關卡，那個大胸脯女兵又出來了，把雄壯的身子塞入邊防的小玻璃格子間裡，手一揮示意。

我們又乖乖的排起隊來。

「這算什麼待客之道？」台灣記者叫起來：「如果在台灣，這些人早就下台了！」

「這種入出境管理局，不轟他下台才怪！」台灣記者說。

我把自己的護照拿給軍人看，說我已經出去過了，護照已經蓋過章。他引了我離開邊防，居然就這樣出來了。

而港台記者、參展的台商二十來人，就排在黑暗暗的邊防裡。

「你怎麼先『放』出來了？」台北駐莫斯科代表處的人訝異的問。

「啊？」我低頭看自己，再看看邊防裡面的中國人，竟覺時間悠長，環境無比熟悉，我已經來這裡很久了，我剛剛被釋放，我們是一群被賣來建西伯利亞鐵路的奴工。

直到這一刻，我才眞正了解契訶夫對人性的了解多麼透徹。不僅僅是俄羅斯的「大人」，還有對小老百姓的人生。壓迫者與被壓迫者之間，存在著崇高如克魯泡特金的反抗英雄，但更多是像契訶夫筆下的小人物一樣卑微、脆弱、平凡的人。一百多年前，他早已爲卑微者畫了無數的素描。然而，要直到這一刻。我才知道要畫下這些素描，要解剖人的靈魂，是多麼不容易。

「謝謝你，契訶夫先生。」我在心中說。

5．美麗的靈魂

日本電影「二〇三高地」描寫一個小學教師非常熱愛托爾斯泰的作品，在黑板寫下「俄羅斯，美麗的靈魂」，然而卻被徵召赴中國東北戰場，在二〇三高地和俄軍大戰，在一個沙坑裡，他絕望的面對必須用刺刀殺死一個俄國人，或者被殺的命運。他逼不得已殺了對方，但心理卻像是殺死托爾斯泰的筆下的人物。

他最後戰死沙場，只留下那一行字，在故鄉小學的黑板上。

然而「俄羅斯，美麗的靈魂」，還在嗎？

在歷經史達林大整肅、幾度政治運動、冷戰大對決、社會主義解體之後，那些文學與人文的心靈還在嗎？

莫斯科是一個極端矛盾的城市。我未曾見過一個城市，像它這樣，對作家、藝術家賦予如此崇高的地位。

雕像是一種城市文化的顯現。舊蘇聯時期曾有過許多政治人物、革命先驅的銅像，如今政治銅像都被取下了，整個城市只剩下文化人的雕像。僅僅是這種見識，就足以令人看到俄羅斯底層的價值觀。然而這些銅像的數量也夠驚人了。

隨處都是作家、音樂家、藝術家的身影。普希金、契訶夫、托爾斯泰就不必說了，即使是以莫斯科一條街道爲對象來寫作的作家，他的雕像也被放在街頭，瘦削的身影，映出一個民族對文字與藝術的尊重。

然而商業化的霓虹燈也在擴張，逐步佔領這個城市。

普希金被視爲這個民族最偉大的詩人，他的愛情傳奇依舊在城市裡傳誦，他的雕像樹立在一個廣場上。然而就在雕像背後，建築群落高聳，霓虹燈華麗閃爍，比他更高更亮，赫然寫著：「澳門賭場」。

許多廣告招牌販賣著好萊塢的電影，美式文化的搖滾樂。古老文化會變成只是一種雕像嗎？

莫斯科的大歌劇院正在上演普希金小說原著，柴可夫斯基創作的歌劇「黑桃皇后」。我和導遊站在劇院門口等朋友。談起普希金，我說，短詩中，看過中文版，長詩則讀了「Eugene Onegin」英文翻譯，十四行詩，讀起來有很好的音樂感……。

「啊！不，翻譯是不行的，英文怎麼能表現普希金的詩呢？」瑪蓮娜說：「不然你聽……」說著，這個研究漢學的學者，兼差的導遊，竟當場用鏗鏘的韻律，音樂般的節奏，立即朗誦起普希金的詩。

在零下十幾度的低溫裡，詩句隨著她朗誦呼出的霧氣，而蹦出來進入空氣中。她的眼睛發亮，唇舌閃動，喉頭隨著節奏的高亢而輕微起伏，五十幾歲的面容上，因爲詩，竟閃動著青春的光。

她無視於大歌劇院門口的人潮，昂揚的、完整的唸完了第一章的第一首十四行詩，才停下來，微笑，嘆一口氣，抬頭說：「怎麼樣，很好聽吧？普希金的詩，怎麼能夠翻譯呢？」

我有一種想伸出手指，穿過霧氣，去觸摸她的嘴唇的衝動。因爲我想摸一摸那發出美好聲音的地方，是什麼樣的觸覺。但我終究只是看著，被鎮住了。俄文我完全不懂，然而簡單的起伏旋律，俐落的音節，以及她對普希金那種絕對的自信，絕對的愛，就足以令人動容了。

今夜歌劇院滿座。莫斯科還在初春，雪地仍深，零下十幾度的氣溫，觀光客還未到來，歌劇院的觀衆基本上是莫斯科本地人居多。有些家長帶著孩子來看戲，據說這是一種生活文化，如果演出像天鵝湖、胡桃鉗之類的，還會有更多莫斯科的孩子來看。

俄國革命後，爲了讓各地文化均衡發展，俄共在各個省份設立戲劇院、表演廳以及科學院等，爲了這些廳有文化活動，當然也就設了藝術、表演、舞蹈、音樂、體育等學校。在舊蘇聯時期，表演文化處於封閉狀態，藝術舞台表演一如工人，只是一種工作和生活。因爲沒有明星制和市場機制，不至於受到扭曲，那樣反而出現了許多好的藝術家和表演工作者。然而現在，藝術創作與表演訓練要爲市場服務才能生存，舊機制已經崩解，但新機制未建立，誰也不知道他們會不會被國際市場呑噬。

歷經幾十年革命與風暴的洗禮，那「俄羅斯，美麗的靈魂」在那裡？

當社會主義革命與資本主義對峙都已結束，當政治的銅像消失，只剩下詩人與音樂家的銅像，在這個城市裡孤獨站立，當普希金的詩還可以在雪地中溫暖人心。我相信，某些美好的東西，還深植在民族的靈魂深處……。

這種文化底子的「厚度」，才是無可取代的。

6．暗娼街的舊書攤

旅行雖是一種空間的擴張，卻是一種時間的流浪。

你去陌生的城市，探訪陌生的國度，接觸異質的文化。然而，爲了尋求理解，你不得不從舊有的記憶中，尋出比對的經驗與故事，試著去進入這個全然陌生的世界。於是，在時間的座標裡，你既是往前延伸，又是往後追憶，過去與現在交纏，構成旅途迷離的風景。

在莫斯科，我開始追憶的竟是讀台中一中的時候，常常去的一家舊書攤。那書攤位在大馬路邊，靠牆擺了幾個木頭釘的大書架，上頭搭著深綠色帆布遮雨蓬，平時也不收，只是用一塊木板鎖上罷了。老闆是個退伍老兵，平時總斜坐在榕樹下的躺椅上，瞇著眼睛看書。他的背後再過去是另一條街，那是台中著名的暗娼街。一些塗著濃妝的女人有時候會出來吃點麵食，毫不顧忌自己是非法暗娼，蹺著雪白雪白的大腿，在路邊攤子上大口大口的吸著麵條，一邊四下張望，有如在招攬客人。

那舊書攤賣的書，以國外弄進來的過期花花公子、閣樓雜誌、地下出版的黃色小說為主。黃色小說往往印刷粗糙，紙質惡劣，但因爲是禁書，售價偏高。七〇年代初，那可能是我們性教育的少數「啓蒙書」。然而在這些黃色雜誌小說底下，有兩三層架子是非色情的書。那兒放著一些所謂「世界文學名著」。

很多台灣的出版社都出過「世界文學名著」，而其中，又以舊俄時期最多。因而在這裡你可以看見「罪與罰」「卡拉馬助夫兄弟們」「父與子」「前夜」「戰爭與和平」等大部頭的書。

這些書大多三、四十年代翻譯，譯者又大多留在大陸，兩岸分裂，不必支付翻譯版稅，簡直就是印了賣錢。各家營生方法不同，因而有各種版本，便宜的刪簡本，爲了因應新潮流而出的口袋本，給中學生看的簡明本等。俄國文學也因此得到大量的流通。我回顧自己的書架，想想台中一中時代所買的書，竟以俄國作家最多，或許與此有關吧。

有趣的是，俄國的每一個作家風格迥異，面容鮮明，自成一種文體。只要看一、兩行，你絕對可以一眼看出這是屠格涅夫、契訶夫、杜斯陀也夫斯基、高爾基還是托爾斯泰。絕對不會搞混。他們各自的作品也數量驚人，長篇小說一部接一部，而且都不是缺乏思想的通俗小說，而是自成一格的生命哲學，靈魂的冒險、深沈的探索。

我想著自己的書房，才知道所受俄國文學影響如此之深，甚至已經化爲成長過程的一部份。往外延伸，想一想高中、大學時代的書店裡，英美歐陸經典作品固然不少，但從浪漫主義、寫實主義到現代主義，各國雖然名家輩出，但很少有一個國家可以具備這麼多「重量級」的作家、藝術家陣容。每一個藝術家又自成體系。那眞是龐大的星系啊！

現在仔細想來，影響中國人底層最深的，竟可能是俄國文化。再沒有一個國家有這麼多的翻譯作品，包括文學、音樂、電影、戲劇等，被引介到中國來。從魯迅開始，後來的巴金，直到「鋼鐵是怎樣煉成的」「齊瓦哥醫生」「靜靜的頓河」等等。眞是沒有任何一個國家有這麼持久的、長遠的、深埋的影響力。

用接受美學的觀點看，接受者的中國與俄國之間，有許多相通的地方。從封建古老的帝國，到被迫開放，開啓文化啓蒙，再到社會主義革命，甚至連後來的史達林與毛澤東的大整肅、經濟開放改革、政治改革等等，都有如鏡子的兩面。中國人與俄國文學之間，一定還有著尙待被發現的更深層的原因。

7・羅曼・羅蘭

暗娼街的舊書攤既不以文學書爲主，文學書就賣得格外便宜。我曾在那裡買過不少舊書，其中有一套精裝的全譯本「約翰克利斯朶夫」，譯筆流暢優美，顯係出自名家，可惜只有寫上作者羅曼・羅蘭，譯者的名字卻不見了。我自此迷上羅曼・羅蘭。

而在莫斯科，我不能不想起羅曼・羅蘭的另一本書：「莫斯科日記」。

如果羅曼・羅蘭重返今天的莫斯科，他會有什麼感想呢？

一九三五年六月，羅曼・羅蘭和妻子瑪麗亞接受作家高爾基的邀請，赴蘇聯訪問一個月。這期間，史達林兩次會見他，同時還與蘇聯領導人如布哈林、亞戈達等有多次私下會談。他樂觀的寫信給朋友：「經濟狀況看來很好，最近一年來生活大大改善了。這個現有四百萬居民的巨大城市，就像健康、熱烈、井然有序的生活瀑布。」

一生都勤於寫日記的羅曼・羅蘭細心的記錄了當時每天活動行程與會見者的談話內容，更包括了他對史達林、高爾基、亞戈達等人的觀察印象。回到隱居的瑞士不久，他對日記作了更詳細的修改和補充，還在最後加了觀察總結。他親自打印、裝訂，成爲一部獨立的作品。但在原稿的標題上，他題詞：「未經我特別允許，在一九三五年十月一日起的五十年期限滿期之前，不能發表這個本子——無論是全文，還是摘錄。我本人不發表這個本子，也不允許出版任何片段。」

就在他訪問莫斯科一年後，蘇聯發生劇變。他的摯友高爾基病逝，史達林進行震驚全世界的清洗反對派運動，許多反對派在死刑判決確定幾小時內就被槍決，成千上萬的人頭落地。莫斯科的法語廣播中，傳來惡毒的漫罵和侮辱，只剩下對「蘇聯各族人民的太陽——史達林」的歌頌。羅曼・羅蘭的憤怒和悲傷，無可言喻，卻又苦在心裡，最後都呈現在他對高爾基的悼念裡。

事實上，在他日記的最後已經透過描寫高爾基，呈現了他的某些觀察：「可是他欺騙不了我：他的疲倦笑容說明，過去的『無政府主義者』沒有死亡——他仍然對自己的漂泊生活感到可惜。此外他徒然地試圖看到，在自己所參與的事業中，只有偉大、美麗和人道（雖然這確實是煇煌的事業）——他不想看到，但是他看到了錯誤和痛苦，有時甚至還看到這個事業的慘無人道（這是一切革命的命定之事）。於是他感到痛苦，迴避這種情景，用驚恐的目光向那些迫使他勇敢面對眞相的人們請求寬恕。但無濟於事，陰鬱的幻影永遠也不會離開像高爾基這樣的人的意識深處。」

這難道不是羅曼・羅蘭內心的寫照？

他形容上唇留著鬍子、體形高大的高爾基「有老熊的外表」，實際上是「非常軟弱的人」。「他非常孤獨，雖然幾乎從來不會獨自一人！我覺得，如果我和他單獨在一起（並且消除了語言障礙），他會抱住我，長久地默默大哭。」

羅曼・羅蘭限定他的「莫斯科日記」五十年不得發表。然而五十年之後的一九八五年，史達林歷史地位幾經起伏，人世幾度滄桑，又過幾年，連「蘇聯」也消失了。那個被他形容爲「生活瀑布」的莫斯科，不再神秘。紅場的建築與克里姆林宮，對觀光客來講，更像夢幻製造的薑餅屋。在北國的皓皓白雪中，這些顏色鮮明的建築已經告別共產黨，以及他們曾夢想的烏托邦，而成了俗世的、照相的背景古蹟。

不知道爲什麼，我時時想起羅曼・羅蘭寫高爾基晚年的字眼：「老熊被封住了嘴……。不幸的老熊，他寧願用這些利益換取昔日無業遊民的獨立性……。」

8・宇航員

「老熊」似乎漸漸醒了過來。在美國不顧聯合國的集體協商機制，寧可自己出兵之後。它開始發出反對美國出兵伊拉克的聲音。

美國攻打伊拉克時，因伊拉克士兵擁有夜視鏡，即指控俄羅斯武器輸出，賣給他們的高科技武器。看新聞那一天，我簡直忍俊不禁，差點從沙發上跌下來。如果夜視鏡都可以算「高科技武器」，那我兒子也差點可以被指控擁有高科技武器了。因爲，我本來想在莫斯科街頭買夜視鏡，作爲兒子十歲的生日禮物，一個才三、四千元台幣。但考慮到台灣用不著，就作罷了。如果這種兒子的禮物都算「高科技」，那美國的巡弋飛彈叫什麼？

至於俄羅斯賣武器給伊拉克，如果美國可以賣武器給當年的阿富汗，好讓他們反抗蘇聯侵略，爲什麼俄羅斯不能賣武器給伊拉克？

眞正想了解的謎不是這個，而是爲什麼蘇聯可以在那麼短的時間裡，培養出一批科技人才，甚至上了太空。畢竟科學是無法速成的。他們怎麼做到的？

在莫斯科郊外的太空中心裡，來自世界各地的太空愛好者在進行新的訓練。然而它已經不是爲了爭奪星際霸權、太空主導權而服務，而是爲了賺錢。想要上外太空的人，得花上一千五百萬左右的美元（視需求、條件決定價格），從頭開始訓練，最後再用太空船送上外太空。日本的NHK爲了拍攝，就曾派人至此訓練，並上了外太空。

外太空是一個完全不同的概念。它沒有重力，沒有上下左右的區別，人呈飄浮狀態，小便出來的時候，不會固定向什麼方向流，所以要用管子去吸取，才不至於在空氣中飛。由於接近太陽，又沒有空氣與水蒸氣可以阻擋陽光，晝夜溫差在攝氏零下七十度到七十度之間，相差一百四十度。太空船的外表承受溫差還不是難事，畢竟穿越大氣層就足以承受幾千度高溫，但人要如何在裡面生活呢？空調、身體保溫、食物、排泄物等，所有一切，從材料到運作設計，都需要作特殊處理。這是所有科技的總合，不是單一項目發展就可以的。然而，舊蘇聯時期竟可以靠自己之力完成。

這在有科技基礎的國家，不算什麼。但在蘇聯，原本還只是落後的、農村革命後的共產主義社會，短短數十年間，竟建立起如此高科技的太空工業，我不知道這個國家是如何做到的。

人類在外太空可以生活多久呢？最長的記錄是一年又兩個月。再無超過這個期限。或許這也是人類在沒有重量，沒有空氣，沒有方向，極端孤寂中，所能忍受的最大極限吧。

第一個上太空的宇航員（用台灣說法，叫「太空人」，但我以為「宇航員」有如描述一個人在宇宙中航行，更眞實，更酷），名叫加加寧，在接受訪問時，談到生活於太空的感覺，曾說過一句非常哲學的話：「從外太空來看，其實我們所有人都是宇航員。在浩翰的宇宙裡，地球像一艘太空船，我們生活在其中……。」

這個宇航員曾從遙遠的地球之外，回顧地球。他飄浮在孤獨的太空船上，放眼四顧，只有無邊的星光點點，永恆的黑暗。沒有著落，沒有依靠，無邊的、恆久的荒涼。

他最後只看見自己飄浮，在宇宙永恆的、巨大的、空洞的黑暗之中。他回顧地球，想到家人和工作同仁，多少溫暖竟如一場夢，既眞實又不眞實。他感到無邊的孤獨，也感到原來地球只是宇宙裡，承載了許多人的另一艘太空船，我們都在無邊的宇宙裡飄浮，渺小如塵埃，千百萬分之一的微塵……。

我非常喜歡這個說法。那一夜睡覺時，我還在想像自己是一個宇航員，飄浮在一艘名叫地球的大大的航空器上，有如孩子騎在馬上似的，在無邊界的、深藍色的太空中，流浪如微塵……。

許是這種宇航的感覺有一種未曾有過的震撼，我不免想，這個國家的世界觀，恐怕與資本主義不一樣。它的底子是深厚的，不僅是文學，還有科技，從軍事、太空、航行到武器彈藥，每一個都是可以自成一個系統的大市場。

現在只是因爲它還不了解市場，那一天它精明得如同中國大陸，熟悉得如同上海商人，再加上巨大的俄羅斯市場，那會是什麼情勢呢？

俄羅斯是一艘大戰艦，它要轉彎非常困難，但一旦轉了彎，整個情勢就不一樣了。資本主義的全球化格局，一定要因此改觀的。只是結果如何，誰也不知道。

9．中國在蘇俄

蔣介石寫過一本書：「蘇俄在中國」。

現在應該改寫爲「中國在蘇俄」了。

我們在機場的受阻，眞正的原因與中國人在蘇俄有關。

在蘇俄的台灣人非常少，最多只有幾百人，二〇〇二年入境的人次也只有5564人；反而是大陸人非常多，透過機場入境的，就63715人，而這還不包括從西伯利亞鐵路、海參威、綏芬河等坐火車由陸地入境者。有人估計，在俄羅斯的中國人至少有二十萬人；在莫斯科，至少有十萬人左右。爲什麼人數無法估算？原因是他們都是非法入境、非法居留者多。

九〇年代初，我曾在北京見識到俄羅斯「國際倒爺」的厲害。他們成百上千人，居住在建國門外國際飯店一帶，以秀水街爲購買交易中心，帶著一個個大背包，白天就到秀水街上採買，夜晚則在旅店附近的館子喝白酒。採購好了，就帶上大包小包，坐上西伯利亞列車，返回莫斯科。據說一次往返足以賺上數千美元。因此即使往返途程加起來，要坐上十四天十四夜的車，非常辛苦，但駱驛於途者不斷增加，中國人都加入「國際倒爺」的行列。

到底皮衣有多少利潤？這一次可見識到了。在紅場附近的百貨公司裡，一件短大衣式的皮衣，標價「180000」盧布。我以爲自己看錯，把朋友找來，竟然是眞的，十八萬盧布，相當於六千元美金。而在俄羅斯，一輛俄製的拉達汽車，做得還不錯哩，只要四千多元美金。

他們說，俄羅斯女孩子爲了愛美，餓了肚子也要買件皮大衣，難怪炒貴了。

賣皮件，進口俄製汽車，這是個不錯的主意。連我這個生意白癡都想得到，當年的中國怎麼會沒人想到呢？

北京秀水街也因此成爲聞名國際的名街。絲質產品、皮衣、仿冒的名牌衣服等，都是外銷俄羅斯的暢銷產品。那時的俄羅斯是一個西方世界還沒有人敢碰，不知道怎麼交易的危險市場，國際流通的貨幣少，而俄羅斯又只產重工業、軍工產品，缺乏貨幣，西方世界不知道怎麼交易。反而是中國人之中硬是有人知道怎麼搞。當時產生了一批冒險家。牟其中傳奇，就是一個。

他以當時生產過剩的低級民生消費品，與俄羅斯交換飛機、汽車，再把飛機租給國營航空公司，轉手間所造就的利潤，讓牟其中一夕致富，他並藉此建立長期貿易關係，崛起商場，還成立經濟與政治研究智庫，仿效美國「藍德公司」也命名爲「藍德」，放言將爲政府的國有企業改造致力。由於財力雄厚，他早年爲思想入獄、苦學、再崛起的故事，成爲中國新傳奇，有人還把他吹捧爲「一代儒商」。然而好景不常，他的版圖擴張太快，信用破產，最後終於倒閉而坐大牢。

我曾在藍德研究所訪問過他。當時只覺得這人特別奇怪，商人不像商人，反而像個政治家。或許有人還吹捧他長得像毛澤東（確實有幾分相似），讓他愈發自得起來。而在中國，商人想搞政治的下場，不問可知。

但俄羅斯的貿易未曾倒下去，反而更加興盛起來。一大批的冒險家以邊境貿易開始，沿路向俄羅斯的大城市挺進。

窮人不怕死。中國人敢於冒險，這一點遠遠超出西方人。我認識的一個北京司機朋友，俄文不識一個，英文也不會說，但他辦好簽證，硬是背起一大包皮衣，帶著朋友給地址和北京話的捲舌音，竟坐了七天七夜，去了一趟莫斯科。回來時，賺了上千美元。他覺得這一趟太冒險了，還有其它較穩定的工作，就放棄了。但不怕死的人還多的是，中國人，在莫斯科已建立起商業的據點。而且據說爲了搶地盤，還有福建幫、北京幫等不同幫派，俄羅斯軍火容易取得，有時他們不意「英雄本色」，還會互相火併。

一位老莫斯科人說，當地的不少中國人租了一整幢大樓，全部給包下來，裡面可以吃，可以住，中國來的商品在此聚集，俄羅斯商人要批發，來此解決；還可以做成衣打工，還有中國各地來的女人，在裡頭接客，所有的需要都有了。一幢樓裡，到底住了多少中國人，誰也不知道。反正他們向俄羅斯的黑手黨交過保護費，自然不會有人進去查。

但他們要出來就麻煩了。一些警察會躲在這些大樓的門口暗處，一有人走出來，就上前盤查。在俄羅斯出門一定要帶護照和一張入境簽章，這些中國人不一定帶，或者不一定合法，怕麻煩，乾脆給錢，一、兩百盧布打發了事。但久而久之，卻成了一種文化。用當地中國人的說法，莫斯科警察一看到中國人，反正是黃皮膚，面容都差不多，一個也不認得，只知道他們臉上都寫了「＄」字。於是先不管有沒有證件，一律抓起來再說，拿錢就放人。

而中國與俄羅斯，不知道是不是因爲同爲社會主義國家，彼此非常了解，熟門熟路，非常懂得用錢打通關節。

買通邊防、非法入境，弄一張假護照、假簽證，再由海參威坐火車轉到莫斯科，由莫斯科轉歐洲其它國家，這已是中國人都熟知的一條管道。歐洲國家對此有不少怨言，但俄羅斯當局就是無法阻絕。連國際機場入境都有門道。一個熟知門路的莫斯科中國商人說，要入境而不會碰到刁難，很簡單。只要一百美金，就可以讓你由一下了飛機，沒有任何盤查，就直通貴賓室，坐在貴賓室裡，等待辦好入境手續。

「那時，你會覺得莫斯科特別可愛！」

「你們爲什麼會在機場被扣下來，原因誰也不知道。但很可能是因爲你們臉上，都寫著中國人，而中國人的臉上，都寫著『＄』字哩！」

然而不僅莫斯科，遠東地區的中國人就更多了。

中國人在蘇俄太多了，也就有不少是詐欺、犯罪者。他們機巧變化特多，買賣往往以欺騙爲能事，本來講好的冬天羽毛外套，裡面是高級羽絨，等到成批運抵莫斯科，竟變成是用鷄毛塡充，外表破裂之外，露出來的鷄毛竟還有鷄糞。俄羅斯地處北國，社會主義管理慣了，個性較少機變，因此非常痛恨這種欺騙。他們會覺得中國人都是騙子。遠東地區的一些車站的圍牆上，還用噴漆寫著「中國人滾出去」。

俄羅斯的法西斯主義者——光頭黨以中國人爲對象，展開報復。平常還不至於明目張膽，一旦有中國人落單，恰巧碰上了，就可能變成他們毆打的對象。這在中國大陸的媒體已多次報導過。然而，這一切都不能改變貧困的中國人向外討生活。

契訶夫曾開玩笑說，俄羅斯的大地非常肥沃，你只要種下去一匹馬，明年會長出一輛馬車。但俄羅斯的社會風氣讓人變懶了，寧可坐著喝老酒，也不願下田，於是就把地租給了中國人去耕種。

許多俄羅斯農地上，已經可以看到中國農民的身影。甚至某些遠東地區的市集裡，中國農民還會拿菜出來賣。這些散落在西伯利亞黑土地上的中國人到底有多少，誰也不知道。你只知道在莫斯科的市場上，賣俄羅斯娃娃的老頭子會說一兩句中國話，其中一句就是「三百元」。

中俄的歷史正在改寫。

蘇俄在中國，悄悄的變成了「中國人在蘇俄」。

周爺

施善繼

四川文藝出版社一九八七年二月出版發行的《施善繼詩選》，是周良沛先生計劃選編《台灣香港新詩窗》，以袖珍本型集五冊一函，列爲第一輯內的一本，一晃已是十六年前的往事。

依稀記得書出版的前一年，有人與我取得聯繫，當時在戒嚴的空氣底下，要我蒐集詩稿拿到內地出版，我眞眞猜不透這檔事怎會找上我？終於把詩稿整理好交出。

周先生與我素昧平生，因緣冥冥自此開啓。

那時節，有些台灣看不到的電影，都因爲吾友焦雄屛安排得以觀賞，雖不在正規電影院裡，而是錄像帶在家庭電視機螢幕放映。有一次看謝晉執導的《牧馬人》，看後我陷入沈思，於是去找張賢亮的原著《靈與肉》來讀。本以爲電影或小說是以周先生的身世爲原型。後來終於慢慢了解，這部電影故事中的類型在國共內戰中應不乏其人。

私底下，總認爲長達二十一年，從反右到文革如影隨形的災厄，會與父親的背景有關，然而他的回答竟而是否定的，這讓我陷入的沈思終於無法索解。這一段艱辛歷程，周先生有一簡短自述，抄錄於下，當屬立此存照。

「一九五八年四月十九日，事後證明是在未曾得到組織審批的情況下，以『右派』之名送去勞改。此後，長達二十一年都在懲罰性的勞動之中修鐵路、挖礦石、種莊稼。期間，再怎麼認真『改造』，也不能『摘帽』：為此，二十年後，又成為無帽無政策可落實，照此，也只能依然那般，了此一生。是領導中真正的共產黨人認為，既以『右派』叫人遭罪，也應落實對『右派』的政策。加以諸多社會原因，一九七九年五月以『右派』『改正』之名，為腿留殘疾已是殘疾之人回城、歸隊。」

被劃爲右派，在漫長孤苦的歲月，他奮力通讀而透徹讀通的馬列，卻在平反之日漸行遠去，整個世界不知怎的把不住緩緩向右迴旋，如今他念茲在茲這迴旋將伊於胡底？

周爺，這暱稱，是和周良沛先生相識一段時日之後，每次當著面或寫信時不知怎麼開口、下筆，而沒有什麼來由順口呼出的。他大我十二歲，我們同一個生肖，鷄。一個大你十二歲的人，你稱他先生好呢？還是稱他大哥？怎麼稱好像都不合適，特別是與他更爲親近之後，這個『爺』呼，倒覺得非常適切，有點距離又彷彿沒有距離，既敬且愛。

九〇年初他首度來台，探視四十多年前分手的親人。

我騎單車去新店，迎接他騎單車來中和，絕對沒有人不知道，大台北地區根本不是一個可以暢騎單車的城市，要保命就最好別騎。我邊騎，隨時把頭甩向後面牢牢的看緊他，他萬一沒有盯上我，就麻煩了。甩著頭、甩著頭，他照樣不知怎的被我的視線甩開了。我只得在一個比較大的叉路口停下，焦急的在人車混雜的亂流中，飽吸廢氣翹首張望株守他的出現。等了約莫一個時辰，實在按不住，走了算了，難不成要到警察廣播電台呼叫尋人之音。不想到家，他竟早我一步抵達，居然好端端坐在椅子上，反問我騎到哪兒去了？

我磨煮咖啡之時，他逕自在書堆中巡迴。

「趁熱，我們來喝咖啡吧。」

「好苦，咖啡我不喝。」

他經歷的苦況，理應比這杯燙燙的、百多西西的黑水更其稠澀，我忖著。

「受過苦的人，喝苦水，不苦。」

「可不可以給我一些糖和一些奶水。」

然後，他著急的對我說，你的書堆裡怎麼可以沒有《魯迅全集》？於是回去後匆匆航空寄來一套。其實寄水路也就可以，那時的航空郵資幾乎要與書的價格等量齊觀了。後來我請他寄《沈從文文集》，他回我，有時間把《魯迅全集》再通讀幾遍，我遵他的叮囑正讀著讀著，而《沈從文文集》也從郵差的手裡送來了。

數年後他二度來台，火車駛向東部，過雙溪、福隆，進入宜蘭縣境，遠遠看見龜山島，他對著窗外凝望，情緒漸漸亢奮起來。

「看到太平洋了，這才叫台灣嘛。」

「整天僵在摩肩接踵的叢林裡，哪裡像住在台灣。」

有一夜在音樂廳，聽前蘇聯解體後出走俄羅斯的小提琴家演奏。

「台上來人，你曉得何方神聖？」

「我怎麼不知道，這蘇修的演奏藝術家，不稀奇！柯崗（列奧尼德）到中國，我聽過他的現場。」

我的眼睛爲之一亮，心有慼慼焉。他聽過柯崗的實況演奏，令人既羨慕又忌妒。

用堅毅的步伐，義無反顧與中國近代史同其命運以俱進。周爺說他「一九三三年十一月十九日生於潯陽江頭，抗戰時隨學校流亡，讀最深刻的人生大學。一九四九年四月二十九日參加中國人民解放軍，在解放軍大學堂裡學文化，學做人，學寫作……」。這麼動人的學歷以及其後驚心動魄的經歷，並沒有構成俗世裡制式的文憑，使他進祿加爵，他的學生群中已有頗多『博導』，可否請問『博導』的老師該怎麼敬稱？

他諸多的著作中，最最令我傾倒的兩部書，一部《丁玲傳》六十二萬餘字，寫作該傳的緣起，是有人曾敦請丁玲先生寫傳，「……老太太最後講，你們非要寫我，還要我推薦一個作家，那就請良沛好了……老太太竟說，她這輩子要還能有時間也寫部傳記，她就不寫什麼名人，而要寫我。」（詳見《丁玲傳》第八四六頁。周良沛著。北京十月文藝出版社。一九九三年版）。另一部則是由他主編並作序的《中國新詩庫》，這長卷的史詩，縱寫了五四運動後新詩的詩史。在革命的年代，有那麼多詩人奔向理想的終極，奮不顧身，令人不僅心儀更且戰慄。這部書準確扣住時代的脈搏，它是中國近代史的一個側面，百萬字的『卷首』，應該爭取出版單行本的機會，讓它在未來的世代傳諸久遠。

二〇〇三年夏末秋初，我離滇前夕，借妻舅寓居昆明的餐廳，一道燉蒜頭鷄，另三隻燜爛豬腳，與幾些清菜，給周爺提早祝賀七十的壽辰。爺孫倆約莫七點近半進門，一落座，雙手發抖周爺急急舉起筷子，他已有一段時間神經性胃灼，一旦餓了胃便會隱隱發痛。這日上午雲南電視台去訪，請他詳談《小河淌水》那首雲南名歌的種種，訪問過了頭，中餐因此沒好好打理。孫子曉貴陪坐右側，津津有味吃著壽麵。

翌日清晨，他趕來相送。

「昨晚不是約好，請你不用來，我們打個車去機場，沒事的。」

「吃早點了沒？」

「剛才在路上吃了碗餛飩，兩塊錢。」

他又從包包裡取出一個大燒餅啃咬起來。

「五毛錢一個，五十年前，這種燒餅只要半分錢。」

我坐在已經延誤起飛足足一個鐘頭的南方航空班機的坐位上，閉目回想去年暮春，在廣州白雲機場癡癡空等，延遲兩個小時飛往香港的班機，在候機室一愁莫展的情景。

此刻，我咀嚼著周爺的話：

「讓一部份人先富起來。」他說「無非是讓另一部份人永遠窮下去。」

「世界的財富就這麼多，在這麼個有限的框框內，你說是不是？分配來分配去，上面的兩句話，恐怕只能是不可更替的鐵律吧！」

二〇〇三、八、十八自滇歸來。

卓瑪及其他

施善繼

卓瑪

那日，盡職的安頓好大伙的午餐。你挑了一根泡在水盆裡的魚腥草，讓我含在嘴裡，咀嚼，至今那細長白色植物獨有的味道，還餘存在我的嗅覺、味覺與知覺裡，未曾褪去。吃剩的包穀，打包了；吃剩的犛牛肉乾，也打包了，吃不完兜著走，天底下沒有比這更貪饞的事吧！

屬都湖，不要靠太近，不能靠太近，保持遠遠的，遠遠遠遠的。不要驚擾，平平靜靜一面十五平方公里的湖鏡，讓她永永沈緬在億萬年芬芳的恬思與閒想間。若，想投影掠過的鳥影，也要隨它。妳看，那麼輕、那麼淡的雲，自在湖心浮游飄逸。水草豐茂它們的豐茂，牧棚星星點點無聲，犛牛用黑色裝飾無邊。

請噶丹・松贊林寺的誦經聲別歇，朝拜的人來，朝拜的人往，轉經筒轉不停的轉，經誦不停的經。

六字眞言反覆循環吟誦，「唵」「嘛呢」「叭咪」「吽」，「唵嘛呢叭咪吽」。不過幾十個台階的爬昇，可把我們費得下氣不接上氣。

妳說：「送你們到這裡」的聲音，被虎跳峽底金沙江水的奔騰捲得無影無蹤，離情迤邐而非依依。妳在中甸橋頭跳下車，與大伙揮手。

記得清晨緩步在迪慶機場的停機坪，空間無限停謐，時間彷彿靜止。成排藏族姑娘，用嘹亮的歌喉，迎賓，歌的聲波在氧氣稍稍稀薄的空中延伸，美好音韻傳遞著高亢的喜氣。

踱出機場，亭亭妳站在那裡，笑嘻嘻，穿著妳們叫「褚巴」，我們稱「藏袍」的外衣，牛仔褲的褲管在走動中，不經意從裙子下襬溜了出來。我們不遠千里萬里前來與妳相會。

香格里拉，您好！深深的吸了一口氣，誰說，失去的地平線？這如假包換的地平線，無時無刻顯現在每一雙陌生眼瞳的視野，眞眞實實。

「我叫卓瑪，漢名楊國芬。藏族與納西族的混血兒。」妳自我介紹。我們伙裡，有一位苗栗的客籍人，說他原祖是畬族。我這「施」姓，是從「方」姓演化而來，中原河洛人，族譜記載，因爲逃難上了山東，又輾轉南下福建，以後渡海來台，至於是否純種「漢人」，不甚清楚。

卓瑪，扎西德勒。

現在，妳在方圓兩萬三千八百七十平方公里的冰川、雪山間，做些什麼？在海拔三千三百八十米的縱谷、高原上，轉經，或依然認眞爲遠方的來人細說故鄉，它們與妳一體，妳是它們的一景，險峻神奇，靈秀清幽的奧祕。

我呼「卓瑪」，妳的藏名，妳會立刻回頭。

我喊「楊國芬」，妳的漢名，妳不要忘了回頭。

「看到了！」

卓瑪把我們放行了。她請我們不用擔心，只要招手，就會有回去迪慶的車子，願意載她重新投入熟稔，原始森林的茫茫。

大伙在密林間急駛蛇行，雲杉、冷杉滴翠蒽郁，老太陽想盡法子，把它八月炙熱的紫外線，穿透樹葉縫隙，直直刺進每個人暴露在外的毛細孔。而金沙江宛如綢帶忽隱忽現，在綠蓊蓊的群山之間飄拂。

一個可供遠眺的視點平台，農民偷閒的攤子順路沿排開。

「看到了，看到了，終於看到了！」

「野蘋果，野蘋果，一串兩塊錢！」

驚嘆的在驚嘆著，吆喝的在吆喝著，似乎沒有交集，彷佛互不相干。

「啊！看到了長江第一灣啦！」

「一塊！一塊！一塊錢就多買幾串。」

金沙江平靜而舒緩地在那裡拐彎，它要日夜兼程趕去宜昌境內，西陵峽的三斗坪發電。

牛墟

往東走六十多公里麗江在望，一個多年前在台灣鄉下頗為熱絡而熟悉，晃若蒙太奇卻並非蒙太奇的場景，清晰再現，久違了，牛墟。

老太陽一點也不想放鬆，仍舊火火的懸在高空。好不熱鬧，上百頭牛隻，大部份站立，小部份坐地，分散在斜斜的丘墟，有些認眞嚼著草料，有些悠然自得隨意灑尿。

台灣從農業社會過渡到工商業社會，從工商業社會再過渡到消費社會，加入WTO，將來要從消費社會向什麼過渡？令人惴惴不安。

牛群中混雜著頗多馬匹，不小心還認不出來，顏色幾乎雷同，差點把馬全錯看成牛，馬嘴不對牛頭竟然是我。交易在農民自己規範的肢體暗語中進行，他們交頭接耳，據說握手時食指在對方掌心劃動，但外人不得其門而入，乖乖靠邊，感染農民在這秋初儀式中歡暢的躍動。

牠們一直是幾千年中國農民最親切、最可靠的好伙伴。懸掛在牛脖子上的鈴鐺，一點也不浪漫。

鐵製的牛鈴一個兩塊錢，會生銹；銅製的一個四塊錢，晃起來比較響亮。

古城一瞥

古城建城八百多年後。

她在一座仿古客棧的黃昏，等候一小隊旅人披著疲憊到來。春梅，聽來不疑是漢族的名字，但她的裝扮終於是，說話的語調更儼然是——納西族人。她的眉宇微微浮動著，千百年東巴文化璀燦的閃光。

玉龍橋頭那座大水車，傳動滔滔不絕的水響，水與時間融會的交響。水向四方街的蛛網流去，流光鑑照似老未老的屋檐，柳絲兀自飄颻。站在東大街朝北望，玉龍雪山頂峰積雪終年不溶，雪的容顏在僅僅十五公里之遙牽動遊人的雙目。

四面八方蜂擁而至的人們，帶來外地不可饒恕的喧囂，狠狠蹂躪著古城。古城無言，默然堅持不懈以它硬朗的石板，承受日日夜夜的摩肩接踵、嘻弄嘩笑。

水啊！你得勤奮沖刷街道，讓古城四季煥然如洗。

晚餐桌上，麗江粑粑、雞豆涼粉、米灌腸、酥油茶已迫不及待陣陣飄香。

有心人，早點就寢，務必在天未亮起身，才可能攬住透進古城的某些熹微，等晨曦集中光束射向古城，光影雜沓交錯重疊，樓宇明滅，歷史跌宕參差，這麗江一瞬，千古永銘。若巧遇納西老人把手挽在背後，慢慢走過，當原來樸實無華整座古城被喧賓奪走，老人如此焦急穿上自己民族服裝，早早漫步石板，遍遍梭巡，片片失落。請記得近身時向他們致意微笑，他們總戴著紅軍舊式的八角帽。

白日裡，幾些納西老人也只圍聚，借四方街的一個小角，用他們的語言互換自己的喜樂與哀愁。不要挨近，客人對主人起碼有一定距離的尊重，你看，好奇的外人，誰又能聽懂什麼？湊熱鬧，還要對焦拍照，這習以為常的行為，難道不叫「犯冒」。

踏入木府土司衙署，立刻耳根清靜，這裡是古城最安寧的所在，「前議事廳」旁那株檉柳，麗江震後，枯木逢春，四百年死寂，一夕復活，怎能不歎為觀止，造化之神奇，由衷讚服。另一株兩百年的金色桂花，似老猶壯挺立院中，因著秋陽的照耀，盡其恣肆的發散它金秋的芳香。

春梅忘了提她納西族的姓氏，她這「和」姓是漢族的姓，「木」姓與「和」姓，恰好是納西族的兩大姓氏群落。「木」姓從前都屬權貴人家，「和」姓則係一般庶民，這現象多年來已不復存在。

春梅，一個納西族的青年，將在麗江的民族學院認真學習，工作所得正好拿來作為部份生活的補助，她與祖母同住，家裡有地，也買了牲口，但人手仍嫌不足，以致無法做起自己想做的生意。

古城八百年，泉水垂楊，作為中國多民族的一支，納西族會與其他民族協力合同再造另一個八百年，以及數不盡多少個氣宇軒昂的八百年。

「天地至今留正氣」

——紀念賴和先生逝世六十週年

何標

一〇九年前出生於台灣彰化的賴和，是被譽爲「台灣魯迅」的老一輩著名作家和被稱作「彰化媽祖」的民間「神醫」；是兩次被日本殖民當局逮捕入獄而堅貞不屈的抗日鬥士。在他逝世八年後的今天，台海兩岸民衆對他的品德和業績，依然充滿感佩而備加緬懷！

賴和在日本佔領下的台灣，苦讀於民間私塾，受到深厚的中華民族文化傳承。他曾寫詩頌揚「不忍衣冠淪異族」的文天祥；稱讚「耿耿星光隕九天」的民族英雄鄭成功；表彰「坐鎮東南意氣雄」治台有功的清代台灣巡撫劉銘傳。一九二五年孫中山逝世後，賴和極爲惋惜和悲痛，撰寫輓聯及輓詞頌揚孫中山：「我先生的精神亦共此世間永遠永遠的不滅」。賴和由於青年時代在福建廈門受到過祖國五四運動新思潮的直接薰陶，積極投入，推動了台灣新文學運動，被尊為「台灣新文學之父」。

賴和逝世六〇年來，正如他在一首詩裡所寫的：「紛紛擾擾相異，是非久已顛倒置」。如今的台灣，歷史事實遭到歪曲，是非黑白正被顛倒，台灣老一輩作家被一些別有用心的人按照所謂「獨立建國」的尺子重新定位。於是，與賴和同時代，主張「文學回歸祖國」的楊逵和主張「台灣文學是中國文學一支流」的張我軍等，都被歸為所謂「大中國主義者」而受到貶抑。為了拉賴和這面大旗做虎皮，獨派份子有意淡化賴和熱愛中華文化和懷念祖國之深情，而把他關於「文學大衆化」和提倡「用台灣語文寫作」的主張，加以拔高、曲解和片面詮釋，以偏蓋全、盜名欺世、力圖把他塑造成「台灣主體文學」的鼻祖。

台獨份子的這些卑劣行徑，是對賴和的莫大羞辱，賴和在生命垂危時曾仰天長嘯：「看不到日本仔倒台，我死不瞑目」。如果賴和在天之靈有知，當聽到把他同那個妄圖建立「台灣圖」和恢復「武士道」「大和魂」等「日本精神」的李登輝歸為同類時，一定會驚詫錯愕，痛心疾首而怒不可遏。賴和先生終生在民族大義方面是非分明；鐵骨錚錚，正如他在《文天祥》詩裡寫的，是「天地至今留正氣」。想把他歪曲抹黑，徒勞而已。

兩岸文學的新頁
——試讀周良沛的《走進臺灣》

曾健民

自忖，自己既非文學教授亦非專業文評家，要寫文學評論，確實有點猶豫。

但想起，楊逵在七十年前寫的〈藝術是大衆的〉一文中，就曾說過：

「我們期待文壇外各種職業代表的批評……我們期待的文學，非文學中毒者喜好的文學，而是外行人所喜愛，感動外行人的文學……眞正鑑賞藝術的是大衆……。」

也想起，陳映眞兄常鼓勵大家的話：

「文學沒有那麼高深，重要的是思想。」

因此，就鼓起勇氣，以一個文學愛好者的身份（但絕非文學中毒者）開始寫這篇文章。

又再想起，本書作者良沛兄數度催促說：「我們會長能寫點評論是最好不過了！」；所謂「會長」的這個「會」，是指十年前開始我和陳映眞兄和一些朋友共組的「臺灣社會科學研究會」，它專門研究社會科學理論和臺灣的社會歷史；恰在我忝爲會長時，良沛兄曾數度參加，且甚爲認同我們的活動；此後，雖然會務並沒什麼大進展，但他終始以會員自居，以「我會」自稱。比許多隨意「進出」「我會」的臺灣「口頭左派」們，我是更敬重這位「階級兄長」的。每當他叫「我們會長！」時，我既慚愧也甚感激；慚愧的是沒有把「我會」辦好，感激的是，他不識時務地始終如一支持我們這一小撮臺灣朋友的理想；且，不論在生活上、求知上，他像一位慈愛的「階級兄長」，總是以無限關愛的眼神，關照我們這些孤單的臺灣「階級小兄弟」。妻經常說他像大家的「鵝媽媽」，總是常在我們的左右。他使我想起，自己年少時，在黑暗中孤獨地仰望的中國革命的形象，總是以熾熱的心走在人民當中……

就因爲這樣，我的確應該提起禿筆，爲他的作品寫點內心的話。

一、有獨特風格的社會紀實散文

記得巴金曾在〈讀我的散文〉中說過，常碰到「不太容易給一篇文章戴上合適的帽子」；亦即，不知如何歸類一篇文章的體裁的問題。

初讀良沛兄的這一系列作品時，確實也碰到這問題。因爲，它有報導文學特有的眞人眞事的內容，也有小說的情節，更有詩般的韻味；說它是散文，但又紀事叙事氣勢磅礡，不似小品；說它是報導文學，可又不全是眞人眞事，而有一定想像、虛構、典型化的創造成分。爲了這問題，只好向他本人請教，他毫不猶豫地回答：「是散文！」

散文的領域遼闊，形式靈活而多變；因而它幾乎和一切文學形式毗鄰而居，所以只要不是詩、小說、戲劇的都可以歸類爲散文。在中國文學史上散文的歷史悠久，古代文學中，與堆砌的「駢文」相對的先秦諸子的「古文」就是正統的散文；它「言之有物」，以議論爲主，同時有相當高的藝術性；到了「五四」，隨著時代在社會、思想、文學等各方面的革命要求，就產生了以魯迅的雜文爲代表的現代散文，它有熾烈且愛憎鮮明的感情，富有思想性和藝術性，生動精悍針砭時弊；瞿秋白在論魯迅雜文時，就曾說它是「文藝性的社會論文」。因此，思想性、藝術性和批判性就成了中國現代散文的重要特徵。

雖然，現在已非革命年代，而是一個「建設有中國特色的社會主義市場經濟的時代」（照字面講，「社會主義」應是主，「市場經濟」是從；可是，總有人有意無意地忽略前者只講究後者，甚或用「西方」或「美國」來代替前者）；但是，由於「市場經濟」急速擴張，人的商品化現象，人在政治、經濟地位上異化現象日愈嚴重，再加上全球化的進展，使社會日趨複雜，這就給當代中國文學提出了一個嚴肅的時代課題：中國需要新的魯迅。然而，近二十年來，由於大陸文學界，有意或無意地對一九一九年到一九七九年間經過無數苦難才建立起來的中國現代文學範式，產生了嚴重的「失憶」，而一頭栽入西方的現代主義、後現代主義和後殖民主義，脫離人間煙火的西方七里霧中。

在迷漫西方七里霧的時代中，良沛兄倒是少數繼續堅持原有創作路線的作家；他吸收並繼承了五四以來中國現代散文的優良精神，並呼應新的時代要求，發展了有獨特風格的社會紀實散文。他有豐富的社會、歷史知識和生活經驗，始終如一地以進步的世界觀分析、掌握重要的社會現象並洞察事理；他慣於以有報導文學的具體生活為題材，透過詩的組織、概括和想像，把眞實的社會生活和對生活的熱愛、批判體現在文學藝術的形象中，新鮮而感人。

二、打開兩岸文學的新頁

《走進臺灣》不但是作者獨特的「社會紀實散文」的代表作，更是兩岸文學的一朵奇葩。

兩岸恢復交流二十幾年來，有成千上萬的大陸文人、作家來過臺灣；其中有不少人寫過臺灣，但內容總侷限在寶島風情、民族感情、名人軼事等，比較浮面的東西；也有一些大陸作家的作品在臺灣頗為暢銷、知名度也高，但這些作品的主題內容卻完全與臺灣社會無關。《走進臺灣》可以說是第一本大陸作家完全以臺灣社會生活為題材的創作。

沒有一位大陸作家像良沛兄一樣，傾注了全生命的熱情深入臺灣社會底層，全面、深刻而感人地描寫了上世紀末九十年代臺灣社會生活的眞實面貌。它的結晶——《走進臺灣》這一系列作品，不但是兩岸文學交流的大豐收；它的出現，更把兩岸文學從「交流」的層次，一舉提高到「創作」實踐的次元。

只有在感情思想上，能克服並超越兩岸四十年的隔絕和對峙的歷史對現實所造成的各種迷障，無窒無礙地、自由地馳騁於兩岸的心靈和筆，才可能產生這樣的「創作」。而良沛兄（以下敬稱略）以這一系列的作品，首次證明了它的可能性，揭開了兩岸文學新的一頁。

當然，作者在臺灣約二年半的生活經驗，是完成這些作品的必要條件；然而，如果作者本身不是一位「資深的進步」作家，有再好的條件，也不可能完成這樣高度的作品。

「資深」，是指作者的文學資歷。作者自少顚沛流離於抗日戰爭，及長毅然加入人民解放戰爭，據作者自稱：「是在解放軍大學堂裡學文化的！」，當然，堅信進步的世界觀與馬克斯主義的文學藝術觀並與人民群衆爲伍，是他一生的創作信念；雖然經歷過極左路線的大風大浪，仍然完成了上千萬字的著作，可謂「著作等身」，現仍孜孜不倦於創作。

「進步」這詞，現在大陸已少見人用了，甚至許多人還刻意避開它；但我相信，用這個在中國新民主主義革命時期最常用的名詞來概括作者，是最適切的。「進步」，不是什麼妖魔鬼怪，也不是高深學問，它只是泛指永遠站在弱者、被壓迫者的立場，追求社會的改造、人的解放的一種生命態度；作者在年輕時即抱著這種理想參加解放戰爭，後來，雖然在極左時期曾受過嚴酷的焠煉，但仍對自己的信念，堅信不渝；改革開放後，原來極左的紛紛又向右轉的風潮下，作者仍是少數堅持原有信念的作家，在既有的基礎上，繼續把「進步」的文學理念推向更高更廣闊的境界。

是這樣的「進步」文學特質，使作者筆下的臺灣與一般大陸作家的筆下的臺灣（當然，一般的臺灣作家亦同）有極大的不同。

他關注的，不是少數臺灣菁英的風流韻事，而是一般尋常百姓的眞實社會生活；描寫的對象不是高高在上的臺灣支配階層，而是社會底層無名的卑微的小人物，或是一些堅持信仰、理想與臺灣的支配層抗爭的人物。可以說，九十年代臺灣重要的社會現象盡入他的作品；他寫老兵、眷村、黨國遺老，他也寫老農、農村的困境以及貧困出身的「階級兄弟」，他寫政治受難者、文化抗爭者、前衛的性解放者、平淡溫馨的詩人家庭；他寫臺灣的宗教現象，也寫臺灣的色情產業。在紛然雜陳的時代現象中，他掌握要點，細緻地藝術地表現它重要的特徵和本質。在作者眼中，不管是聖潔的或污穢的，宗教或情色，老兵或老農，都同樣的重要，有同等的社會意義。體現在作者的藝術形象中的臺灣社會生活的眞實，都閃爍著時代和人生的啓示。

在〈那兄弟與酒〉一文的開頭，他這麼說：

「在臺灣，我這「大陸佬」的熟人，相比之下，應該說還是比較多的。」

其實，不但「比較多」，簡直是最多的。

由於他的「人民性」，他像楊逵所說的：「用腳去寫」文學；他走進臺灣社會的各角落、各階層、各流派，像一個踏實的報導文學家。他深入臺灣的農鄉僻地山巔海角，親訪原住民部落與煙花巷；又像一個研究者，他深入臺灣史料、社會的研究調查；也像一個優雅的文化人，他廣交各路朋友，有統派也有獨派，有企業經營者也有「階級兄弟」。這使他毫無困難地超越了四十年間兩岸民族同胞在政治上的對立以及社會制度的差異所帶來的疏離感，一點也沒有「大陸佬」的感覺。

三、在新生和腐朽並存的年代來到

八十年代的臺灣，是一個政治、經濟、社會複合震盪的年代；長達三十年的內戰與冷戰結構，以及這種特殊結構中產生的政治獨裁下的經濟發展體制，面臨了前所未有的挑戰而開始鬆動、崩解。原來在過去的結構與體制下得到快速資本積累的新興資本、中小企業家羽翼已豐，急欲掙脫獨裁政治的「小外衣」，追求更大的政經自主、自由，以符合其作爲臺灣社會主人的地位；另一方面則是，長期處於獨裁政治與資本壓榨對象地位的勞工、農民、老兵，也開始走上街頭「自力救濟」；還有，更不可忽視的是，由於臺灣巨額的對美貿易逆差，外匯存底不斷攀升，在美國壓力下，引爆了新臺幣的大幅飆漲，因而引發了前所未有的經濟膨脹，游資亂竄，股市、房地市飆升，造成了一次大規模的社會財富兩極分配現象，它從「根」搖撼著舊體制。

以一九八七年的「解嚴」、開放兩岸探親並進行大幅國際化、自由化為象徵，長期被壓抑的臺灣社會力、社會禁忌，一口氣噴發了出來。反對黨、環保、勞工、農民、學生、老兵、原住民、女性……等各種爭權益的社會運動風起雲湧；另一方面，游資、炒作、投機、色情、暴力等貪婪無恥社會現象，也堂堂上演。

那是一個希望在萌芽中但失望也跟隨而至的年代！是一個新生和腐朽並生的年代！

一切是那麼新鮮，但也飄浮著一絲絲的腐朽味。

在美國對臺灣的支配的本質不變，基本的大格局未變動換湯不換藥的情況下，事情總是這樣變化的。

作者是在這樣的年代來到臺灣。

作者得以來到臺灣這事本身，就是國民黨反共內戰體制瀕臨崩解、轉化，兩岸開放時潮中的產物；它是臺灣社會的新生事物，是以前的時代所無法想像的。

同時，我們也不可不看到。實際上，作者也正是過去兩岸長期的隔離與對峙歷史中，眾多悲劇者中的一人，這長達四十年的骨肉離散的悲劇是刻骨銘心。這悲劇與傷痕，自然是兩岸文學的重要主題；特別對作者來說，更應該是如此。

然而，我們卻看不到作者筆下出現過個人悲情的哀訴或哀嚎。事實上，作者已將個人的感情昇華到兩岸全體命運的關照，已把個人的小悲小情轉化為兩岸全體的大悲大喜。是這樣的特質，使《走進臺灣》有更普遍的文學意義。

四、在兩岸的旅路上

雖然作者並未直接描寫自己的父親，但在〈路遇〉中卻隱約閃現著作者父親的身影。作者在該文一開頭便如此寫道：「又似乎在很多年前，在很多地方就同他有緣，見過面的。」該篇生動地描寫了「黨國」遺老晚年的共通處境，他如此寫道：

「恍惚見他是從那紙黃字蛀的線裝書中走出來，從那清末民初的故事影視中走來。」

這個一生貢獻「黨國」，老得已失去視力的老者，雖然一生最「政治」，老來卻對政治過敏，「不談政治」；他「感到這裡已活得無望時」，就「費盡心機就像有辦法的人，把子女送到國外」；因此，家族「也是個小聯合國」了。但是，當子女們為了電影《紅高粱》中的「中國人形象」問題而爭吵起來，不歡而散時，老人卻：「墜入黑洞洞的深淵，成了對他無法抗拒的懲罰。」

作者這樣描寫老人的心境：

「從這老根上發出那異化、變種的枝葉，在支離的變裂之中，將他的身心都大卸八塊似地支離得失去了他自己，令叫自己驚恐於噩夢，又醒於夢時反問自己：我是誰？」

老人終於得了「大概不是常人用的這些藥可以醫治的」病。

作者在文末如此寫道：

「在化解了對他那一絲神祕感之後，又在另一條道上與我相遇……」

與作者相遇的，不只這〈路遇〉中的「黨國」遺老，還有在〈紅塵的靜慮〉文中出現的，住在「居士林」社區裡，經常共同做佛事的，七八十歲以上的「宿將遺孀」們。

作者想寫的，正是那些在臺灣馬路上常常會遇見的「黨國」老人們的共同形象，那些喪失了權力的老人們。

作爲這些黨國遺老們形象的反襯，作者又費了很大的功夫，從事資料的研究和調查後寫了〈我與孫立人將軍的最後晤面〉一文。衆所周知，孫立人案是蔣介石遷逃臺灣初期，爲樹立其個人獨裁統治的過程中，所發生的冤案、疑案；該案株連百人，至今仍是知名的政治案件。孫案的平反，正象徵著蔣介石政權已走下了臺灣的政治舞臺；它是九十年代初，臺灣的民間自主力量興起時，許許多多政治平反運動的重要一環。

作爲本書中收錄的〈我與孫立人將軍的最後晤面〉一文的續作，作者在孫立人過世後，也曾寫了〈燒把紙錢祭冤魂〉的長文；可惜，因篇幅關係，本書不得不割愛。在該文中，作者如此寫道：

「我是再也明白不過，我就是他生前會見的最後一位客人，也是他被囚後見到的唯一的一位大陸來訪者。」

由此可見，這篇〈我與孫立人將軍的最後晤面〉，是頗有歷史價值的。

兩岸長期隔離與對峙的歷史以及這歷史所遺留下來的問題，是全民族的悲劇。作者筆下的「黨國」老者雖然也是悲劇的一部份，但是，他們畢竟曾是悲劇的製造者，是應負歷史責任的；更何況，他們的悲劇，與絕大多數作爲黨國機器的末稍、底層，自己無法自主地執行了黨國意志，那些百萬人以上的中下級軍公人員、老兵的悲劇是不同層次的，這些人才眞正背負著兩岸悲劇中的悲劇。

〈老兵〉一文，用淡淡的憂鬱的筆調，從側面鮮明地刻劃出這兩岸悲劇中的悲劇的形象，是這類文學作品中的傑作，讀後讓人低徊不已。

作者用一半平淡一半無奈、黯淡的筆調，描述了從羅湖關到中正機場，這十多年來每天反覆上演著兩岸悲喜劇的旅路；作爲這憂鬱旅路的角色之一，作者描寫了偶然（也必然）結伴而行的老兵——

老兪的形象。

「這人，灰白的平頭，一身上下都給太陽曬黑又曬焦了，黑得眼皮和眼珠都分不出色調的層次，焦得全身全是骨頭的稜角，從他穿得髒污的汗背心和那長到膝蓋的短褲外突出來……他沒穿襪子，拖著一雙塑料涼鞋」

「唯一的一件行李，也沒有旅行袋，連包袱皮也沒有，就是根塑料繩捆起一包輕輕就可以拎起來的衣服……這使我隱隱地感到了他的一些不幸了。」

同行中，這位「有些不可捉摸，不知是反覆無常，還是怪、倔」的老兵——老兪，唯一一次的眞情流露，是在睡夢中驚醒時，作者描寫道：

『「梁祝」中「樓臺會」裡一聲慘絕人寰的「梁兄呀」，他把我們都嚇了一跳的坐了起來，熱淚縱橫，茫然失神地嚷道：這是哪裡，是哪裡呀——』

出了中正機場，望著消失在雨夜中老兵身影，作者感嘆道：「那個老兵，今夜在怎麼走他的漫漫人生路？」

最後，在濁水溪畔的榮民之家，作者又偶遇了這位「應聲一閃就奪門外竄，不見了」的老兵——老兪。而那位「張開兩個手掌十指全是金晃晃」的退輔會長官說了：

「他就是回大陸，一去一年多，啞巴老婆無人照顧，都找不到了。」

文末，作者用低低的、淡然又無奈的語調寫著：

「此時，我們又這麼巧遇，是我們的旅程還沒結束，又將結伴而行？」

作者了悟到自己與老兵原來都同是兩岸悲劇旅路的同行者；對個人來說是「巧遇」，但在歷史的漫漫旅路上又必然將「結伴」而行。

作者借描寫老兵，也映照出了自己內在深處無所告訴的悲愴。

在〈眷村閒話〉中，作者描寫了臺灣到處可見的，「穿緞披綾的都會的一點兒補疤，歷史的傷痕」的眷村，特別是，記述了村中的鍾先生含著淚光口中的一個傷心故事：一個爲了讓鄰居友人的孩子有錢讀書上學，不惜去搶銀行的單身老兵的故事。而這些，不也都是作者心中「結伴而行」的人們麼？

在此，作者的民族感情與階級感情得到了統一的飛躍，昇華到高高的藝術層次。

〈臺北有條昆明街〉一文，可以說發揮了作者的社會紀實散文的極致，它用「昆明」這個意象，藝術地概括了兩岸千絲萬縷、理不清的歷史與現實。

作者從遺留著蔣政權寄託收復美夢，而以大陸各省市爲名的臺北街頭，說到了「昆明街」：

「對我這麼一個剛從昆明渡海而來的人，漫步在這麼一個一點也不像昆明，又爲它就是叫昆明街的街頭，眞是思緒萬千……」

一個兩岸開放後最早來到臺灣的「昆明人」，站在刻記著兩岸內戰歷史的臺北「昆明街」頭，歷史與現實交互在內心的激蕩是無以言喻的；特別是，對親身經歷過且背負著兩岸內戰歷史悲劇的作者而言，更是如此。

作者繼續以描寫三位不同傾向、不同典型的「昆明」人，進一步展現兩岸現實的明與暗。

一位是由滇緬邊境輾轉到臺灣，爲生活而不得不在KTV打工的「昆明囡」；「她那團團的臉上那對又大又黑的眼睛，以後再也無法從記憶中消逝」，在作者筆下，她閃爍著光明的希望；然而，他也擔心：「要是有一天四周的環境無法讓她這樣堅持下去……她也會像那些走來要陪坐伴舞的眷區姑娘麼？」在臺灣社會生存邊緣的「昆明囡」將在明和暗中掙扎。

另一位是年輕時隨軍來臺的「昆明佬」，在臺灣胼手胝足地掙了一點錢，卻向作者誇口炫耀，他一個月的收入就能在家鄉昆明包十幾個「小姐」；「他哈哈的張嘴大笑起來」，爆出的金牙金晃晃的，好像那金屬的牙，已可以活呑碎嚼一切活物似的……」，作者如此描寫了這位臺灣的「昆明佬」的醜惡形象。

然而，醜惡的不只是這位在臺灣的「昆明佬」；作者也描寫了一位成了臺商二奶的「昆明小孔雀」，以及其得意揚揚眉飛色舞且爲人師表的雙親，還有那一心想和臺商拉關係的大陸編輯，這些都是道道地地的「昆明人」。

兩岸開放，雖然帶來不少美好的事物，但由於兩岸私有經濟進程的時間落差，以美元爲計價基準的貨幣所得的落差，造成了兩岸民族內部新的不平等現象，產生了新的裂痕，新的人性的扭曲。不管是「昆明佬」、「昆明小孔雀」或「昆明囡」也好，都是這種兩岸新的扭曲的現實下，新的鮮活人物。

「在這臺北的昆明街頭，想到這些昆明人，恍惚看到他們一個個也站在這個街頭，他們各成一景時，才感到它是臺北的昆明街……。」，作者以這樣的意象描寫作爲結尾；這時的作者又站在一個叫「昆明街」的臺北街頭，從「昆明」街聯想到兩岸這許多現實中的「昆明人」，彷彿間好像兩岸歷史和現實的差距都褪去了，他們似乎都一齊站在臺北的昆明街頭，但又猛然驚覺到「他們各成一景」時，兩岸歷史與現實的跨距又悚然在眼前。

作者用詩的手法，把具象的社會紀實所無法展現的複雜微妙的情感吐露、表現出來，把它提高到更高的藝術境界，這正是作者最獨特的風格。

五、臺灣農鄉的憂鬱

不論在過去還是現在，與大陸的關係一直是臺灣社會的重要部分；它像神經一樣，牽動著臺灣全局的走向，因此，也一直是臺灣文學中的重要題材。除了寫無法迴避的兩岸題材外，作者最難能可貴的在於，他大大地突破了兩岸歷史所加給他的局限，跨出兩岸悲喜的題材，走進臺灣社會的大天地，走進臺灣人民的生活現場，站在臺灣人民的立場看社會看世界；他所寫的題材幾乎涵蓋了臺灣社會的各方面各角落，在他筆下登場的臺灣人民恐不下百人，個個都是鮮明的典型，每個社會題材都有鮮明的時代特徵。

其中，描寫臺灣農村、農民的特色及其困境的作品，是本書的一個重要部份，這些作品所流露對臺灣農鄉的眞誠感情，以及其文學藝術的完成度，恐怕連本省籍作家也少有超過的。

如果單純以產值來算，今日臺灣的農業，只佔全島總產值的個位數，農民在總人口比率也只佔個位數，在爲政者當權者眼中當然是一個不關緊要的存在；在過去，臺灣的農村農民是臺灣資本主義發展過程中資本積累的源泉；今日，它卻成了爲政者手中與國際資本交換利益的籌碼。臺灣的農村、農民，從產值、人口的數字來看很小，但從社會和歷史來看，卻有遠超過數字的意義，是臺灣社會中一個不容忽視的矛盾結節；它像臺灣社會年衰的老母親，正面臨被兒女棄養的命運。

由於作者在兩岸開放之前，就十分賞識臺灣的代表性鄉土詩人吳晟的作品，曾將吳晟詩作在大陸出版；來臺後兩人成爲摯友，而有機會深入臺灣農鄉，實際生活、體驗、觀察臺灣的農村、農民；他用獨特的紀實散文記錄、見證了臺灣農民、農村即將消失的傳統美德，以及在國際、國內現實的政經壓力下複雜而憂鬱的面貌。

本書中〈最後的牧歌〉、〈祭旗〉以及〈村廟前〉，就是這樣的文學結晶。

以犧牲臺灣的農村、農業、農民，開放外國（主要是美國）農產品進口，來換取臺灣工業產品出口的經貿政策，造成了臺灣農產品「生產過剩」，不得不「轉作」、「休耕」的問題；作者描寫了農民「有田不能做」，半夜偷偷把自養的豬隻燒掉，蔬果任其爛在田裡的特殊景象，而不禁吐出詩人的警句：

「我不知道被屠殺的禽畜的『冤魂』是否眞有。如果眞有，那麼，無人收獲的熟果，每一個也一定有一個冤魂。而且，我親眼目睹那從農人心頭吐出的一口冤氣，最終也會成爲一位瘋狂的復仇女神。可是，現在也許眞如詩人所說，『只能聽其自然囉』。」

另一方面，作者也描寫了臺灣農鄉的政治景象；雖然政客、當權者年年施行以農村、農民爲犧牲品的政策來維持政權，但，他們仍然年年得靠農村農民的土直選票來獲取權和錢。競選季節一到，選票、金錢連同選戰標語就在農村田頭齊飛揚，「它們膨脹著各自都想在此佔領、爭奪的野心，如宣戰的旌旗，殺氣騰騰。」

選後，「在金、權活躍政治舞臺，他們自然只能是金權交易中的多餘物，遭受棄落而無依地苦悶徬徨……。」

「種田人除了選舉權之外，什麼都沒有了！」，作者替無助的農民吐出了一口長長的冤氣。

在〈最後的牧歌〉中，作者以生動、樸實的筆調，描寫鄉土詩人吳晟的老母親；她在臺灣的資本主義社會的快速進展，而逐日荒蕪的農鄉生活中，依舊堅持一個傳統農民的美風美德。作者用魯迅詩句「吃的是草，擠的是奶」來形容這位似「孺子牛」的老母親；他認爲她「並不識字，眼裡倒滿是『文化』」，而她的人生藝術、家訓就是：「飯吃飽，眠睡足，多工作，少說話」，過去如此，現在如此，「似乎志在苦行」。

在「吾鄉」已不在，紛亂而虛假充斥的新年代，作者筆下臺灣農鄉老母親的形象，高高地鮮明地向我們招示著什麼？

作者提出了深沈的質問：

「草根、草根，有土的地方它就能札根，而這黑黝黝的沃田，誰又有權叫每時每刻都在生育的她去絕育呢？」

我以爲，當沃土上有了所謂的「市場經濟」，當沃土成了專噬「利潤」的資本巨獸的「樂土」時，沃土將成爲絕育的荒原。

作者筆下臺灣農鄉的憂鬱，恐怕也是中國大陸的，甚至全世界農村共同的憂鬱吧！

六、哦！我的階級兄弟

就像全世界所有後進社會的資本主義化歷程一樣，臺灣社會的急速資本主義化，僅僅在一個世代之間，就快速地把大量的農鄉人口轉化爲工廠、都市的白領藍領勞工，他們聚居在老都會區周邊，形成了新的都市。新都市中這一世代的人們，與農鄉之間仍維繫著要斷又未斷的臍帶關係，構成了臺灣社會的新面貌。作者也描寫了這個新面貌，這些新都市中尋常街巷的庶民的生活和形象。

在〈那「兄弟」與酒〉中，作者筆下的主角，是一位有著「皮黑肉黃，粗短粗糙，滿是老繭和傷疤，是一雙創造世界的手」的木工老劉。初識時，當木工老劉用「哦！我的階級兄弟！」向他打招呼時，這個曾經在作者生命中是這麼親近熱烈、耳熟的稱呼，但現在又已這麼遙遠的呼喚，在臺灣的木工口中響起時，對一位仍持「主義」的大陸資深作家來說，內心的激動是難於平復的：

「在意識型態那麼不同於大陸的臺灣聽到它，引爆出的有酸有甜的感情之狂瀾的滋味，眞是無法用文字可表達的」，作家雖然這麼說，但還是用文字表達了那「有酸又有甜」的激情。

這位出身海邊赤貧之家，在困境中靠努力聰明學就一身好技藝而成家的木工，卻爲了受「黑道」欺市霸市的欺凌而搥胸吼叫著要：「尊嚴！尊嚴！」，爲臺灣的「黑金」現狀而借酒澆愁，並出破石驚天之言：

「要是『統』得還是這種金錢政治的貪官污吏的鳥政府，那我也不要那樣的『統』——」

這是臺灣的「階級兄弟」的肺腑之言，那不也是全世界「階級兄弟」的吶喊嗎？

另外，同篇也出現了一位作者稱之爲「半個階級兄弟」，經營小印刷廠的小老闆；這小老闆他攢了點錢，手裡拿著美國護照全家移民美國，人都稱他杰姆斯；他的宮闈式的香窩金屋，就是「階級兄弟」劉師父設計施工的。

「他也是不少持外國護照還稱自己是臺灣人的那種先生，不是窮開心，哪裡願跟我同個『階級』，可說算半個臺胞兄弟吧！」，作者如此陶侃那個「半個階級」兄弟。

然而，從作者如此陶侃以來，攸爾也過十年了；十年來，那樣的半個階級兄弟、半個臺胞兄弟的人，在臺灣，可已滿街都是；他們已成了臺灣的主人，可不是我們這些「階級兄弟」陶侃得起的囉！

七、無畏的力量

一般人恐怕都忘了，臺灣從五十年代起，在內戰、冷戰的局勢下，曾經歷了長達四十年的反共軍事戒嚴，一般稱之爲「白色恐怖」統治。這在人類文明史上也罕見的政治、思想的恐怖統治，對臺灣社會的影響是深遠的，難以估計的；不論經濟、政治、社會、文化，還是思想、文學、哲學，都受到深重的扭曲。要談臺灣，要寫臺灣社會，若沒觸及到這個歷史的毒瘤，總是不完全的，有缺陷的。

數以萬計的白色恐怖政治受難者，就是這段黑暗歷史的見證者；有許多人仆倒刑場，也有許多人苦難地活下來，他們仍堅持理想，頂逆著暴風前進；他們辛勤地工作，永不屈服的靈魂、無畏的力量，是臺灣社會最珍貴的精神寶藏。

本書中的〈拒絕憐憫〉，就是描寫一位可敬的女性，白色恐怖受難者嚴秀峰女士。她是日據末期前往大陸組織了有名的臺灣人抗日軍——「臺灣義勇隊」的李友邦先生的夫人，臺灣光復後李友邦在五十年代白色恐怖中仆倒刑場；作者描寫了她如何在五十年代白色恐怖的「油鍋裡滾了幾滾」，出獄後如何「在烈火之中焠火成鋼」的人生。如今，「繼承當年衣劚之當局」，要當年政治受難者登記申請，核實平反給予恤金。嚴女士卻凜然斥之：

「從未『反』過，何『平』之有？」

「不說清是非，你這幾個錢就想買下你們犯下的罪孽和我的苦難血淚呀！」

自己也曾經在不一樣的歷史境遇中被暴風刮過，在油鍋滾過、烈火中焠過的作者，浩嘆說：

「她，使我明白，人的無畏產生的力量，是怎麼無敵！」

〈復活〉寫的是作家、思想家、評論家、運動家，同時也是白色恐怖政治受難者的陳映眞先生。陳映眞有豐厚多姿的精神內涵以及多方面的思想、藝術才能，並且在臺灣悖理、荒謬的時代中，他總是批判的先鋒，帶領著進步力量往前走。作者用獨特的筆調去形塑他，文章奔放不羈地，從一幕景跳宕地接到另一場景，看似雜亂無章，卻又自由流暢；叙事與詩想交融，組合成一部雄渾的合唱詩，從多方面、多角度、多層次去描寫陳映眞豐富多彩的形象。作者寫他七年的白色恐怖遠行，他的文學觀，他對摯友吳耀忠的浪漫追祭，以及他深入社會各角落的「人間」工作。

「可以感到，他不是苦行僧，要是和自己的土地自己的人民在一起，受苦受難心裡也踏實。」

作者如此地形容他眞正的「階級兄弟」。

〈大洋岩岸上小木屋〉實際上是一篇文化紀行；作者走出了熙攘的臺北來到偏遠的花蓮，造訪了瀕臨太平洋岩涯邊的一群現代文化「隱士」。在那裡，有一位曾在臺灣解嚴前後，以攝影機投身抗爭運動的「綠色小組」成員；運動退潮後，他眼看運動理想的庸俗化，而毅然退隱在這天涯海角。作者也在這天涯海角的小木屋，與幾位激情幻滅後仍又不能忘情理想的文化隱逸之士不期而遇。他寫他們過去追求理想的激情歲月，寫他們在這天涯海角醉酒後悽厲的呼聲：

「我難過——呀！……爲——歷史作證——好告訴——後人——，臺灣人可不是全是在紅燈酒綠下花天酒地——，老百姓——都是——有良心的——」

「說著，他伏在桌上哭了。抽泣聲穿透了溪聲、雨聲、濤聲，一滴一滴地滴穿了人的心。」篇名——大洋岩岸上的小木屋，也正象徵著，臺灣九十年代，已呈現混溷的文化、思想政治環境中，孤高一方的文化烏托邦的存在。

八、聖潔的？污穢的？

資本主義的進展，使人從舊的共同體關係中游離出來，取而代之主要社會關係是商品關係；「人」不但成了勞動力商品，人的生活也成了商品的消費體；在這樣的物化關係中，人的心靈失去了共同體的歸宿，成了游蕩世間的幽魂，此時，新興宗教便成了人的靈魂集體暫棲的外殼。臺灣的實際情況是：舊有的共同體關係仍相當程度被溫存殘留，資本主義尚未達到成熟階段，因此，大多數的人，雖然實際生活的重心已是資本主義的關係，但精神心靈有很大部份還停留在舊的世界，這使舊的原有宗教便以現代形式再度興盛，成爲芸芸衆生心靈的寄託，香火鼎盛的宗教廟宇便成了臺灣社會的一大特徵。

作者在〈紅塵的靜慮〉中，感嘆說：「這裡，廟多，菩薩多啊！」，「在越來越現代的社會裡，燒香叩頭的越來越盛，也越來越現代了」。他描述了臺灣特有的巨大企業化的宗教盛況，以及處處有廟，村村有佛的奇特現象。同時，作者也看到了，臺灣社會的宗教現象實際上與熱鬧非凡、無奇不有，並已進入廣告行銷次元的臺灣政治現象十分相像，像臺灣社會意識的孿生兄弟。作爲一個馬克斯主義者的作者，對此現象深刻地論議道：

「嚴格說，宗教在一個社會，不論以何種形式存在，它自身都是一種政治的說明……此時此地，處處都有廟宇，處處都有極旺的香火，又是否都是一種宗教呢？」

與宗教、政治現象相同，蓬勃的「性產業」也是此時此地的重要社會現象之一；只不過，因爲傳統宗法對性的禁忌仍佔有法政、文化的制高地，因此，它只有在地下或灰色地帶孳生。

這是一個高難度的文學題材，是連一般在地的作家都不願意去碰觸的題材，可它又是活生生地無時無刻暗躍在生活的周邊，像這裡的政治、宗教現象一樣，佔有社會生活的重要位置。這就考驗了一個作家的「文學」觀點和基本價值了：文學是什麼？文學是爲了誰的文學？對一個相信文學的人民性、以現實主義爲創作方法的作家而言，如何站在「人民」的立場更完全地掌握社會眞實，並藝術地表現它，以創造的藝術形象感動改變人的感情和世界觀，是他的基本任務；而且，如何在污穢中看到聖潔，在聖潔中也看到污濁，在黑暗中看到一絲光明，在光明中也不要忘了黑暗的存在，也是一個現實主義作家的基本課題；何況資本主義社會中的「性產業」，是人的物化、商品化的最集中的表徵，是混合著階級壓迫和性別壓迫的產物，更是「弱肉強食」的極致。任何有血有淚的人是不能不動容的，何況是一個相信社會解放理念的「作家」？

因此，作者認眞地面對了臺灣「性產業」的題材，他努力蒐集資料，甚至進行實地的採訪，掌握了豐富的材料後創作了〈紅燈、黃燈、黑燈〉。

該篇爲墮入繁榮的「性產業」中的「階級姐妹」們，她們「黑黑的，黑黑的，比黑燈的黑還黑，還黑……」的人生深淵，留下了無奈的記錄和控訴。

〈不速之客〉一文，談的雖然同是「性」議題，但與〈紅燈、黃燈、黑燈〉在層次上完全不同，它處理的是臺灣少數前衛文化人的「同志」（同性戀）議題，是性問題也是後現代潮流的文化問題。

作者一開頭便描寫在暴風雨午後的煩燥中，突然闖進一位戴墨鏡的大漢，以一位「不速之客」引起的一陣驚惶失措，來隱喻象徵臺灣的「同志」文化引起的心靈波瀾；實際上，這位「不速之客」正是一位熟識的前衛文化界朋友，是一位「同志」，他想在北京找幾個「男朋友」玩，於是兩人展開了有關同性戀的一番論辯。作者藉描寫這位「不速之客」的「同志」言行外表，以及雄辯滔滔的同志觀點，呈現了臺灣的「同志」文化，同時，也表達了自己對同志文化的觀點，他說：

「我不能都聽懂，都接受，但也有點開竅，明白這特定的背景下的『文明』，不是像自己過去想得那麼簡單。」

作者說的「這特定的背景下的文明」，指的應該是九十年代席捲一切的後現代主義文化潮流。這「特定的背景」，就是指九十年代資本主義世界高呼勝利的年代；這年代的特徵在：隨著「蘇東波」垮臺，基本上所謂社會主義「陣營」已不存在，當然，以馬克斯主義為世界觀的社會主義文化也受到嚴重的打擊；與美國單極制霸的國際政治世界，資本全球化的經濟世界相適應的，就是後現代主義的文化邏輯；它所向披靡，以否定主體、理性、歷史，崇尚邊緣性、非理性、相對性、主觀性、內在性的唯心論，橫掃了已失去政治力量的歷史唯物主義，徹底解構了社會主義的文化「話語」。臺灣也不能例外，原本在八十年代共同爲反國民黨威權統治的「民主運動」中，馬克斯主義的左翼思想與論述也曾與後現代主義共同萌芽，然而，進入了九十年代，後現代主義思潮已成了主流獨霸四方。在文化上，它拋棄甚至嘲諷追求社會全體變革的「話語」，取而代之的便是邊緣、多元、快樂、差異的話語，進行無限的分化、零碎化、無力化、內向化，而「同志文化」也隨之取得了與它的實質不相稱的論述霸權，這便是作者說的「這特定的背景下的文明」。

那帶著同志文化突然來訪的朋友，給這位「資深進步」作家帶來不小的內心衝擊，眞如他自己形容的：「是我心靈的不速之客」。

這篇作品，把寫實與象徵、具象與意象、描寫與批判完美地結合在一起，高度發揮了散文的藝術。與用遠路迢迢去造訪〈大洋岩岸上的小木屋〉上的文化烏托邦的隱喻相對照，作者用闖入心靈的「不速之客」來隱喻與臺灣的「同志文化」的相遇，讓我們再次領會到作者用心經營意象的獨到之處，這讓平實的社會紀實上升到詩的境界，更感人地傳達了作者的感情、思想與批判。

這就是作者的獨特藝術風格，本書的迷人之處。

九、結語

記得，臺灣光復後的第二年，當時有一位大陸的青年作家歐坦生，在來臺時恰逢二二八事件，事件後不久，他寫了一篇以事件爲背景的小說〈沈醉〉，刊載在上海的《文藝春秋》上，楊逵讀後甚爲感動，而把這篇小說轉載在他主編的《臺灣文學》雜誌上，並稱譽它是「臺灣文學的一篇好樣本」。同樣地，本書也是「臺灣文學的好樣本」；因爲它超越了兩岸的歷史糾葛和現實迷障，以更廣闊的視野深刻的感情，形象地描寫了臺灣生活底層中許多不知名的或知名的人和事，藝術地概括了九十年代前後臺灣複雜的社會變動中的光和影，有鮮明的時代感；不但豐富了臺灣文學的內涵，更是中國文學的豐收。

二〇〇三年九月十九日完稿

旗幟
——寫給孫兒曉貴

周良沛

當風的彩旗
像一片被縛住的波浪——汪曾祺

不是被縛的波浪，掙扎於拼力的蹬動，
是無與匹敵的隊伍，雷霆萬鈞地鼓動巨風，
一揚，旗的波浪如傾天而降。
迎風，漫天奔騰火的瀑布。

軍號，嘹亮著它衝往高地的音符，
硝煙中的炮聲，爲它受彈雨的洗禮轟轟，
彈穿它所飄落的每一孔旗綢，
足夠作那整個敵對者的屍布。

飢餓、迫害咱的狗東西，天怨人怒，
狹路對陣，我們一個個，只能無比英勇，
不論他們怎麼拼著本性的蠻野，
總是倒了旗的烏合之衆……

旗正飄飄，飄紅了信仰堅貞的莊重，
心中的長城，固於它飄動時光的巨流，
敵人爲敗北咬牙切齒所磨牙的詛咒，
好爲屹立的旗座奠基，在我生命高峰！

二〇〇二年秋聽講「激情燃燒的歲月」後作

跋涉

——贈一位忘年的年輕朋友K‧C

周良沛

給我狹窄的心
一個大宇宙——馮至

一

無奈於漆黑、迷路、飢渴的山壑，
命運的怪圈，老在轉著圈子回頭；
黑夜的漆黑，黑瞎了黑色的眼睛，

苦苦追尋，要有可尋的與之契合。

恍惚水珠的幽藍解渴地沁出在樹桿之上，
似從煤坑底層望穿林梢才算見到那一星光；
跌倒又爬起的掙扎，爬起又跌倒而爬行，
走出不回頭的困境，朝向聖壇上的光明。

二

幾十年，再迷路，再跌到，也再那麼爬，
一次到達，又是另一次的出行，
該哭該笑，是浮是沈，一樣酸甜苦辣，
路，就是這條路，人生就是人生！

本分、淸白，是不會有泡沫的七彩，
作不出多大貢獻，也無索取的無賴；

名利場的名利，現實中太現實的存在，
慾火燃燒，會拿自身下賭去作買賣！

三

敞開心扉，心地的淨土還是淨土，
坦坦蕩蕩，鬼來敲門也不驚心，
信仰的忠貞，是苦行的宗教，
爲人、憂民、能圓滿自己的修行！

一無所有，無比富有，
全在無有鑽營索取的煩惱；
信仰的聖壇，永遠永遠，
朝聖者不斷，香火繚繞……

山與路

什麼是路？就是從沒路的地方踐踏出來的，
從只有荊棘的地方開闢出來的。——魯迅

周良沛

有朝聖者的叩拜而神聖了的雪峰。
有風雪的故鄉，朝神者爲風雪擊倒在朝聖之路；
有飛雪，積雪，冷得天空是太陽沈的恐怖，
有木棉火紅，於山上飛雪的河谷。
有雪域雪蓮、熱帶雨林，霧煙漂浮的神秘，
有山泉、雪水，流淌大山純淨無塵的傾訴；
有平湖，有平壩，也在高山，

有上山的崎嶇，紅土寂寞於沒生育的荒蕪；
有人跡罕至，又死寂又動蕩它那狂野的風，
有頑強的生命，破石洞穿求生的裂縫；
有流放於此的囚徒，登高還不見望鄉台，
有爲生存的披荊斬棘，闢出一塊落腳之處；
有雷電擊火，燒得先民又驚又怕又喜，
有拜物教拜火，才有凍不僵的身軀；
有猛虎的威脅，恍惚有被命運主宰的神秘，
有崇拜的圖騰，借虎威才不怕受山鬼之欺；
有百里僅隔壑，相望可以對唱的人家，
有相望卻隔壑，咫尺天涯，是不能走近的兄弟。
有登雪峰而未生還者的祭禮，
有青山高到白雲纏身，只有無語對蒼天的孤獨；
有這些山走得人們有比後來的火車還快的腳步，
是後來有火車到這峭壁懸崖也喘得無奈地泣哭；①

有荒唐的奇跡，並非「戲說」，
有現實的傳奇，總是時代的悲劇；
有時代的悲劇，只能無奈地嘆息，
那悲劇的時代，只能聽認命運的遊戲；
有悲劇的悲劇，輪迴命運的怪圈，
有生存的拼搏，衝出大山的傳奇；
有皮筏、藤橋，到對岸可望也可及，
有溜索飛渡急流，是驚險的絕技；
有手持的「打杵」，支著人往上掙的那把力氣，
有沈重的背簍似馬垛，是有背出厚繭的背脊；
有走出的茶馬古道，馬幫東來西往地川流不息，
有財發的絲綢之路，馬幫「闖幫」②奪路，已用武器；
有山一樣壓著人的盤剝，官匪是以刀槍相逼，
有逼絕了的人，只有奪了武器，反暴、抗擊；
有生存的拼搏到改變命運的積極，

有山道彎彎，彎曲不得人生的進擊；
有走寬了的人生之道開闊了山道，
有山道不斷不斷開闊出人的另一天地；
有朝聖者的叩拜仍然神聖了的雪峰，
有再猛的風雪，生活溫暖的木屋已不畏它的嚴酷；
有沒有路的地方，開出了大路，
有希望的未來，爲絕望的嘆息掘墓；
有索道上山，有高級公路盤山而去，
有能解放自身者，定有解放了的生產力；
有朝聖者仍然向朝聖路而去，
今日叩拜的，已是開路的人民自己！

①雲南民諺的「十八怪」中的「人比火車快」之火車，係指法國百年前著手從當時她的殖民地越南海防而到我國強行修築、一九一〇年修成到達昆明的「滇越鐵路」。

②「闖幫」指兩支馬幫在官路上對面相遇。

顛倒過來

施善繼

顛倒過來，位置把它顛倒過來，
侯賽因變成布希變成布萊爾，
誰要斬誰？誰要斷誰的頭？
讓布萊爾的手勾住布希的肘。

一萬兩千次空襲紙上談兵，
他倆拿捏如何不偏不倚，
分六千次給華盛頓特區，
配六千次到倫敦唐寧街口。

精靈轟炸定點兩千磅，
像春天挑在迷人的季節怒放，
一千磅撒在白金漢宮前院，
一千磅鋪在皚皚白宮的周邊。

兩萬一千三百枚戰斧，
畫出雄姿然而淒美的拋物，
掉進密西西比河；落在洛磯山脈；
掉進泰晤士河；落在英倫三島。

布希用肘鎖緊布萊爾的手，
侯賽因變成布萊爾變成布希，
誰要斬誰？誰要斷誰的頭？
顛倒過來，位置把它顛倒過來。

二〇〇三、四、十二臺北反戰聯盟遊行前夕

蒙古馬

施善繼

高濕高溫蛇信粲然，這南方
城市一角陪著渡過黃昏，
等待黎明，等待蚊蚋嗡嗡⋯⋯⋯
等待兒童笑聲叮叮噹噹⋯⋯⋯

三餐得想像故鄉那般豐盛，
移居外省，此處遠非異邦
蹄鐵已換新，踢腿跨步
不馳騁怕也忘了怎麼狂奔。

誰上大安嶺？誰上科爾沁？
我昨天突然沒有預警暴斃。
謎的結晶灰濛濛孤零零，
誰要去包頭？誰去呼和浩特？

二〇〇三、六、八蒙古馬從臺北木柵動物園遷往台東數日後死亡。

國家圖書館出版品預行編目資料

告別革命文學？：兩岸文論史的反思／陳映眞主編 . -- 初版. -- 台北市： 人間, 2003
[民 92] 面； 公分. -- （人間思想與創作叢刊；7. 2003 冬）

ISBN 957-8660-82-0（平裝）

1. 中國文學 — 論文，講詞等

820.7 92021526

人間思想與創作叢刊

二〇〇三年・冬

告別革命文學？

——兩岸文論史的反思

發行人／陳映眞
編委會／呂正惠・李文吉・楊渡
陳映眞・曾健民・藍博洲
編委會召集人／陳映眞
執行編輯／施善繼・林一明
出版者／人間出版社
社長／陳映和
地址／台北市潮州街九一之九號五樓
電話／02-23222357
傳眞／02-23946408
郵撥帳號／11746473 人間出版社
排版／龍虎電腦排版股份有限公司
印刷／漢大印刷有限公司
電話／(02)29555284
總經銷／聯經出版事業股份有限公司
地址／汐止鎮大同路一段三六七號三樓
訂書專線／02-26418661
登記證／局版台業字第三六八五號
初版一刷／二〇〇三年十二月
定價／新台幣三〇〇元